寻欢作乐

[英]威廉·萨默塞特·毛姆◎著　辛怡◎译

Cakes and Ale

台海出版社

图书在版编目（CIP）数据

寻欢作乐／（英）威廉·萨默塞特·毛姆著；辛怡译.
—北京：台海出版社，2017.12
ISBN 978-7-5168-1624-0

Ⅰ.①寻… Ⅱ.①威… ②辛… Ⅲ.①长篇小说—英国—现代
Ⅳ.①I561.45

中国版本图书馆 CIP 数据核字（2017）第 269415 号

寻欢作乐

著　　者：（英）威廉·萨默塞特·毛姆　　译　　者：辛　怡

责任编辑：刘　峰　　　　　　　　　　封面设计：胡椒设计
责任印制：蔡　旭

出版发行：台海出版社
地　　址：北京市东城区景山东街 20 号　邮政编码：100009
电　　话：010-64041652（发行，邮购）
传　　真：010-84045799（总编室）
网　　址：www.taimeng.org.cn/thcbs/default.htm
E-mail：thcbs@126.com

经　　销：全国各地新华书店
印　　刷：北京龙跃印务有限公司
本书如有破损、缺页、装订错误，请与本社联系调换

开　　本：880×1230　1/32
字　　数：177 千字　　　　　　　　　　印　　张：9
版　　次：2018 年 1 月第 1 版　　　　　印　　次：2018 年 1 月第 1 次印刷
书　　号：ISBN 978-7-5168-1624-0

定　　价：39.80 元

作者序

　　《寻欢作乐》刚出版的时候，报纸上出现了铺天盖地的议论。有人觉得我书中的爱德华·德里菲尔德写的就是托马斯·哈代，尽管我再三否认，甚至告诉那些来询问我的记者们，我书中的主角与托马斯·哈代的生活完全不同，但还是没有用。确实，二人都来自农民家庭，同样结过两次婚，写的小说都与英国乡村生活有关，也都是暮年成名，但也仅仅只有这些相似。我只在伦敦的晚宴上看到过他一次，按照当地的风俗习惯，女人离开后，饭厅里只剩下男人们一边喝着酒，一边聊着国家大事。我刚好坐在哈代旁边，就一起聊了会儿天。但在那之后我就再没有见过他了，也不认识他的两位太太。他的第一位太太并不像我书中的罗西那样，是一个酒店女招待，而是英国圣公会中一个职位不高的圣职人员的女儿。我也没去拜访过他家，其实我对他情况的了解仅限于从他的作品中知道的那些，此外便一无所知。我不记得我们那次都聊到了什么，只记得我走的时候，对他的第一印象就是，他的身量矮小，头发花白，整个人看起来很疲惫、无精打采的。尽管这个宴会如此盛大，他看上去却一点儿都不紧张，但也并不是很关心，就像是一名在戏院里看戏的观众。女主人算是一个专与社会名流结交的人，我猜哈代会接受她的邀请也是因为他不知道该如何委婉地回绝。他的身上也没有德里菲尔德在老年时所独有的那种稍微有些奇异、有些粗鄙的生活态度。

　　我想，记者们之所以会觉得我书中的这个人是哈代，是因为我在写这本书的时候，恰逢哈代刚离世不久，不然他们或许还会想到丁尼生①、梅瑞狄斯②。我曾经有机会看到那些大名鼎鼎的老作家，他们是怎样接受仰慕者对自己表达敬意的。我在旁边观察他们的时候，时常在想，此时他们是否也会回忆起他们还没有出名的年轻时光，在看到那些用崇拜的目光看着他们的女子，或是严肃地听着那些热情的男子向自己诉说，自己的作品对他们产生了多大的影响时，是否会暗自觉得好笑，并颇有兴趣地想着如果他们知道了真实情况，又会说些什么。我暗自琢磨，不知道他们有时候会不会对自己受到的那些崇拜与敬仰感到不耐烦，又或者对此感到心里美滋滋的。

---

① 丁尼生（1809—1892）：英国诗人，1850 年被誉为桂冠诗人。
② 梅瑞狄斯（1828—1909）：英国小说家、诗人。

有的时候，他们的确会觉得很开心。一天晚上，我和马克思·比尔博姆①一起在拉帕洛②吃饭，他提议一起去见见在那儿盘桓的格哈特·霍普特曼③。他是一个德国剧作家，现在很多人或许已经将他遗忘了，但在当时他很有名气。我们看见他坐在那家旅馆客厅的扶手椅上。那是一个满头白发的老人，脸上微微发红，非常光滑。大约有二十多个人坐在人们为举办社交音乐会而租用的一个大圈镀金的椅子上，他们大多是男人，正神情专注地听他讲话。我们等他讲完，再进圈子里和他打招呼。他讲完后，响起了一阵低低的称赞声。我们走过去，他朝我们挥手致意，叫人搬椅子给我们坐下，两个年轻人就立即去搬椅子。我们在圈子里互相寒暄着，但因为我和马克思·比尔博姆的到来，周围的人们看起来明显很不自在。客厅里很寂静，那些神采奕奕的年轻人用期待的目光望着他，但没有打破寂静，反倒使人感到不安。后来有个聪明的小伙子提问，他想了想，然后坐在扶手椅上，回答了那个问题，虽然我觉得他的回答似乎没有必要这么长。他说完后，又传来了一阵表示敬意的低低的赞赏声，我给马克思·比尔博姆使了个眼神，我们就一起起身离开了。

当然，格哈特·霍普特曼让他的听众听到了他们想听的东西，

①　马克思·比尔博姆（1872—1956）：英国漫画家、作家。

②　拉帕洛：意大利西北部的港口城市，位于热那亚湾内。

③　格哈特·霍普特曼（1862—1946）：德国剧作家，1912年荣获诺贝尔文学奖。

他对自己所受到的尊敬与崇拜也毫不紧张。在我看来，我们英语国家的作家对这种姿态并不会觉得太舒服。叶芝①往往将自己扮成吟游诗人，态度像是缺乏幽默一样，所以他那些轻狂无礼的同胞们嘲笑他。那是一种矫揉造作的行为，幸亏他的诗歌不错，才显得无可非议。对于多数年近中年，想要引起他注意的名媛淑女的奉承，亨利·詹姆斯总是以谦谦有礼的态度对待她们，但私下里却时常会准备拿她们来开一个无伤大雅的玩笑。

其实，爱德华·德里菲尔德是以一个带着妻子儿女在惠特斯特布尔②小镇上居住的无名作家为原型的。当时，我的叔叔和监护人是那个镇上的牧师。我记不起那个作家的名字，大概他也没有什么成就，现在应该也已经去世了。我见到的第一位作家就是他，尽管叔叔并不喜欢我和他来往，但我总会找机会去看他，我会因为他的谈话而无比激动。直到后来有一天，他丢下一身债务离开了小镇，我因此十分震惊，我叔叔非常满意。对于他我不想再多赘言，因为读者能从我的作品中看出我对他的印象。

这本书出版后不久，我在半月街的寓所收到了一封由专人送来的信。原来是英国书籍协会委员会的委员——休·沃尔波尔③写给我的。他晚上临睡前将我的小说拿到床上看，想将它作为当月

---

① 叶芝（1865—1939）：爱尔兰诗人、戏剧家，1923年荣获诺贝尔文学奖。
② 惠特斯特布尔：又译"白马厩"，是英国英格兰肯特郡的一个海滨胜地，本书中作者将其改名为黑马厩。
③ 休·沃尔波尔（1884—1941）：英国小说家。

新书推荐给读者。他越往后看，越觉得我笔下的阿尔罗伊·基尔就是他冷酷的写照。那时候有个作家团体总是千方百计地想出现在公众面前，他们与评论家搞好关系，好让他们的作品得到好评，那些对他们有用处的，他们甚至还会去讨好，以此获得和他们的作品并不匹配的成就，他们要依靠拉拢来弥补他们缺少的才华。这个团体中最重要的成员就是休·沃尔波尔。没错，我在构思阿尔罗伊·基尔的时候，想到的就是休·沃尔波尔，没有哪个作家能凭空创造一个人物，每个人物必须有一个原型作为起点，然后依靠自己的想象力将这个人物渐渐塑造成形，一点点添加这个原型所没有的特点。当他完成后，他向读者展示的这个完整的人物形象已经和最初启发他的那个人物原型相差甚远。只有这样，一个作家才能给予自己所塑造的人物更具说服力的真实性。我不想对休·沃尔波尔造成感情上的伤害，他为人很和蔼亲切，有许多真心喜欢他的朋友，尽管他们时常笑话他。他既容易受人喜欢，又难受到尊敬。我在塑造阿尔罗伊·基尔的时候，尽力遮掩各种痕迹线索。我将他塑造成一个喜欢运动，时常带着猎狗骑马外出打猎，也十分擅长网球与高尔夫球的人，并且他还是一个不受婚姻羁绊的情场高手。这些在休·沃尔波尔身上并没有。我给他回信时说明了这些，我还告诉他我从我们都认识的两个作家身上选取了两个不同的特征，最重要的是，阿尔罗伊·基尔的身上还有不少我的性格脾气。我清楚自己的缺点，我也从来没有扬扬自得地看待它们，这些都是我们这些作家爱好自我的表现，否则我们为什么同意别人给我们拍照呢？为什么接受别人的访问呢？为什么要在报纸上搜寻我们作品的广告呢？为什么要将自己的名字写在书上，而不是像简·奥斯丁那样说这些书是"由一位女士所写"，或是像瓦尔特·司各特爵士，说这些书是"由《威弗利》①的作者所写"的呢？事实上，我将休·沃尔波尔某些声名狼藉的特征与丢人的弱点也放在了阿尔罗伊·基尔身上，所以在伦敦文学界，几乎绝大多数人都能看出他是阿尔罗伊·基尔的原型。要是他的鬼魂在书店里不安地游荡，想要将他的作品摆放整齐，忽然记起我是怎样嘲笑他想要成为英国文学界的泰斗的理想，那么现在，他肯定会暗地里幸灾乐祸地嘲笑我，我好像也即将拥有那种稍纵即逝，既可笑又可悲的赫赫名声了。

但我并不是特地为了写爱德华·德里菲尔德和阿尔罗伊·基尔这两个人物而写下《寻欢作乐》的。我年轻的时候，和书中那个叫罗西的年轻女人关系密切，她有让人很愤怒的过错，但她诚实而美丽。后来我与她之间结束了，就像是这种关系常有的结果，但是我经常会想起她。我知道，早晚有一天我会将她写进我的书中。年复一年，我始终没有找到合适的机会，我害怕以后就没有机会了。直到我忽然想要塑造一个上了年纪的著名小说家，他的太太一直悉心照料他，但当他死后，他的太太和其他人却用他来给自己增加荣耀，他肯定会因此而感到一点气恼。于是我想到可

---

① 《威弗利》：英国苏格兰小说家瓦尔特·司各特的首部长篇小说。

以将罗西写成他的妻子，这样我就有了我渴望已久的机会。我还要补充说她的原型完全不可能被认出，这个我自认为所塑造出来的最动人的女主角就是她了，因为当我写这本书的时候她已经离世了。

记者访问时常常会询问相同的问题。一段时间后，对于那些大部分问题，你就会有现成的回答。每当他们问我，我觉得我最出色的小说是哪部时，我通常会问他们指的是我认为最出色的作品，还是指我最喜欢的作品。虽然从我在第一次世界大战期间校改校样后就没有再看过《尘网》，但我愿意同意大众的意见，认为它是我最出色的作品，是一个作家一生只能写一回的书。说到底，他也仅有一生。但《寻欢作乐》却是我最喜欢的书。它是一本写起来很有趣的书。要将多年前发生的事情和三十年后发生的事情处理好，并能抓住读者注意力的连贯性，是很费心思的，而克服这个困难是件很愉快的事情。我希望读者在从过去跨入现在，再返回过去的时候不会觉得颠簸，所以故事的描述应该像法国某条宁静的河流一样平稳流淌。当然，这只是一个别具一格的技巧问题，读者最终还是关心结果。对于作者所必须应付的一切困难、窘境和局面，读者是毫不关心的，就好比讲究饮食的人并不关心熏制美味的弗吉尼亚火腿①的工序。这也只是顺便提及。我喜欢

---

① 弗吉尼亚火腿：是一种用胡桃壳烟熏后加入香料的美式火腿，据说熏制该火腿的猪是用桃子喂养的，风味别具一格。

《寻欢作乐》，是因为那个脸上带着可爱而明媚的微笑的女人——罗西·德里菲尔德的原型，为我再次活在了这本书的字里行间里。

一九五〇年一月

目录

Contents

一

　　我发现假如你不在家时，有人打来电话找你，并留言说他有很重要的事情，请你到家后随即回个电话给他。那样他想说的事大多是对他很重要，而不是对你很重要。因为大部分人若是想帮助你或者送你什么礼品，都不会如此的迫不及待。于是，当我回到公寓，听到女房东费洛斯小姐说阿尔罗伊·基尔先生给我打过电话，并希望我到家后马上给他回电时，我想我根本不需要在意他的要求。

　　她问我："是那个作家对吗？"

　　"是的。"

　　她关切地瞧了电话机一下。

　　"需要我帮你给他回个电话吗？"

　　"不需要的，谢谢。"

"假如他再给你打电话，我应该如何回复他呢？"

"让他留言。"

"好的，先生。"

她噘起嘴，将空水瓶带走，向房间里面看了一下，瞧瞧有没有不干净的地方，然后出了屋子。费洛斯小姐爱好看小说。我断定她应该读过罗伊所有的作品，她对我慢待罗伊的做法不敢苟同，这证明她非常喜欢罗伊的作品。等到那天我再次回到公寓时，我瞧见餐具柜子上放着费洛斯小姐留下的一张字迹清晰的大字便笺：

> 基尔先生来了两回电话，询问你明天能否同他一起用午餐。若是明天不可以，请你回复他哪天可以。

我挑了下眉，觉得有点惊讶，我同罗伊有三个月没有见面了，上一回碰面也是在一个宴会上见了几分钟。他这个人热诚友善，这是他一贯的风格。离别之际，他对我们的会面不易感到惋惜。

他说："伦敦太大了，你希望遇到自己想见的人总是很困难。下个礼拜的某天我们去吃个午餐，如何？"

我回答："乐意之至。"

"我到家瞧一眼我的记事本，到时候给你回电话。"

"好的。"

我同罗伊相识有二十年了，当然知道他背心左上方的口袋是他放小记事本的地方，里面记录着他的一切约会。所以，同他分别之后没有得到他的回信，我也不觉得惊奇。可是如今他急不可待地热情约我，这让我怀疑他另有企图。上床之前，我吸着烟斗，不停地思考罗伊请我吃饭的各种理由。或许是一个仰慕他的女读者纠缠他要同我见面；或许是一位美国的编辑在伦敦逗留几日，拜托罗伊叫我同他联络。但是，我不会小觑我的这个旧友，觉得他应对这类状况时绝对不会手足无措。另外，他让我自己选一个相宜的日期，也没有提及我同谁去相见的意思。

　　没有哪一个作家会像罗伊那样对一个颇受赞誉的同业者显露出自己的真诚热忱，若是这个作家的名声因为懒惰、挫折或是旁人的胜利有点损失，也不会有哪个同业者如同罗伊一样坦率地即刻表露出疏离。一个小说家肯定会有坦途也会有困境，我明白我那时候还没有获得众人的关注。显而易见，我需要找一个不触犯罗伊的托词来婉拒他的邀请，可是他是个很坚定的人，若是他因为自己的某些企图非要见到我，或许除非让他"滚"，才可以令他不再纠缠下去。但是我的好奇心被勾起来了，并且我也喜爱罗伊。

　　看着罗伊在文学界奋起，我是非常敬佩的。他的经验值得所有从事文学的青年人学习。在我同时期的那代人里，我真的想不出还有谁能用那么浅薄的才华获得现在这么重要的地位。这种情景很像聪慧的人每日都吃比迈克斯①，他的剂量也许已经加满一大汤匙了。罗伊绝对知道自己的实力如何，于是就凭他的那点才能

----

① 比迈克斯：一种用小麦胚芽制作而成的麦胚食物，含有丰富的维生素 B。

竟然发表了估计有三十部小说，偶尔他自己也会认为那真是太奇妙了。查尔斯·狄更斯在某次宴会之后的演讲里说过，天才是源于用之不竭的发愤图强。我忍不住推想，他第一次听到狄更斯这番话的时候，肯定瞧见了引导启迪的光芒，并且认真研究过这句话。若是事实果真如此简单，他肯定嘱咐过自己，他能像旁人那样成为天才。后来的一份妇女刊物的小说评论人兴致高昂地在对他的某个小说的短评里用了天才这个词汇（最近，评论人们特别喜欢用这个词）时，他一定会如同一个用了大量的时间来绞尽脑汁填完字谜的人那样，如愿以偿地松了口气。但凡长久以来关注着他持之以恒、坚忍不拔努力工作的人都会承认他称得上是天才。

罗伊在创立事业初期是有优势的，他是家里的独生子，父亲是一个文职官员，在香港做了许多年的殖民长官，最终在牙买加当总督后辞官回国了。若是你打开《名人录》，在字迹密密麻麻的书页里找寻阿尔罗伊·基尔这个名字，你就能瞧见这种条目：圣米迦勒和圣乔治高级勋位爵士，皇家维多利亚勋章高级爵士雷蒙德·基尔爵士（参见此条目）的独生子，他的母亲埃米莉是已故印度军队陆军少将珀西·坎珀唐最小的女儿。他早年在温彻斯特和牛津大学新学院接受教育。他是牛津大学学生俱乐部的主席，若非由于倒霉患了麻疹，他应该能成为大学的划船运动员。他的学习成绩并非备受瞩目，但是属于优秀；他大学毕业的时候没有任何债务。罗伊在那时候就养成了节约的习性，不会大手大脚，他的确是个孝顺儿子。他懂得他父母为他昂贵的教育费做出了多大的牺牲。他的父亲退休后居住在格洛斯特郡斯特劳德附近的一座不豪华也不寒酸的房子里，有时还去伦敦参与一些跟他从前管理过的殖民地相关的官方宴会。碰到这类事情他大多都会去文艺协会①瞧瞧，他是这个协会的会员。罗伊从牛津毕业回来之时，他就是因为这个协会里的一个旧相识，才令他的儿子成了一个政客的私人秘书。这个政客丑态百出地担任了两届保守党政府的国务大臣之后，被封为贵族。罗伊的职位让他在青年时期就有机会充分认识上流社会。他好好地把握住了自己的机会。某些作家只能通过带有画报的刊物去了解上流社会的状况，所以在描写中常常会有不利于小说的错误。但是在他的小说里，你肯定看不到这种错误。他对公爵相互之间怎么谈话了解得清清楚楚，也懂得下议院议员、律师、赛马赌注登记人和男佣人各自都该怎么和一位公爵说话。他的早期作品里叙述总督、大使、首相、王族成员和贵族夫人那种轻快隽永的格调具有扣人心弦的效果。他看上去亲善又不会自以为是，关切又不会鲁莽冒失。你不会忘记他笔下人物的地位，可是你能感受到那些人物和你我一样都是活生生的人。因为这个时代的潮流，贵族们的生活行动已经不适合作为小说的主题了，对于这一点我觉得很可惜。罗伊对时代的目标一直非常敏锐，所以他在后来的小说里只能写律师、特许会计师和农产品经纪人的争执矛盾。他在写这一阶级的人们时，明显不如以前驾

---

① 文艺协会：伦敦的一个有名俱乐部，位置在蓓尔美尔街。

轻就熟。

我和他结识是在他辞去秘书一职后专心致志地全职写作小说的时候。那个时候，他是一个体形俊美壮健的青年人，不穿鞋子净量身高是六英尺，拥有和运动员一样的体魄，宽肩，看起来非常自信。他虽然长得不俊秀，却有让人瞧着顺眼的刚强气质，他蓝色的大眼睛里盛满了真诚直率，头发是淡棕色的卷发，鼻子宽阔又有点短，方形的下巴。他看上去真诚、干净、健壮，仿佛是个运动员。只要看过他早期小说里写的跟携带猎犬打猎相关的精准灵活的描述，就能知道那种场景是从亲身经历里写出来的。就在前阵子，他还喜欢偶尔远离书桌，打一整天的猎。他发表第一部作品的时候，正值文士们为了彰显他们阳刚之气喝酒、打板球的时候。那几年，每个文学界的板球队里几乎都有他的名字。我不懂为何这个派别的小说家们渐渐磨去了气势，他们的小说再也不能得到关注；即使他们还是板球队员，可是他们的作品却再也不容易出版了。罗伊不打板球已经很多年了，他的兴趣转向品味红酒了。

罗伊在自己第一本书的表态上非常谦和。这本书字数不多，描写精练，并且如同他往后的每一部小说那样风格雅致。他将那本小说给那时主流的全部作家都赠送了一遍，还附带了言辞优美的信件。他在信上写了自己多么钦佩每一个作家的小说，他通过阅读这些小说受益匪浅，还有虽然他知道自己不可逾越，但是依旧迫切地渴望踏着前辈作家开辟的道路进步。他在一名伟岸的艺术家面前献上了自己的小说，这是他身为一名刚刚涉足写作的新人对一名他终身看作自己老师的长辈的礼物。他明白自己请求那么繁忙的艺术家去指点一个新人不足挂齿的小说是多么浪费时间和造次唐突，可是他满怀歉意地请求对方赐教。收到他的小说和信的作家们对他的献媚感到很是受用，他们全都给他回了特别长的信，基本没有搪塞斥责。他们夸赞他的小说，还有人邀请他去共进午餐。他经常用这种打动人心的谦卑姿态去询问他们的建议，而且他真诚坦率地说肯定会按照他们说的做，他那种坦诚真的让人难以忘怀。这些作家都认为他是值得提携教导的人。

　　他的那部作品获得了特别大的反响，于是他在文学界交了很多朋友。过不了多长时间，你去布卢姆斯伯里、堪普登山或者威斯敏斯特①出席茶会的时候，肯定会在那里遇到他，他要么将黄油面包送给客人们，要么给一名女性长辈倒水，以避免她因为茶杯空了而坐立不安。他年轻、真诚、愉悦，若是谁讲玩笑话，他每次都会笑得特别开心，他是如此讨大家的欣赏。他参加各种聚餐会，和文士作家、年轻律师还有身着利伯蒂②的衣裳、戴着珍珠项链的女士在维多利亚或者是霍尔本街的饭馆的地下室用三先令六便士一份的客饭，探讨文艺相关的内容。众人迅速了解到了他拥

---

　　① 布卢姆斯伯里、堪普登山或者威斯敏斯特：伦敦的三个区，20 世纪初的时候是文化艺术中心。
　　② 利伯蒂：伦敦有名的服装公司，由阿瑟·拉森拜·利伯蒂（1843—1917）于 1879 年创立而成。

有饭后当众演讲这个非常棒的才能，他的言辞动作都得到大家的欣赏，于是他的同行、他的竞争敌手和同代的人都对他非常包容，甚至不介意他出身于绅士阶级。他们都毫不吝啬地对他不成熟的小说表达了赞赏，在他们请他看完自己的手稿后加以指点时，他从来都是跟他们说没有任何不足。所以大家都觉得他不仅仅为人和善，还是一个观点公道的评论家。

罗伊的第二部作品花费了他许多心思，而且受教于作家大师们的指导。罗伊同一家报纸的编辑联络得很早，很多老前辈作家都顺理成章地应他的请求给那家报纸写了关于他的小说的评论，写的肯定都是喝彩助威的话语。他第二部作品无疑成功了，可是这种成功还没到能引起对手的怀疑的地步。事实上，这本小说印证了他们的猜测，他肯定写不出来什么非凡的小说。他为人的确很好，不会结党营私，不举行什么活动。看到他还走不到影响他们发展的地步，他们也不排斥助他为乐。我同这群人中的一些相识，他们想起曾经犯下的过错，也只能无奈勉强笑笑罢了。

可是，若是有人觉得罗伊孤芳自赏，那他们是不对的。自始至终罗伊都非常谦卑有礼；从年少时期开始，那就是他最讨人喜欢的个性。

他经常对你说："我明白自己不是一个非凡的作家，跟那些文学大师相比，我渺小得都让人看不见。我还曾经幻想过我某一天能写出一部文学巨作，可如今我是半点这样的心思都没有了。我只盼望旁人能认为我竭尽全力地努力工作。我从来不允许自己的小说有敷衍马虎的地方。我认为我可以叙述一个精彩的故事，也可以塑造出很多有血有肉的人物。归根结底，布丁好不好吃，一品尝就可以知道。① 我的《针眼》在英国卖了三万五千本，在美国卖了八万本。而下一本作品的连载版权，我能获得我迄今为止所得到的最多的稿酬。"

他到如今仍旧为给他写评论的作者邮寄信件，感激他们的认同、赞赏，甚至还邀请他们去吃午餐，假使这不是谦卑，还能是什么品德令他如此作为呢？不仅仅这样。若是有谁给他的小说写了一个犀利刻薄的书评，而他必须忍受这种非常恶劣的诋毁时，尤其是他早已成名后，他跟我们绝大多数人不一样。我们总是抖抖肩膀，只能背地里咒骂那个讨厌我们小说的混蛋，随后这事儿就会被抛在脑后。他遇到这种情况的时候，却是给人家邮寄一封内容充实的信件，信里面会写他非常抱歉对方觉得自己的作品不好看，但是评论却写得有趣，并且倘若同意他唐突地说一句，这篇书评展示出作者非常高的文学素养和批评眼光，所以他觉得必须得给他写一封信。没有任何人如同他那般着急地渴望提升自己的实力，他想让自己不停地学习。他真的不希望被人厌恶，但是如果对方礼拜三或是礼拜五有空闲的话，可不可以赏脸同他去萨伏依饭店用个午餐，聊一聊对方认为他的作品难看的原因。没有任何人能再像罗伊那样擅长点一桌子丰富的菜肴了。大多数情况

---

① 英语谚语。

下，待那个书评家吃完五六个牡蛎和一块羊里脊之后，他肯定会把自己曾经说过的言论也一齐吃下去。所以当罗伊的下一本作品发表之后，那个书评家会发现新的小说有了很多成长，这样的结局是理所应当的。

人一辈子一定要应付的大困难是该怎么对待下述这样的人：他过去与他们关系亲密，但是过了一段时间又态度冷淡。若是双方在社会中都很普通，这种联系常常断得很顺其自然，双方也不会交恶，但若是其中一人有了名声，关系就会变得很难收场。他认识了很多新的朋友，可对旧友仍然不能冷落；他忙得焦头烂额，可旧友们却认为他们理应拥有首要霸占他时间的权利。若是他对他们不任之听之，他们就会唉声叹气，抖抖肩膀，说：

"唉，算了，你和旁的人也没什么不同。你如今是成功了，我应该预料到你会把我甩掉的。"

倘若他胆子大，他肯定十分渴望这么做，但是多数情况下，他没有这种胆子。他毫无选择地答应了一个朋友要他礼拜天去用餐的邀请。冰冷的烤牛肉产自澳大利亚，中午火大了一点，这会儿凉得咬不动。勃艮第红葡萄酒——嗨，它为什么要叫作勃艮第呢？难不成他们都没去过博恩①，住过邮政酒店吗？旧友相聚在一起，聊一聊曾经在一个阁楼一起吃一片干面包的岁月固然是很有意思的，但是你若记起目前待着的这个房间与阁楼非常相像，你

---

① 博恩：法国的东部地区城市，是勃艮第红葡萄酒业的中心。

会觉得非常窘迫。若你的好友跟你说他的文章卖不出去，他的短篇小说也不能发表，剧团经理对他的剧本不屑一顾时，你会因此而忐忑不安。而他将他的作品和正在公演的东西（此时，他会用指责的眼神看着你）互相对比时，这就真的让人备感煎熬了。你觉得不堪，只能将眼神看向别的地方。你故意将自己也曾失败的经历夸张地说出来，希望他能知道你也有过困苦磨难。你努力轻描淡写地说起自己的小说，却非常惊讶地发觉他看待你的作品的想法和你一样。你说到读者的瞬息万变，好让他在想起你的名声也不会长久时有个慰藉。他却是个友善又苛责的评论家。

他说："你新发表的那本书我没见过，但是我瞧过上一本，可惜我把书的名字给忘记了。"

你将书的名字跟他说了。

"我对你的那部作品非常不满意，我认为它没有你别的小说好看。你应该明白我最喜欢哪本小说的。"

你在别处也得到过类似的点评，于是你急忙将你写的第一部作品的名字告诉他。你那时候才二十岁，那部作品写得还不够精致，还不够委婉圆润，每一页文字都能看出你经验不足的印记。

他诚恳地说："你再也没能写出那样优秀的小说了。"从这一刻开始你觉得除了在第一次的幸运成功之后，你往后在文学行业里就慢慢走下坡路了。"我认为你自始至终都没将你的能力完满地展露出来。"

你的双脚烤着煤气取暖，然而你的双手却是冰冷的。你悄悄瞅了下表，在心里思考你的旧友会不会由于你十点钟就告辞而愤怒。你之前让司机将车停在道路的拐弯处等待，怕门口停着那样的车会显示出主人的寒酸。但是出了门口，他说：

"走到这条路的尽头有个公交站台，我跟你一起走过去。"

你瞬间觉得不知所措，只能告诉他实话，说自己有辆车子。他非常纳闷为何司机在拐弯处等候你，你说这是司机的癖好。等你来到车旁时，你的好友用包容的、俯视的神情瞧了瞧你的车子。你忐忑不安地邀请他某天和你一起用餐。你还承诺要给他寄信，尔后乘车离去，暗自思考着同他约会的时候到底请他去什么地方，如果你请他去克拉里奇饭店用餐，他会不会觉得你在摆谱儿；若是你请他去索霍①，他又会不会认为你抠门小气。

阿尔罗伊·基尔可从不遭受这样的罪。他将别人身上能为他所用的最后一丁点儿价值榨干之后，就将他们踢开。这看上去有点苛刻，可是，若是委婉地表达事情特别浪费时间，还要将其中的暗示、影射等安置妥当，然而事实仍旧是这样，我瞧还不如直说更好。绝大部分人对旁人做了点卑鄙的事儿后肯定会对那个人怀恨在心，可是罗伊一直比较善良，不让自己那么小气，他能在不光彩地对待人后又对那人没有任何恶意。

他会这样说："不幸的老史密斯，他非常讨人欢心，我很喜欢他。但是他火气太大了。我真期望什么人能够拉他一把。不，我

---

① 索霍：伦敦的一个区，多是夜总会和外国的饭店。

同他好几年都没有见面了。维护一段没有任何益处的友情，对于彼此都很难过。事实上一个人只有离开身边的人才能长大，唯一的办法就是面对真相。"

但是，若是有时候他在皇家艺术院的花卉展览这类的场所遇到史密斯，任何人都不能如他那般亲热。他攥住史密斯的手，跟他说自己再次遇到他是多么开心。他满脸堆笑，表露出十分要好的友谊，如同太阳发出光芒。史密斯对他异常的兴高采烈感到乐不可支，这时候罗伊再跟他说，自己盼望能写出一部小说，若是能有史密斯刚刚发表的那个作品的一半优秀就好了。反之，若是罗伊觉得史密斯看不见自己，他就将脸故意转向一旁，装作没有遇到，可是史密斯恰巧发现了他，对自己遭到轻慢对待非常憎恶。史密斯一直都比较尖酸刻薄，他说罗伊曾经非常愿意跟他在一家简陋的饭馆里同吃一份牛排，并且和他一同在圣艾夫斯①的一个渔民的屋子里居住过一个月。史密斯说罗伊是个攀龙附凤的人，是个阿谀奉承的势利眼，是个撒谎精。

这一次，史密斯却错了。阿尔罗伊·基尔浑身上下最大的特点就是坦诚，任何人都不能靠着坑蒙拐骗过二十五年。弄虚作假是一个人所寻求的最艰难的陋习，它要求永不停歇地警惕和集中注意力。通奸或者贪食能在悠闲的时候实施；而它要求所有时间都在准备着；它还要求一种游戏人间的幽默。即使罗伊经常乐呵

---

① 圣艾夫斯：英国英格兰康沃尔郡圣艾夫斯湾的一个海滨胜地和渔业中心。

呵的，可是我从未觉得他具有敏锐的幽默感，并且我能肯定他不是游戏人间的那种人。即使我几乎没有完整地读过他的作品，可是他很多作品的开篇我都读过了。我认为他小说中的每一页文字都能体现他的真挚坦诚，这显而易见是他能出名的最重要缘由。罗伊总是真挚地信赖世界上的每个人所信赖的一切。他写跟贵族阶级相关的作品的时候，坦诚地确信这个阶级的人们都饮酒作乐，行为放纵，但是他们却仍有统领大英帝国的崇高品德和与生俱来的才能；直到后来，他以中产阶层为主题时，又坚信他们是国之精英。他文中的混蛋总是那样阴险，他文中的豪杰总是那样崇高，他文中的女孩子总是那样纯洁。

当罗伊请一个为他的小说喝彩的评论作家用餐时，是由于需要为这个作者做出的好评表现出真挚的感谢；当他请没有奉承他的小说的评论家用餐时，是由于他真挚地希望提升自己的实力。有许多崇拜他的不认识的读者从得克萨斯①或者是澳大利亚西部地区来到伦敦时，他会领着他们去参观国家美术馆，这样不仅仅是为了创建他的读者圈，还在于他真挚地希望看到他们对艺术的感觉是什么。总之，你但凡听过他的演讲，就会对他的真挚毫不怀疑。

他身穿合身的黑礼服，或按照场地的要求穿上陈旧但是剪裁不错的休闲便服，在讲台上站着，面向众人，又正经又诚挚，还

---

① 得克萨斯：美国南部地区的一个州。

有一副谦卑和煦的神色。这个时刻，你必须要承认他非常努力地将全部注意力集中到他目前在做的工作中了。即使他偶尔假装记不起一个词儿，那也只是为了在他讲出这个词时获得更加棒的反响。他的音色响亮而雄浑。他知道怎么讲故事，他的话从不单调。他爱好谈论英美国家的年轻作家，他热切地向众人讲述这些作家的可取之处，这证明了他的开明和气度。或许是由于他说得太多了，当你听完演讲之后，你会认为你已经了解了你想了解的作家的大概，不必再去找他们的小说去阅读了。差不多正是由于这个原因，他在哪个城镇演讲完之后，他讲过的那个作家的作品就连一本都卖不出去了，可是他自己的小说自始至终的销量都不错。他的精力过分充足。他不只在美国到处演讲，也在英国各个地方谈论学识。罗伊把所有的邀请都接下来了，不会由于哪个俱乐部不够大，哪个协会不那么隆重而不屑一顾。他还经常将自己的演讲稿修改一下，编制成小册子出版。大部分对这些演讲稿有兴致的人都看过名为《现代小说》《俄罗斯小说》《一些作家的评价》这类的论作。几乎没人否认这些书所展现出来的作者对于文学的真挚感情和他惹人喜爱的个性。

但是，罗伊并不仅仅只有这些活动，他还是一些组织的踊跃组员；这些组织创立的目的是促进作家们的利益或者在他们因为疾病和衰老而穷困潦倒的时候为他们缓解困苦。每当出了涉及立法的版权问题时，他都愿意伸出援手；每当为了在不同国籍的作家中搭建友谊而派代表团出国时，他时刻准备加入。在大众宴会上，总是能依靠他去答复关于文学的问题。每当迎接海外来回访的文学名家而需要组成接待委员会时，他经常是当中的一员。每次义卖活动肯定至少有一本他签名的小说。他接受任何记者的访问。他很公允地说，没有人像他那么清楚作家这个行当的艰苦。若是他同一个记者开心地聊会儿天，就可以让这个困苦努力的人赚点钱，他绝对不会忍心拒绝他人。他经常请来访问的记者和他共进午餐，并且几乎每次给对方留下的都是美好的回忆。他只有一个要求，就是文章刊登之后给他过目一下。有的人为了给报纸读者供给信息，常常在不合时宜的时间给名人打电话，想知道他们相不相信上帝，或者他们吃的什么饭，他接到这类电话时总是很有耐心。他在每个主题探讨会上都非常吸引人的关注。大众知道他对禁酒、素食、爵士乐、蒜头、运动、结婚、政治还有妇女的家庭社会地位等问题的想法。

他看待婚姻是抽象的，许多艺术家都难以做到婚姻和职业的艰苦探求的平衡，可他却能避开这种困境。众所周知，他对一个已婚上流社会的女人多年怀抱没有丝毫期望的专情。即使他彬彬有礼、非常尊敬地说到她，可是大众都明白她对他并没有那么亲呢友善。他中期的作品里稀有的酸楚悲凄能映射出他遭遇的困苦难受。他体验过的那些精神层面上的苦楚令他可以摆脱一些没有名气的妇女的纠葛且还不会触怒她们。那些妇女全是在圈子里活跃着的残破装饰点缀，她们愿意用自己目前这种摇摆不定的生活来换取和一个成功的作家成婚能带来的稳定生活。每当他在她们的双眸里发现结婚登记处的倒影时，他就跟她们讲述自己无法忘却仅有的那次爱恋的痛苦记忆，这令他没有办法同哪个人结婚。他的执拗忠实让这些妇女觉得非常恼火，可不会真正地得罪她们。他每次想起自己肯定不会感受到婚姻生活的趣味，也体会不到当父亲的喜悦时，都会忍不住叹一口气；可他是因为自己的愿望，也因为那个或许同他共享喜乐的另一半而打算的牺牲。他很早就发现大家实际上不喜欢和作家或者画家的太太客套。不管去任何地方都要带上太太的艺术家成了一个讨人嫌的人，结局就是他若希望去什么地方，常常没人肯邀请他。若是他肯把太太放在家里，那么他归家之时，也避免不了吵架，影响他的安静，而想要将心里面最佳的感情表述出来，他缺少不了这种安静。阿尔罗伊·基尔是个单身男人，那时他已经五十岁了，由此看来他终其一生都会单身。

他是一个典型的模范，在他身上展示出了一个作家能办到的所有事情，还有一个作家因为勤劳、真诚、对世故情理的通透及手腕和目标的有效结合能抵达的境界。他是个好人；撇开那些暴躁乖张、鸡蛋里挑骨头的人，任何人都不会对他的成功感到妒忌。我认为脑海中带着他的影像睡觉，肯定能一夜安眠。我简单地给费洛斯小姐写了一张便笺，磕掉烟斗里的烟灰，关了灯，就上床睡觉了。

二

隔天早晨我按铃要信和报纸，费洛斯小姐送过来一张便笺，是回复我之前留下的便条的，上面写着阿尔罗伊·基尔先生于当天下午一点一刻时在他位于圣詹姆斯街的俱乐部里等我。所以，我不到一点钟时就提前走到自己的俱乐部尝了一杯鸡尾酒，我相信罗伊是肯定不会请我喝酒的。尔后我沿着圣詹姆斯街步行过去，悠闲地瞧瞧路边的橱窗，由于我还有一会儿时间拖延（我不喜欢按时到场），我就去了克里斯蒂拍卖行，看看有没有我喜好的东西。起拍已然有　会儿了，　些乌黑肤色、身形短小的人在传看几件维多利亚时代的银制器具，拍卖者一脸厌恶地看着他们手中的动作，慵懒地叨咕着："有人出了十个先令，十一个，十一个先令六便士……"那是六月初的一天，天色明朗，国王街上的空气非常纯净。相比之下，克里斯蒂拍卖行的墙面上挂着的画被衬托得仿佛蒙了一层尘埃。我出了拍卖行，街道上过往的路人都是一种心不在焉的表情，好像让这安逸的天气进了他们的心里，让大家在忙碌的工作里，也出乎意料地忽然止住脚步看一看周围的风景。

罗伊的俱乐部十分安静。前面的大厅里只有一个上了岁数的守门人和一个侍者。我忽然觉得有点难过，仿佛会员们在这里出席侍者头儿的丧事。我说了罗伊的名字，侍者将我带到了一条空旷的走廊，让我把帽子和手杖放下，尔后将我又带到一个空旷的大厅，大厅的墙壁上有一些和人一般大的维多利亚时代的政治家的画像。罗伊从沙发上站起，热情地跟我问好。

他说："我们去楼上好吗?"

我猜得没错，他没有请我喝鸡尾酒，我不禁对自己的思虑周全感到开心。他将我带到一条铺着厚厚地毯的豪华楼梯，这一路上没遇到一个人；我们进了客人吃饭的餐厅，那里没有客人。餐厅非常宽广，还特别洁净，墙粉刷得如同白雪，有一个亚当式①的窗户。我们在窗户旁的位置落座，一个稳重的侍者送了一份菜单过来。牛肉、羊肉、羔羊肉、冰冻鲑鱼、苹果派、大黄派、鹅莓派。我看着这一成不变的菜单，忍不住想起了街边角落处的餐馆，那里有法式烹调、热闹的氛围还有那些乔装打扮的俊俏姑娘们。

---

① 亚当式：指的是18世纪英国的建筑师和家具设计师罗伯特·亚当和詹姆斯·亚当兄弟两个人的一种精致细腻的艺术设计风格。

罗伊说："我要跟你推荐这里的小牛肉火腿馅饼。"

"可以。"

他用随意又严厉的语气跟侍者说："沙拉我亲自拌。"然后又将眼光落在菜单上，慷慨地说，"再点些芦笋如何？"

"棒极了。"

他似乎更加得意了。

"两份芦笋，让厨师长亲自挑选食料。你想要喝点什么？要一瓶莱茵白葡萄酒好不好？我们都非常喜爱这里的白葡萄酒。"

我表示认同，他就告诉侍者将酒类总管叫来，我在旁边不得不对他点菜时那种发布号令又温文尔雅的样子佩服不已。你会认为一个有涵养的国王就是用那样的姿态去接见元帅的。大腹便便的酒类总管身着黑色衣服，脖子上戴着写有职位的银项链，拿着酒单匆忙跑过来。罗伊怠慢又和蔼地跟他点了下头。

"嘿，阿姆斯特朗，为我们上点二一年的圣母乳酒①。"

"没问题，先生。"

"酒卖得如何？非常不错？你明白的，咱们往后再也没有办法搞到这样的酒了。"

"只怕是搞不到了，先生。"

"但是，并不需要过早地担心，自寻苦吃，对不对，阿姆斯特朗？"

---

① 圣母乳酒：德国莱茵黑森地区产出的一种白甜葡萄酒。

罗伊对酒类总管热切愉悦地笑了。总管天天同这样的俱乐部成员交往,明白该说些什么话来应答。

"是不需要的,先生。"

罗伊开怀大笑,眼睛看向我。这个阿姆斯特朗是个人才。

"就这样吧,将酒给冰一下,阿姆斯特朗。但是不要过于寒凉,你明白的,要刚刚好。我希望让我的来宾看看咱们是做事儿的好手。"他转过脸来对着我。"阿姆斯特朗在我们这儿已有四十八年了。"等到酒类总管离开,他又说,"我邀请你来这里用餐,还望你不要在意。这里比较宁静,我们能畅谈一番。我们很长时间都没聊天了,你瞧上去身体健康。"

这句话令我也打量起罗伊的样貌。

我回答说:"跟你比相差甚远了。"

他大笑着说:"这是作息规律、真诚恭敬、无思无虑的成果。充实的工作,充实的活动。打高尔夫球如何?咱们真应该挑个日子打一场球。"

我明白这是罗伊刚刚想到的客套话,浪费一天时间跟我这样一个没什么水平的人打球,对他来说是十分无聊的。但我认为他模糊不清的邀请,我应承下来也没有关系。他身体健康,那卷曲的发丝现在非常灰白了,可是这颜色和他十分搭配,将他那张真诚的、让阳光给晒黑的面孔衬得很是年轻。他坦率的双眸明澈又澄清。他不如年轻时候身体修长了,侍者送来小圆面包时,我发现他拿了黑麦面包,我不认为稀奇。他微微发福的身形实际增添了他的派头,令他的言谈都多了分量。他行动比以前更神色自若，这让你对他产生了一种值得信赖的感觉。他坐在椅子上，仿佛坐在石碑上一样。

我不知道我方才所说的那段有关他和侍者的对话有没有将我想要表达的意思讲述出来，他的言辞往往并没有出口成章、幽默逗趣，只不过是语句通顺，他这个人爱笑，所以也会让你觉得他说的话特别搞笑。他从不会缺少和人交谈的话题，他的言谈举止温和近人，让聆听他讲话的人不会觉得神经紧绷。

很多作家都习惯于推敲字句，说话的时候也会咬文嚼字，这是一个不好的毛病。他们丝毫没有察觉到自己在讲话的时候不肯多说一句废话。这样的习性令很多上流社会的人不敢和他们打交道。这些上流社会的人们思想简单，知道的词语有限，于是和人交往的时候容易犹豫。但是同罗伊交往就不会这样拘谨。他和一个喜欢跳舞的卫兵谈话，对方也能明白他在说什么，他能用马夫所说的语言同一个参与赛马的伯爵夫人聊天。很多人都情真意切、非常宽心地说罗伊不像个作家。罗伊非常喜欢听这样的奉承话。聪慧的人经常用很多已经存在的短语（我写这部作品时，"谁都管不了"是最寻常的一句），时兴的形容词（比如"奇妙的"或者"令人面红耳赤的"），还有在生活中某些人才能明白的动词（比如"推抢"）。这种词汇能让聊天变得亲密无间，毫无束缚，不费心思。世界上效率最高的人是美国人，他们将这种聊天技术发展到了一个完美的地步，因此创建了很多简单、寻常的短语，如此一来，他们就不用再思考自己谈什么才能展开一次有意思的对话，然后他们的脑袋就能用来思忖生意和幽会这种更加要紧的事儿。罗伊的词语储备量很大，他能立即断定选择的词汇正确无疑。这让他的谈话犀利深刻还能把握尺度，并且他使用那些词汇时，总是神采奕奕，语气热情，好像这些话是刚从他知识渊博的脑海中创建出来的一样。

此时，他从我们共同认识的朋友还有新近面世的一些作品，聊到最近的歌剧，看上去他的心情十分愉悦。他待人亲昵，但是他今日的样子特别令我吃惊。他为我们互相碰面的时机太少而感到可惜，又真诚（这是他最可爱的特点中的一个）地对我表达他喜爱我，很钦佩我的这种想法。我认为我有必要逢迎一下他这样友善的示好。他谈起了我最近在创作的书，我也赶紧关心地谈论了一下他正在创作的作品。我们俩认为对方都没有获得本应获得的成就。我们吃着小牛肉火腿馅饼，罗伊对我讲述他是如何拌沙拉的。我们品尝着莱茵白葡萄酒，发出赞叹的声音。

可我内心很疑惑，不懂他何时说到主题。

我不会认为在伦敦人际交往活动最频繁的时候，阿尔罗伊·基尔会乐意和一个不是书评家而且还在其他地方没有什么影响的同行聊起马蒂斯①、俄国芭蕾舞还有马塞尔·普鲁斯特②。并且，

---

① 马蒂斯（1869—1954）：法国的画家、雕琢家和版画家，野兽派领军人物。作品以轮廓顺畅、色调通明、不考究明暗透视法为特色。

② 马塞尔·普鲁斯特（1871—1922）：法国的小说家，他的作品强调现实和人物的内心活动，以长篇巨作《追寻逝去的时光》而举世闻名。

在他谈天说地的表象下，我认为他有一点忐忑不安。若不是我知道他没有什么困窘的地方，我差点会以为他会不会问我借一百英镑。午餐都快要用完了，他还没有将心里话说出来。我明白他比较谨言慎行。或者他觉得我们俩许久未见，第一次相见应该打好友谊的基础，将这顿吃得开心的午餐当成钓鱼的鱼饵。

他说："我们去旁边的屋子喝杯咖啡好不好？"

"当然可以。"

"我认为那里要比这里更舒适一点。"

我随他进了另一个屋子，那里比餐厅更加宽敞。扶手椅和沙发都非常大；桌子上摆放着报纸和杂志。在偏僻的位置里有两个老年人正在小声谈话。他们有些不悦地看了我们一下，可是这并不影响罗伊亲切地跟他们打招呼。

他边大声说"嗨，将军"，边面容愉悦地跟那边点点头。

我站在窗前，看着外面圣詹姆斯街道上白天欢乐的景象，多么渴望自己能多了解点关于这条街道的历史背景。我觉得羞愧，居然连对面那个俱乐部的名字都不知道，我不能询问罗伊，怕他因为我不知道这种所有有头有脸的人都懂的事情而蔑视我。他让我过去，询问我喝咖啡的同时要不要也喝上一杯白兰地。我婉拒了，他却希望我一定要喝一杯这个俱乐部非常出名的白兰地。我们坐在壁炉边上的一张沙发上，将雪茄点燃。

罗伊随口说起："爱德华·德里菲尔德来伦敦的最后一回，就是在这里和我用的午餐。我让他品尝了这里的白兰地，他觉得非常不错。我上个周末去了他太太的家里。"

"喔?"

"她多次提到了你。"

"那真是感谢她了,我觉得她已经把我忘记了。"

"她没有忘记。她还记得你六年之前好像在她那里用过一次午餐,对不对?她说她老头儿看到你可开心了。"

"可我认为她并不开心。"

"喔,那你可真的是错了。由于她的老头儿经常被他的追随者缠身,而她不能让她老头儿浪费体力,于是她一直小心谨慎。她是怕他累到。你但凡想想她的老头儿能一直很有精神地活到八十四岁都是因为她,就知道她真的是很有本事。老头儿逝世之后,我经常去探望她。她很孤单。她真心实意伺候了德里菲尔德二十五年,这可是奥赛罗①该做的工作,我为她感到难受。"

"她这个岁数还可以。也许她会再婚的。"

"她不会的,她不会再婚的。若是那样会很糟糕的。"

聊天暂停了一下,我们俩都尝了一口白兰地。

"在德里菲尔德出名之前就与他相识的人,现在在世的只有五个,你应该是这五个中的一个。你在某段时间经常去探望他,对吗?"

---

① 奥赛罗:莎士比亚悲剧《奥赛罗》里的主要人物,是一个守护自己妻子到丧心病狂的程度的丈夫。这里代指深深爱着丈夫的妻子。

"探望过很多次。我那时候还差不多是个孩子，他却是中年人了。你懂的，我们不是挚友。"

"或许真的不是，但是，你肯定知道他的一些旁人不了解的事情。"

"可能吧。"

"你想不想写一点和他相关的记忆？"

"我的天，这可真的不想！"

"你不认为你应该写一些吗？他是维多利亚时代最后的小说家，还是这个时代最伟大的作家之一。他是个伟大的人物，他的作品和最近百年以来所有创作出来的小说一样会流芳百世。"

"未必吧。我认为他的书特别无趣。"

罗伊看着我，眼神里略带笑意。

"你就喜欢较劲！你要知道有你这种想法的人是极少的。坦白说，他的作品我都不仅仅看了一遍，而是看了六七遍。每一次重温我都认为更加棒了。你看没看过他逝世的时候别人评价他的文章？"

"读过几篇。"

"想法竟然出乎意料地相同。我把所有的文章都读过了。"

"但是每一篇都写得一样，岂不是非常没意思吗？"

罗伊温和地动了动他宽大的双肩，并不答复我的问题。

"我认为《泰晤士报文学副刊》上面的一篇文章写得特别好。看完那篇文章就会知道关于他的很多事情。据说《评论季刊》过几期也会刊登几篇文章。"

"我还是觉得他的作品非常无聊。"

罗伊露出包容的笑容。

"你的想法和那些讲话很有分量的评论家们的想法都不一样，你难道不会有点忐忑不安？"

"那倒没觉得。我写作到如今也过了三十五年了；你压根儿不会知道我瞧过那么多人被奉为天才，惬意地度过了一段荣光日子，后来就泯灭于尘世间了。这些人最后的结局如何我并不知道。是死了吗？又或者是被关进疯人院？或是龟缩在哪个办公室里？我不知道他们有没有悄悄地把自己的书给什么偏远山村里的大夫们和老姑娘们传阅。我不知道他们哪个是意大利 pension① 里的大人物。"

"喔，对的，那些人物都是过眼云烟。我看见过这类人。"

"你还为他们做过演讲。"

"这是避免不了的。我们要做一些力所能及的事情。你明白那些人往后不会有什么出息。可是管它呢，我们可以做到的就是乐于助人。并且德里菲尔德无论如何都不是那种人。他的小说全集一共有三十七卷，最后一套书在索思比书店卖出了七十八镑的价格。这还不足以说明什么吗？他的小说的销量每年都在持续稳定地增加，销量最多的是去年。关于这一点你要信赖我。上一次我

---

① Pension：法语，意为"膳宿公寓"。

去德里菲尔德太太的住所的时候，她给我观看了他稿酬的收入明细。德里菲尔德的位置无人可以动摇。"

"这个还真的没人能说得准吧？"

罗伊尖酸刻薄地说："哦，那你是认为你也可以喽？"

我并不恼火。我知道自己已经将他惹怒了，我觉得特别开心。

"我认为我年少时期所具备的来自直觉的断定还是很准确的。别人曾经跟我说卡莱尔①是个了不起的作家，我觉得特别羞愧，因为他的《法国革命史》和《旧衣新裁》我完全看不下去。如今会有人看他的书吗？我曾经认为别人的见解要比我的独到明智。于是我努力让自己觉得乔治·梅瑞狄斯的书令人惊艳。但是我内心却觉得他的书矫情卖弄，拖沓唠叨，非常虚伪。如今，很多人和我想的一样。曾经，旁人跟我说你要是喜欢瓦尔特·佩特②，那就证明你是个有涵养的年轻人，所以我就特别喜欢瓦尔特·佩特，但是天哪，他的《马里乌斯》让我看得特别厌烦。"

"喔，是的，如今几乎没人看佩特的书了，梅瑞狄斯的书也被时间淘汰了，卡莱尔不过是个自以为是、只说不做的人。"

"你不明白，他们在三十年前瞧上去都是必然会流传千古的。"

"所以，你就没有看错的时候，对吗？"

---

① 卡莱尔（1795—1881）：英国的散文作家和历史学家。

② 瓦尔特·佩特（1839—1894）：英国的文艺批判家、散文作家，提倡号召"为艺术而艺术"。

"也有过几次。我现在要比以前觉得纽曼①的书好，而菲茨杰拉德②的四行诗读起来铿锵有力，我觉得以前比现在好看得多。我以前根本看不下去歌德的《威廉·迈斯特》，可如今我认为这是他杰出的作品。"

"所以，有什么书是你曾经喜欢到现在还在喜欢的呢？"

"哦，比如《项狄传》③《阿米莉亚》④《名利场》《包法利夫人》《巴马修道院》⑤，还有《安娜·卡列尼娜》，以及华兹华斯、济慈和魏尔兰⑥的诗歌。"

"我说的你千万不要介意，我只是觉得你说的也没什么独特的地方。"

"我当然不会介意你的话。我也认为这看法没什么独特之处。但是你方才询问我为何相信自己的断定，我希望跟你说明一下，我曾经不论是因为没有勇气还是因为当时尊敬文学界的看法，说过一些颂扬作家的话，可事实上我并不喜欢这些受大众喜爱的作家，往后的结果好像证明我曾经的看法没有错。而我真的喜欢上的一些作家却和我，还有我这普通的评论一样经得起岁月的

① 纽曼（1801—1890）：英国的天主教枢机助祭、神学家、散文家。
② 菲茨杰拉德（1809—1883）：英国作家，用意译的形式翻译了波斯诗人欧玛尔·海亚姆（1048—约1122）的四行诗《鲁拜集》。
③ 《项狄传》：英国的小说家斯特恩（1713—1768）所创作的作品，全文总共九卷，从1760年到1767年陆续出版。
④ 《阿米莉亚》：英国的小说家菲尔丁（1707—1754）的晚期小说。
⑤ 《巴马修道院》：法国的小说家司汤达（1783—1842）的著名作品。
⑥ 魏尔兰（1844—1896）：法国的知名诗人。

洗礼。"

罗伊沉默了一会儿。他向杯子里瞧了瞧，我不明白他是想看看杯子里还有没有咖啡，还是希望找点话题来谈。我看了看壁炉台上的钟表；再待一会儿，我就能告辞了。或者我推测错了，罗伊请我用餐不过是因为想和我聊聊莎士比亚和玻璃碗琴①。我在心里斥责自己怎么能对他怀有那种卑劣的看法。我关心地望着他。若是他请我用餐只是为了这个，那他肯定觉得不开心了。倘若他没有别的意思，也许只是现在应付社交让他扛不住了。但是他察觉到我看了钟表后，就又说话了。

"一个人写作了六十年，创作了一部又一部作品，累积了越来越多的读者，这种人还是有可取之处的，我不懂你为何不承认这一点。无论如何，德里菲尔德的书被翻译成了许多国家的文字；在他弗恩宅邸里的书架上放满了他各种书的译本。诚然我也认为他的很多作品如今落伍了，但在一个困难艰苦的时期他出名了，他的书基本上都有点拖沓。他绝大部分故事都是惊奇冒险的，可是他的书中有一个优点你得认同，那就是美。"

我说："是这样吗?"

"归根结底，这是最主要的啊，德里菲尔德创作的书上的每一页都充满着美。"

———————————

① 玻璃碗琴：18—19世纪的欧洲比较流行的一种用一套定音的、按音级别排序的玻璃碗做成的乐器，用湿的手指摩擦碗的边沿发出声音。

我说："果真如此吗？"

"他八十岁生日那回，我们为他送去了一幅他的肖像画，可惜你没看见。那场景真是让人难以忘怀。"

"我在报纸上看到了报道。"

"你明白的，那回不只是作家到场了，科学、政治、商业、艺术等各界还有上层人物的代表都来了；这么多声名显赫的人物聚集在黑马厩镇子的火车站，从那辆火车上走下来。我觉得你肯定没有见过这种场景。当首相授给他勋章的时候，那场景真的让人特别动容。他说了些打动人心的话语。坦白说，那天很多人的眼里都噙着眼泪。"

"德里菲尔德哭了？"

"他没有哭，他同往常一样，泰然处之，只是有点害羞，却很淡定，动作端庄有礼，非常感激大家伙儿的好意，就是表面上有那么一点漠然。德里菲尔德太太怕他累着，于是我们用餐的时候他就回了书房，她派人送了点吃的给他。我趁着大伙儿喝咖啡的空当儿，跑过去看他。他那时叼着烟斗，盯着我们送他的画像。我问他画得如何。他也不回答，就是淡然一笑。他问我能不能把假牙拿下来。我跟他说不可以，过一会儿代表团要来跟他辞别。然后我问他这一刻是不是最美妙的时候。他说：'很奇怪，真的是很奇怪。'我觉得他应该是太疲惫了。他晚年时期，吃东西、抽烟都很邋遢。弄烟斗的时候经常把烟丝撒在身上。德里菲尔德太太不喜欢别人看到他那副模样，但是她不在意被我瞧见。我帮他把衣服弄干净，然后大家来和他一一握手辞别，我们就回伦敦去了。"

我站起身来。

"喔，我该离开了。今日和你相见十分开心。"

"我同莱斯特画廊的人认识，正准备去那里看一个画展预览。如果你乐意的话，我可以带你一起去。"

"非常感谢你的好意，我也收到了请柬。我目前并不想去。"

我们下了楼，我拿着帽子。出门后我向皮卡迪利大街走去，罗伊说：

"咱们俩能一起步行到街的那一头。"他追上了我。"你和他的第一个太太相识，对吗？"

"谁的？"

"德里菲尔德的。"

我已经将他忘在脑后了："喔！对的。"

"你跟她交往密切吗？"

"挺密切的。"

"我猜她让人十分厌恶。"

"我并不这么觉得。"

"她肯定庸俗粗鲁至极。她是个酒馆的女招待，对吗？"

"对的。"

"我不懂他到底怎么会娶她。据说她从未对他忠诚过。"

"是不忠诚。"

"你对她的长相还有印象吗？"

我微笑着说："有印象，当然有。她长得非常美丽。"罗伊揶揄地笑了一下。

"别人可不是这么认为的。"

我没有理会他。我们俩步行到皮卡迪利大街，我止住脚步，将手伸向罗伊。他不复往常那种热忱地握了一下我的手。我认为他应该对这次见面非常扫兴。我不明白他为何会扫兴。我没有办法去做他压根儿没给我一星儿半点提示的事情。我从里茨饭店的回廊下路过，慢慢又顺着公园的栏栅走过去，一直走到半月街的对面。在路上我思考着我今日的表现会不会让人退却。显而易见，罗伊认为让我帮他的最佳时机不是今天。

经过了皮卡迪利大街的车水马龙之后，半月街上十分幽静，我沿着半月街步行，这氛围让人悠然自得。这里安宁又有气派。这里的大部分宅子都有房屋要租借，但是不会简单直接地放一张出租告示。而是在宅子门口放一块铜牌，上面写着它是要招租的，或者是在窗户上用油漆写着招租的字眼儿。偶尔几家更加谨慎，只有房主的姓名，若是不了解实情，还认为那是一家裁缝铺子或者是一家典当铺子。这里跟同样有房屋招租的交通拥挤的杰明街不同，只是时不时来台小汽车停在谁家门口，或者能在谁家门口瞧见一台出租汽车停下，车上会下来一名中年女人。这里的居民和住在杰明街的人相比是不那么活泼的，口碑也比他们的好。那里喜欢赛马的男人早上起床，头脑还不清醒，就吵着要继续喝点酒解醉了；可在这里居住的是一些从乡下来的有地位的女人；她们在伦敦的交际活动季节来这里住六个礼拜；也有的是一些不随便吸纳会员的俱乐部里的老绅士。你发现这些人在很早的时期就开始年复一年来同一座房子居住了，或者这里的房主曾经在一些私人宅邸做活儿时，他们就同他相识了。我的女房东费洛斯小姐以前在很多体面人家做过厨娘，但是你若是瞧见她去牧羊人市场购买东西，你压根儿不会想到她以前的职业。她跟正常人以为的那种敦厚矮肥，两颊红扑扑的，头发乱蓬蓬的厨娘形象不一样；她身形瘦弱，腰身挺得很直，衣衫干净整齐又入时；她人到中年，面容上是坚毅不馁的模样，唇上涂了口红，戴着单片眼镜。她办事井然有序，言辞较少，脸上经常挂着冷漠讽刺的表情，花钱毫不吝啬。

我居住在房子最下面那层屋子，客厅的墙上贴着老旧的云石花纹的壁纸，墙上有一些水彩画作，画的都是些富有诗意幻想的情形：骑士跟他们的情人辞别，古时的武士在雄伟的大厅里欢聚一堂；周遭摆着几盆硕大的蕨类绿植，椅子的皮革色彩斑驳。整间屋子充满趣味地营造出十九世纪八十年代的氛围。窗帘是厚重的红棱纹平布的，我望向窗外，本觉得可以看到一辆私人双轮马车，可看到的却是一辆克莱斯勒牌的汽车。

三

　　我那天下午还有许多事儿，但是和罗伊的交谈还有我前天发出的感慨，这种萦绕于还不算年老的我心上的忆往昔的感觉（我不知道因何缘故，我在进入我的房间时比平时更加猛烈地感受到这一点）将我的心绪带回曾经的路途上步行而去。就好像曾经在我的居所里住过的所有人都站在了我的眼前，男人们身着长礼服，蓄着羊排络腮胡子①，女人们身上穿着带衬垫和荷叶花边的长裙，他们的动作和打扮是曾经那个年代独有的样子。我不明白是因为我身处在喧哗的伦敦市区（我在半月街的头上居住），还是因为我的想象力太过丰富。这类城市的声音还有六月份美妙的天气晴朗

---

　　① 羊排络腮胡子：是指两侧脸颊上蓄下的上窄下宽的络腮胡。

的岁月（le vierge，le vivace et le bel aujourd' hui①）让我的畅想没有那么难过了。我的回忆好像都不是真的。我就如同一个在最后排看戏的观众，我面前正上演着一出戏。这场正在上演着的戏，在我眼里特别清晰。跟你经历过的生活不一样，因为各种回忆连续不断地到来、模糊不清而又若隐若现，就好像维多利亚时代中期一名苦心孤诣的艺术家所创作的画作一样鲜艳明朗。

　　我觉得现在的生活和人都比四十年之前的更加乐趣生动、祥和仁爱。我听说曾经的人们因为博学多才而素养更高，或者那时的他们更值得尊敬。我不知道这是真的还是假的。我只了解到他们的秉性不如现在的人；他们贪吃，很多人还酗酒，他们还不怎么运动。他们的肝脏都有问题，肠胃也受到伤害。他们的脾气易怒暴躁。由于我幼年时期对伦敦并不了解，所以我指的不是伦敦，也不是射猎场上的上流人物；我指的是乡村，是那里的很多寻常人，有点钱的乡绅、牧师、退休官员，还有与这些人类似的其他人。这些人的生活犹如一潭死水，令人想象不到的郁闷。那里没有高尔夫球场，相邻的房子之间偶尔能有一个不保养的网球场，打网球的都是些年轻人。镇子每一年都会举办舞会，家中有马车的会去遛弯，剩下的人只能做"漫步运动"！你完全可以说他们对于没有尝试过的娱乐活动丝毫没有任何向往，况且他们有时候还

---

　　① le vierge，le vivace et le bel aujourd' hui：法语，意为："今日多么的美丽、纯洁和满身朝气。"按：这是法国的诗人马拉美（1842—1898）的《天鹅十四行诗》里的第一行。

会互相举办小型的宴会，给自己的生活找些有意思的事儿（多数是茶会，需要你带上谱子，歌唱一点莫德·瓦莱里·怀特[1]和托斯蒂[2]的曲子），他们的内心其实非常厌恶这种过得如此冗长的日子。

作为仅仅相隔一英里之间的邻居的他们每天都会在镇子上相遇，但是由于他们狠狠地吵过架，以至能在二十多年里互相不搭理对方。他们爱慕虚荣，非常执拗，性格奇怪。这样的生活很容易就会让人养成这种怪脾气。那时的人和现在的人不同，他们之间没有什么相同之处，他们或许凭借着自己古怪的特性得到了一些微小的名气，可是他们让人觉得很难相处。或许咱们现代人都有点草率、敷衍，可是我们不会抱有什么老旧的观念猜忌对方；或许我们有些粗犷、直率，可却是极其友爱和睦的；我们更喜欢互相谦让帮助，性格不会怪异。

我那个时候同叔叔、婶婶一起居住在黑马厩镇，这个镇子位于肯特郡沿海的野外。我的叔叔是镇子里的教区牧师。我的婶婶是德国人，她出身于一个很高贵可是已经落魄的贫穷世家，所以她同我叔叔成婚时带来的嫁妆是十七世纪她一个先祖做的一张细木镶嵌书桌和一套玻璃酒杯。我去他们家时，那一套酒杯就只剩几个了，被摆放在客厅里当摆设。我非常喜爱刻在酒杯上的盾型纹章。我的婶婶曾经非常严肃地跟我解释盾面上的各种纹章，我

---

① 莫德·瓦莱里·怀特（1855—1937）：法国的作曲家。
② 托斯蒂（1846—1916）：意大利的作曲家。

不清楚到底有多少个。纹章中扶着盾牌的人或者兽都非常精致，王冠上的饰品特别富有诗意。婶婶是一个朴素的老太太，性格慈祥、和善。即使她同一个只有基本薪水没有别的收入的寻常教区牧师成婚三十多年了，可是她一直不曾忘却自己 hochwohlgeboren①。有一次，一个来自伦敦的富有的银行家来这里避暑，租住了隔壁的房子，那时候这个人在金融界非常有名。由于他是个做生意的人，我的婶婶始终不同意去拜会他，所以我叔叔独自去探访他（我推测最主要的是为新助理牧师协会募捐钱款）。没有人觉得我婶婶是个逐利小人，大伙儿都觉得她那样的做法是很合乎情理的。银行家的家里有一个同我年纪一样大的小男孩，我想不起来我们是怎么结识的。我当时询问叔叔、婶婶可不可以将那个孩子领到我们家里玩，这一问竟然惹起了家中的一场议论。他们勉为其难地同意了，但是不让我去他们家里做客。我婶婶说若是我进他家里了，往后我就想去卖煤炭的商人家里了。我叔叔说：

"不良的交游会损害美好的举止。"②

银行家在每个礼拜天的上午会去教堂，并且会在盘子里放半个英镑。但若是他觉得他这种大方的举动能留给旁人一种不错的形象，那他就大错特错了。黑马厩镇子的所有人都知道他这个举动，可是只觉得他是在摆谱儿。

---

① Hochwohlgeboren：德国语言，意思是指身世十分高贵。
② 不良的交游会损害美好的举止：英国的谚语。

黑马厩镇有条长街延伸到海边，街两边全都是两层楼的房子，大多是住宅，也有许多商铺。这条街的两侧新建了许多短街道，一面延向田野，一面延向沼泽。港口四周是很多狭小的、曲折的小巷子。装运煤炭的船总会把煤炭从纽卡斯尔①运到黑马厩镇，港口非常热闹。我后来到了可以自己逛街的年纪时，就经常在那里溜达好几个小时，瞧着这些身穿紧身套头衣的、浑身煤炭黑屑的工人在这里搬运煤炭。

　　我第一次见到爱德华·德里菲尔德就是在黑马厩镇子上。我那时十五岁，从学校回来过暑假。到家的隔天上午，我就拿上毛巾和泳裤去海滩了。晴空万里，天气暖洋洋的，日光璀璨，北海的海浪会送来一种好闻的味道，所以单是在这里生活，呼吸这里的空气，就足以让人心旷神怡了。冬天，黑马厩镇的人们在那条空旷的街上大步流星地走着，为了努力让自己的肌肤少触碰那凛然的东风②，他们将身子缩成一团。可是如今，他们悠闲地四处去溜达；他们成帮结伙地站在"肯特公爵"还有"熊与钥匙"这两家旅店中间的空地上。你能听见他们用调子很长的东盎格鲁方言聊天的声音，这方言的腔调或许有些难听，不过我自幼已经习惯了，所以我认为那是悠然自得的味道。这些本地的居民有着小麦色的健康肌肤，他们有着蓝眼睛和很高的颧骨，他们的发色很浅，

---

② 凛然的东风：英国的东风，就好像中国的西北风，寒冷刺骨。

他们瞧上去都坦然、正经、真诚。我觉得他们不是很聪慧，可是都比较憨厚实在。他们纵然大多数个子不高，可是却健康、强壮、好动。黑马厩镇子那些爱好搭伴儿聊天的人就站在马路上也不需要避讳车辆，因为那时路上的车辆比较稀少，只是有时可能会遇到镇上大夫的双座马车或者是面包铺子老板的双轮轻便马车。

　　我在途经银行时，走进去跟曾经是我叔叔教区里的教区委员的经理问好。我出银行时遇到了我叔叔的助理牧师。他停住脚步和我握手。和他站在一起的还有个我不认识的人。他没有将我引荐给那个人。这个人蓄着胡子，身量不高，身穿一条颜色新鲜的棕色灯笼裤和上衣，裤腿扎得较紧，再下面是蓝色的长筒袜，黑色的皮靴，头顶着一个圆形硬礼帽，装扮得特别鲜艳。当时灯笼裤在黑马厩镇还是很少见的。我从学校回来不久，当时还很年轻，觉得他是个没有素养的不入流的家伙。但是我和助理牧师聊天的时候发现，他很友善地看着我，浅蓝色的眼眸里带着微笑。我认为他也想立马加入到这场交谈中，所以我做出一副自以为是的模样。我不希望一个穿着灯笼裤如同猎场守卫员似的人跟我谈话；我也讨厌他脸上挂着的开心、亲切的神情。我那时穿着白色法兰绒长裤子，胸前的兜袋是印有校徽的蓝色法兰绒休闲衣服，头戴一个黑白相间的草帽，自认为穿着非常得体。直到后来助理牧师说他该离开了（感谢老天，由于我在和熟人交谈时不懂得如何结束讲话，我经常因此而困惑，又希望能有个契机告辞），然后他又让我告知我的叔叔，他那天下午会去牧师公馆找他。我们俩离别之时，那个不认识的人冲我点头微笑，但是我只冷冰冰地怒瞪了他一眼。我想当然地觉得他是个来消夏的游客，在黑马厩镇子上，大家不会同游客做朋友。我们觉得伦敦人非常俗气。大家都说这些惹人厌恶的赖皮流氓年年夏天都从京城跑来这里，不过镇子里做生意的人们不会这么觉得。但是每次九月份过完的时候，黑马厩镇子又回到了往常那样的安宁，即使是他们也如释重负地长舒了一口气。

我到家吃午餐的时候，头发还没有干彻底，它们仍然紧紧地贴着我的头皮。我说起我早晨看到了助理牧师，下午的时候他会来我们家。

我叔叔说："谢泼德老太太昨晚离世了。"

助理牧师姓盖洛韦，他个子高瘦，长相不太好看，有着一头脏乱的乌发和一张蜡黄发黑的小脸。他似乎年纪不大，可是从我的眼中去看，他已经是个中年人了。他语速非常快，喜欢比画动作。大伙儿认为他这个习性有些奇怪。我叔叔将他留下当助手完全是因为他做事勤快麻利。我叔叔有些慵懒，非常开心能有人接替他的许多工作。下午盖洛韦同我叔叔聊完了他在牧师公馆要聊的工作之后来给我的婶婶问安，婶婶挽留他在这里喝茶。

他落座之后，我问他："今天上午和你在一起的那个人是谁？"

"喔，是爱德华·德里菲尔德。我没有为你介绍他。我不清楚你叔叔愿不愿意你同他相识。"

我叔叔说："我认为还是不要介绍了。"

"嘿，他是做什么的呀？黑马厩镇子上没有这号人吧？"

我叔叔说："他的父亲是沃尔夫老小姐的庄园弗恩宅邸的管家，他是在这个教区降生的。可是他们都不是国教教徒。"

盖洛韦先生说："他和黑马厩镇子上的一个姑娘结婚了。"

我婶婶说："教堂里好像举行婚礼了吧，她是铁路徽章酒店的女侍者吗？"

盖洛韦先生淡笑着回答："她好像做过一阵子女侍者。"

"他们打算在这里长久居住下去吗？"

助理牧师说："应该是的。他们在公理会教堂的那条街道上租了一座房子。"

当时在黑马厩镇子上，新修建的街都有名字，但是大家都不知道，也不会按名字叫。

我叔叔问："做礼拜的时候他会来吗？"

盖洛韦先生回复："说真的，我还没有跟他聊到这件事情。你明白的，他是个读过很多书的人。"

我叔叔说："关于这一点，我没有办法认同。"

"据说他在哈佛沙姆学校上过学，并在那里获得了很多奖学金和别的奖励。他后来在瓦德哈姆也得过奖学金，可是他最后去了海上。"

我叔叔说："我听闻他是个非常莽撞无礼的人。"

我说："他看着不像一名海员。"

"喔，他很久以前就不做那行了。自此之后他做过很多种类的工作。"

我叔叔说："样样皆通，样样稀松。"①

"哦，原来他是个作家。"

我叔叔说："那也不会做太久。"

我还没认识过一个作家，他让我很感兴趣。

我问："他写的是什么？写的是书吗？"

助理牧师说："我猜应该是吧，还写些短篇文章。他春天的时候出版了一本小说。他同意借阅给我。"

我叔叔说："倘若我是你的话，我就不会荒废生命去读那种东西。"他只看《泰晤士报》和《卫报》，对其他的读物全都不屑一顾。

我问："他的小说叫什么名字？"

"他跟我说过书名，但是我想不起来了。"

我叔叔说："你不需要知道是什么，我是不会同意你阅读这类没有意义的小说的。假期里你要多在屋外运动，况且你知道你还有假期作业需要写的，对吧？"

我的作业是看《艾凡赫》②。十岁时我曾经看过这本书，一想起不只要重新看一遍，还得写一个读后感，我就特别烦躁。

我每次将爱德华·德里菲尔德之后获得的莫大成功和我叔叔

---

① 样样皆通，样样稀松：英国的谚语。
② 《艾凡赫》：英国小说家瓦尔特·司各特的知名作品。

在餐桌上谈论他的场景两相对比时，就觉得特别可笑。德里菲尔德前不久逝世之后，仰慕他的人都想把他埋葬在威斯敏斯特大教堂①里。在我叔叔之后，黑马厩镇子又换了两任牧师，现在的这个牧师寄信给《每日邮报》说德里菲尔德在他任教的地区诞生，他不只在这个地方生活了那么多年，尤其是他生命中的最后二十五年，他最著名的几本小说的背景地点都在这里，所以将他的遗体安放在黑马厩镇的教堂墓地里是最适宜的，就连他的双亲也安葬在墓地里的肯特郡的榆树下。然后，威斯敏斯特大教堂的教长态度坚决地将德里菲尔德葬在大教堂的提议给拒绝了，所以德里菲尔德太太极有尊严地给报界写了一封信件，她在信里说她确定她死去的丈夫最大的愿望是埋葬在他生前最了解最热爱着的普通人旁边。这个时候黑马厩镇子上的众人都长舒了一口气。但是，如果我不在的那段日子里黑马厩镇子上的显赫人物没有产生了极大变化的话，我不相信他们会接受"普通的人"这种叫法。后来我听说，他们从头到尾都无法"忍受"第二个德里菲尔德太太。

①　威斯敏斯特大教堂：伦敦著名的大教堂，是英国的国王加冕和知名人物埋葬之地。

四

我与阿尔罗伊·基尔一起吃过午饭后，过了两三天，我意外地收到了一封来自爱德华·德里菲尔德的遗孀的信，上面写着：

亲爱的朋友：

听说上周你和罗伊进行过一次长谈，聊到了爱德华·德里菲尔德，得知你们崇敬他，我很高兴。他以前时常与我提起你，并说他很欣赏你的才华，所以那次他见到你来我们家吃午饭，心里特别开心。我不知道你那里有没有他过去写给你的信，如果有的话，可不可以借给我抄录一下。如果你愿意，我很开心你能来我家小住几天。我家里没有什么人，很安静，你可以挑选一个你觉得合适的日子过来。我很愿意再次见到你，与你聊聊过去的事情。我还有一件很重要的事，希望你能帮助我。我相信你看在我故去的丈夫的面子上是不会拒绝我的。

埃米·德里菲尔德谨启

关于德里菲尔德太太，我只见过她一次，对她也没什么兴趣。我不喜欢别人称我为"亲爱的朋友"，仅仅因为这个称呼我就能拒绝她这个令我十分气恼的邀请，但是不管我找什么理由回绝她，我的理由都十分明显，我的确是不愿意应邀前往，我手里也没有德里菲尔德的信。他在好几年前给我写过几次信，那时他还是个没有名气的小作家，信里也都是简单的几句话。就算我保存过别人给我的来信，也绝对不会保存他的。我也完全没想到他后来会成为声名赫赫的伟大小说家。但由于德里菲尔德太太在信里说有重要的事求我帮忙，所以我没有马上回绝她。尽管我很不喜欢帮她，但如果是我力所能及的却又不愿意帮忙，那就会显得我很小气。不管怎样，她的丈夫是一个很显赫的人物。

这封信是随着最早的一班邮件送来的。吃完早饭我给罗伊打电话，刚说出自己的名字，罗伊的秘书就立即把电话转给了他。要是我正在写侦探故事，我肯定会猜想罗伊其实就在等我的电话，而他那豪迈的声音正好印证了我的猜想，我想没有谁会一大早在接到别人的电话时，声音这么自然欢快。

我说："但愿我没有吵醒你。"

电话那头传来他爽快的声音："当然没有，我七点就起来了，刚从公园骑马回来，准备吃早餐，你来我这里和我一起吧。"

我说："罗伊，我真喜欢你，但我觉得我并不太愿意和你一起吃早餐，而且我已经吃过了。对了，我收到了德里菲尔德太太的来信，她希望我去她家小住几天。"

"是的，她和我说过这些，我们可以一起去，她人很热情，家里还有一个草地网球场，你肯定会喜欢。"

"她需要我做什么？"

"这个还是让她亲自告诉你吧。"

罗伊的声音非常温和，我想，要是他告诉一个马上就要当爸爸的人，说他的太太很快就能实现他的期望，那他一定会用这种语气，只是这种语气对我并没有任何作用。

我说："罗伊，你瞒不住我的，我是世故的人，你还是干脆点告诉我吧。"

电话那端沉默了半晌，我想是因为罗伊并不喜欢我刚才的那番话。

他忽然说："你上午忙吗？我想去你那儿看看你。"

"行，你过来吧，一点前我都在家。"

"大约过一个小时我就到了。"

我放下电话，点上烟斗，再一次看了一眼德里菲尔德太太的信。

关于她说的那顿午饭，我印象深刻。那时我正在霍德马什夫人家里度周末，她住在特塔伯里附近，是个既聪明又美丽的美国女人，但她的丈夫却是个只喜欢运动，且浅薄无礼、没有风度的准男爵。或许是为了改善沉闷的家庭生活，她时常邀请艺术界的各种人来家里参加社交聚会，贵族和绅士与画家、作家和演员待在一起，虽然有惊讶和不安，但气氛十分欢乐。霍德马什夫人喜欢和她热情款待的这些客人们待在一起，因为这样她就能因为自己熟悉艺术而得意，但她却从不看他们的作品。那次我去她家，在聊天的时候碰巧提到了她赫赫有名的邻居，爱德华·德里菲尔德。我说以前我和他很熟，于是她就立即提议说，那天她有一些客人要回伦敦，让我们周一上午去爱德华·德里菲尔德家里一起吃饭。我很犹豫，我和爱德华·德里菲尔德已经有三十五年没有见面了，他应该不记得我了，而且，就算他记得我（这个想法我并没有说出来），他也应该不会因此感到高兴。但当时在场的有一名叫作斯卡利昂勋爵的年轻贵族，他十分热爱文学，因而将自己的所有精力全都投注到写侦探小说上了，而不是像人类与自然界法则规定的那样管理国家。霍德马什夫人刚说出自己的提议，他就马上说这太棒了，那次聚会的主客——一个又高又胖的年轻公爵夫人，似乎也非常钦佩这个著名的作家，还特意将她周一在伦敦的约会取消了，并准备下午再回去。

霍德马什夫人说："这样我们就有四个人了，他们也接待不了很多人。我现在就去给德里菲尔德太太发个电报。"

我无法想象和他们这几个人一起去见德里菲尔德，只能拼命试图让他们取消计划。

"这样会令他感到反感的，他年事已高，肯定不喜欢突然有这么多陌生人去见他。"我说。

"所以如果我们想去见他就得趁现在，他活不了多久了。德里菲尔德太太说我可以随时带几个有趣的朋友去，他喜欢接见客人，因为他们除了医生和牧师之外几乎见不到其他人，我们去正好可以改善一下情况。当然，她也必须要谨慎，因为他经常受到各种出于好奇心想要见他的人们的纠缠，还有记者和那些想要看他们作品的作家们，一些愚蠢的没完没了的女人也时常烦扰他。但是德里菲尔德太太真的非常棒，只有她认为应该接见的人，她才让他接见。要是每个人他都必须见，那么不出一个礼拜他就完了，所以德里菲尔德太太必须要顾及他的身体。但我们就不同了。"

当然，在我看来我和他们是不一样的，但我最好还是别说什么，因为我发现，公爵夫人和斯卡利昂勋爵也觉得他们和其他那些想要去见德里菲尔德的人是不一样的。

我们乘坐一辆鲜黄色的劳斯莱斯牌汽车出发了。黑马厩镇与弗恩大宅相距三英里，我想那应该是一幢拉毛粉饰住宅，大约建于一八四〇年前后，外貌没什么装饰，简单质朴，但胜在坚固。屋前屋后的模样完全一致，两边和二楼都有两个很大的圆肚窗，中间平整，前门就开在这里。屋顶低矮，被一道简单的护墙挡着，屋子周围的花园大约有一英亩大，园子里满是树木，但管理得不错。从客厅的窗户向外看，可以看到绿色的坡陀与树木组合的美丽景致。客厅中的摆设和那些不是很大的乡间屋子的客厅一样，令人稍有些迷惘不安。椅子和沙发上都罩有干净而艳丽的印花棉布套子，窗帘的印花棉布也是一样的。几张小桌是奇彭代尔①式的，上面摆着装有百花香②的东方风格的大碗。墙面是奶油色的，上面挂着几幅赏心悦目的水彩画，都是本世纪一些有名画家的作品。屋里还布置了一些美丽的鲜花，以及摆在大钢琴上的一些著名女演员、离世的作家与王室次要成员的相片。

难怪公爵夫人一进门就说这客厅非常舒服，这的确适合一个知名作家用来安享他的晚年时光。德里菲尔德太太友好而端庄地接待了我们。我猜她大约四十五岁，一张小脸面色灰黄，眉眼和轮廓匀称而分明，戴着顶黑色的钟形女帽，穿着一身灰色的衣裙，身高恰当，但身子瘦弱，看上去干净整洁，聪明能干。这样子就像一个替乡绅父亲管理教区事务的守寡的女儿，她具备一种特殊的组织才能。她领着我们来到客厅，一位教士和一位女士起身，德里菲尔德太太介绍说，他们是黑马厩镇的牧师和他的妻子。霍德马什夫人与公爵夫人立即摆出谦和的模样，有身份的人在遇到比他们地位低的人的时候，总会摆出这种姿态，好像自己并没有意识到其间的地位差异。

接着爱德华·德里菲尔德来到客厅，见到他本人的时候我很是诧异。我偶尔会从画报上看到他的照片，但是他比我记忆里更

----

① 奇彭代尔（约 1718—1779）：英国家具木工，其制作的家具外形优美，装饰华丽。
② 百花香：指装在器皿里的干燥花瓣与香料的混合物，能散发出香气。

矮，体形更瘦，一头纤细的银发刚好遮住头顶，刮得干干净净的脸接近透明，眼睛是蓝色的，但颜色很淡，周围发红，看上去年纪大得仿佛随时都会离开人世一般。他戴着一口假牙，所以笑起来并不自然，很勉强。我以前见到他的时候他还留有胡子，现在没有了，薄薄的嘴唇很是苍白。他穿着一套蓝色的哔叽新衣服，样式很不错，领口又低又大，将他布满褶皱的枯瘦的脖子袒露在外。他系着整洁的黑领带，上面别着一个珍珠领带夹，看上去就像一个教长穿着便装在瑞士度假。

他进来的时候，德里菲尔德太太肯定是对他整齐的着装很满意，所以她立即给了他一个鼓励的笑容。他逐一与客人们客套寒暄，走到我面前时，他说：

"你是一个名声显赫的大忙人，特地从那么远跑来看我这个老古董，我真高兴。"

我有些惊讶，他说话的语气就像之前没有见过我一样，我担心那几个朋友会误以为我说和他很熟是在撒谎。我不确定他是不是真忘记我了。

我努力装作十分真诚的样子，"我都忘了我们有多久没见面了。"

他只看了我几秒，但我却觉得看了很久。他忽然很快地冲我眨眨眼，快得旁人完全不能察觉，我猛地一怔，简直不敢相信自己的眼睛，这一幕竟会出现在他那张很有气度的脸上。他很快又恢复了安详的神情，彰显着自己明锐的洞察力。午餐很快安排好了，我们陆续进入饭厅。

饭厅的陈设也非常优雅，摆着银烛台的餐具柜和椅子、桌子都是奇彭代尔式的，我们围在桌前吃饭。桌子中间放着一个装有玫瑰花的银碗，旁边放着盛着巧克力与薄荷奶油糖的银碟子和锃亮的银盐瓶，显然是乔治王朝时期的。墙壁上挂着彼得·莱利爵士①仕女画的网线铜版印刷品，壁炉台上还摆着一件蓝色的代尔夫特陶瓷②。德里菲尔德太太一边与我们聊天，一边观察着在一旁伺候的两个穿着棕色制服的肯特郡侍女（她们脸色健康，颧骨很高，说明她们是本地人），她们体态丰满，但手脚麻利，也不知道她是怎样训练她们的。午饭的菜肴与场合非常搭配，精美而简单，有烤鸡、新上市的土豆、嫩豌豆、芦笋和鹅莓凉布丁，配上淋了白汁沙司翻卷的板鱼片。你会认为这样的饭厅、午饭与方式，和这个声名显赫但不算富有的作家非常匹配。

和许多作家的妻子一样，德里菲尔德太太也很健谈。她不会让她那边的话题冷场，所以我们根本找不到机会知道她的丈夫都说了些什么。她充满生气，愉快轻松，虽然爱德华·德里菲尔德年老体衰，让她不得不长期住在乡下，但她偶尔还是会想办法去一次伦敦，让自己跟上时代的发展。不一会儿，她就和斯卡利昂勋爵聊起正在伦敦戏院上演的戏剧，以及拥挤的皇家艺术院。她

---

① 彼得·莱利爵士（1618—1680）：荷兰肖像画家，因作英国贵族肖像画而闻名。

② 代尔夫特陶瓷：荷兰西部城市代尔夫特出产的陶瓷，通常有蓝色的图案。

去了两次，才将那里展出的全部画作看完了。但就算如此，她还是没有看完她最喜欢的水彩画，因为她不喜欢矫揉造作的东西，并且在她看来水彩画并不矫揉造作。

　　牧师为了让男女主人坐在饭桌两边，就与斯卡利昂勋爵坐在一起，他的太太就与公爵夫人坐在一起。她们二人聊起了关于工人阶级住房的问题，公爵夫人在这方面似乎懂的比牧师太太要多。这时我不用再注意别人的对话，就将注意力放在正和霍德马什夫人聊天的爱德华·德里菲尔德的身上。霍德马什夫人在和他说如何写长篇小说，并且给他推荐一些必看的书籍。他应该是出于礼貌在认真地听着，偶尔插上一句，但由于声音太小，我并不能听清楚。霍德马什夫人很风趣，时常会在聊天的时候说些笑话。每当这时他总是会轻声笑起来，并立即看她一眼，那眼神仿佛在说这个女人也并不完全是个傻瓜。我记起过去，不禁暗自好奇，不知道他对于他那些尊贵的客人，和他穿着整齐、能干又善于持家的妻子，包括现在所处的优雅的生活环境是什么想法，他是否会遗憾自己的早年经历，是否真的对眼前的一切感到快乐，还是说他快乐的背后掩藏着憎恶与反感。或许是察觉到了我的目光，他抬起了眼睛，用温和的目光带着些许沉思与搜寻在我脸上停顿了半晌。接着他忽然又对我眨了眨眼，这次是肯定的。这种不严肃的神情忽然出现在这张苍老干枯的脸上，吓了我一跳，并且感到很狼狈，我嘴角挂着迟疑的浅笑，不知道该怎样才好。

　　这时，公爵夫人与饭桌那头的人聊了起来，牧师太太则转过头来看向我。

她小声问我："你好几年前就已经认识他了，对吗?"

"没错。"

她看了一眼旁边的其他客人，看看别人有没有在看我们。

"他太太很希望你不要让他回忆起那些或许会使他痛苦的往事。你知道他身体不太好，一点小事就会令他不高兴。"

"我会注意的。"

"她一直无微不至地照顾他，这种奉献精神很值得我们大家学习。她清楚自己照顾的人是多么重要，真的很难用言语去形容这种伟大的精神。"她的声音又小了些，"当然，他年纪大了，有时候是有些不好照顾，可她却从来不会不耐烦。她是一个贤惠又体贴的好妻子，和她的丈夫一样了不起。"

我很难找到能回答她这种评论的话语，但我想到她在等我的回复。

我嘀咕道："从各个方面的情况来看，我觉得他看起来很好。"

吃完午饭，我们回到客厅，大家在那里站了一会儿。我和牧师聊着天，因为没有好的话题，我们正在夸赞外面景色漂亮，爱德华·德里菲尔德就向我走了过来。我转过身面对着他。

"我正说到外面的那排充满画意的小村舍。"

德里菲尔德看着那排轮廓参差不齐的村舍，薄薄的唇边浮起了嘲讽的笑容，"从这里望过去是这样的，是不是很怪? 我就降生在那其中的一幢房子里。"

这时德里菲尔德太太急忙又亲切地走了过来，她的声音悦耳又轻快：

"爱德华，噢，我想公爵夫人肯定很想去看看你的书房，她一会儿就必须要离开了。"

公爵夫人说："真的很抱歉，但我必须赶上从特堪伯里开出的那班三点十八分的火车。"

我们纷纷走进德里菲尔德的书房，书房很大，圆肚窗在房子另一边，从那里向外看，景色与在饭厅里看到的是一样的。这显然是一个体贴的妻子为她的作家丈夫悉心布置的书房，屋里干净整洁，还放置了几碗鲜花，增添了几分女性的情调。

德里菲尔德太太一边说，一边将桌面上一本翻开反扣的书合了起来，"这是件古式桌子，他后面的所有作品都是在这上面完成的，在他的作品 édition de luxe① 的第三卷里，卷首插画图画的也是这张桌子。"

我们都在夸赞那张桌子，霍德马什夫人以为我们没有注意，用手指摸了摸桌下的边缘，看是不是真品。德里菲尔德太太立即朝我们愉快地笑了起来。

"你们想看看他的手稿吗？"

公爵夫人说："那真是太好了，看完我就要立即动身出发了。"

德里菲尔德太太从书架上拿下一叠用蓝色摩洛哥皮封面装着

---

① édition de luxe：法语，意为"精装本"。

的手稿。大家都在认认真真地欣赏着，我趁机看了看周围书架上摆放的书籍。我就像所有作者都会做的那样，迅速寻找着我的作品，但一本也没有看到。但我却看到了阿尔罗伊·基尔的全部作品，还有一些装帧精美的小说，看上去好像从未给别人看过似的。我想这都是因为那些作者崇敬这位文学大师而特地寄给他的，或许还指望能得到他的几句赞扬，从而用于出版商的广告上。但所有的书籍都摆放得整齐干净，我猜应该没什么人去翻看。书架上还有《牛津大辞典》，以及菲尔丁、鲍斯韦尔①、黑兹利特②等这些英国知名作家的作品，都是装帧精美的标准版。此外还有许多与海洋相关的书籍，我看到了海军部发行的航海指南，封面颜色各异，凌乱不齐。还有园艺方面的书。这间屋子不像工作室，倒更像是名人的纪念馆，你近乎能看到一个无所事事的闲散人士缓缓走进屋里，还能闻到一种像是常年没人参观、不透风的博物馆里的霉味。我猜想要是德里菲尔德还会看些什么的话，那应该就是堆叠在房间角落的桌子上的两种报纸——《园艺新闻》和《航运报》。

当这些夫人们参观完她们想看到的一切后，我们就向主人告别。霍德马什夫人很聪明乖巧，她肯定是想到这次聚会的借口是我，结果我整个中午几乎都没与德里菲尔德说上几句话。我们在

---

① 鲍斯韦尔（1740—1795）：英国苏格兰传记作者，作品有《塞缪尔·约翰逊传》。

② 黑兹利特（1778—1830）：英国作家、散文家、评论家。

门口道别时，她亲切地笑着对德里菲尔德说：

"听说您和阿申登先生认识很久了，我十分好奇，他以前是一个听话的孩子吗？"

德里菲尔德看向我的目光冷静而嘲讽，我想要是当时没有别人，他肯定会朝我吐舌头。

"我教过他骑自行车，他很害羞。"德里菲尔德回答。

我们乘上那辆黄色的劳斯莱斯牌汽车离开了。

"他人真好，我非常高兴能去拜访他。"公爵夫人说。

"他的举止十分得体，对不对？"霍德马什夫人说。

"你难道还指望他吃豌豆时用刀子？"我问。

"我倒还真希望他这么做，那肯定非常生动、别致。"斯卡利昂说。

"我觉得这很难，我尝试过，根本没办法让豆子待在刀子上。"公爵夫人说。

"你要扎住豆子。"斯卡利昂说。

公爵夫人反驳说："不是这样的，你要让豆子待在刀面上保持平稳，但那些豆子总是到处乱滚。"

"你觉得德里菲尔德太太如何？"霍德马什夫人问。

"我觉得她起到了她的作用。"公爵夫人说。

"真可怜，他已经老了，身边必须有人照顾。你知不知道，他的妻子之前是医院里的护士？"

"是真的吗？我还以为是类似于秘书或者打字员这种。"公爵夫人说。

"她人很不错的。"霍德马什夫人亲切地为她辩护。

"嗯，的确不错。"

"大约在二十年前，他生了场大病，病了很长一段时间。当时她正好是他的护士，等到病愈后他就娶了她。"

"真奇怪他会这么做，她丈夫肯定比她年长很多，她绝对没有四十岁，或是四十五岁。"

"不，应该不止，她大概有四十七八岁的样子。我听说她用了不少心思在他身上。我是说，她将他照顾得很好，可以接见客人了。阿尔罗伊·基尔说，他之前很不修边幅的。"

"作家的妻子通常都不讨人喜欢。"

"和她们应酬真的很无聊，对不对？"

"的确是难以忍受，我很好奇她们怎么完全没察觉到。"

我小声说："真是些可怜虫，她们还总是沉浸在幻觉里，觉得大家都认为她们很有趣。"

到了特堪伯里，我们送公爵夫人去火车站，之后便继续乘车前行。

五

　　我和爱德华·德里菲尔德第一次认识是因为他教我学骑自行车。我不知道那时候低座自行车已经发明了多长时间，但是在我住的肯特郡的那个僻远的地区，还不是寻常能见到的。所以你看到谁骑着一辆自行车疾驰而过时，你肯定要回头看着，直到那道身影在你眼中消失不见为止。中年的绅士们觉得自己的双腿能走道就挺好了，骑自行车这种行为简直太搞笑了。而岁数大的女士则是一看到自行车骑过来，就赶紧躲到道路旁边，她们对这种车感到害怕。我羡慕那些骑着自行车来学校里的男孩子已经很久了。若是你想有个显摆一下自己的机会，那么你可以在骑着自行车进学校时将双手都脱离车把手。我央求了很久，我的叔叔才同意让我在暑假时买一辆自行车，但是我的婶婶却觉得那会让我摔断脖颈，所以坚决不同意，还好在我的执着请求下我叔叔较为痛快地答应了，不过当然了，我买车用的是自己的钱。我在学校放假之前就订了一辆，自行车几天之后就被货运公司从特堪伯里给运来了。

学校里的朋友们告诉我他们半个小时就学会了，所以我打算自己去学习怎么骑自行车。我试了好几遍，最后得出的结论是我这个人真的太蠢了（如今我觉得，那时候这么说实在是有点夸张），但是即使我放下了自尊心，让花匠搀扶着我上车，学了一上午之后，仍旧和最初一样没办法自己骑上车。隔天，我将自行车推到了外面距离公馆不远的一条大路上，因为我觉得牧师公馆外面的那条曲折马路不适合学骑车。而那条大路笔直又平整，并且人迹罕至，不用担心有人会发现我的丑态。我在那里尝试了很多次上车，可是每一回都摔下来了。我的小腿还被脚踏板擦破了皮，我开始觉得全身越来越热，非常暴躁。我尝试了大概一个小时，沮丧地觉得也许是上帝不希望我会骑车，可是我还是想要继续学下去（由于想起我叔叔的冷嘲热讽还有上帝在黑马厩镇所代表的意义，我实在难以忍受），但是这个时候，我烦躁地发现这条僻静的路上竟然有两个骑着自行车的人向我飞驰而来。我立刻将车子推到路边，在一个篱边台阶①上面坐下来，装作没事儿人似的望向海洋，做出一副我骑了很久的车，尔后坐在这里面对着汪洋大海

---

① 篱边台阶：乡下用木板制成的一种可以让人穿越树篱、栏栅却不能让兽类通过的台阶。

思考的样子。我瞪着双睛，努力不让自己去瞧那两个向我骑过来的人。可是我能感受到他们离我越来越近，并且眼角的余光瞥到那是一男一女。他们经过我身边的时候，女人忽然向我坐着的地方撞过来，摔在我身上，她从车上掉了下来。

她说："哎哟呀，真的很抱歉。我方才一瞧见你，就知道我得摔下来了。"

在这种情形下，我怎么还能维持我原来那种沉思的模样。我脸涨得通红地同她说没有关系。

她摔倒在地时，那个男的也下车了。

他问："你伤没伤到哪里？"

"没有。"

我这个时候才发现他是我前几天看到的那个和助理牧师在一起的男人，也就是那个作家爱德华·德里菲尔德。

他的女伴儿说："我学习骑车的时候，一瞧见有什么东西在路上，我就会摔倒。"

德里菲尔德说："你是牧师的侄子吧？我见过你。盖洛韦跟我说过你是谁。这是我的妻子。"

她非常坦然地向我伸出了手，我回握住她的手时，她还热诚地用力握了一下。虽然我那时岁数不大，我也瞧得出来她流露出的笑意十分亲和友善。我却是一见到不认识的人就非常紧张，紧张到我压根儿没看清楚她具体长什么样。我只是恍惚感觉她是个身高体健的金发女人。她那天穿着一条裙摆宽阔的蓝色哔叽裙子，一件粉红色的衬衫，厚重的金发上戴着一顶那时叫"硬壳平顶帽"的草帽。我忘了这是我那时候就看清的她的样子，还是我后来回想起来的她的样子。

她说："我认为骑自行车真的是特别有趣，你觉得对吗？"她看向我那台在篱边台阶上的新自行车，"若是可以完全学会了骑车，这该多过瘾呀。"

我认为她说的这些话是以为我车技纯熟而流露出的羡慕。

我说："多练习就能学会了。"

"今天是我的第三课，我认为自己蠢钝极了，简直恨不得踹自己一下。德里菲尔德先生却说我进步得挺快。你用了多长时间学会骑车的？"

我已经说不出那句丢脸的话了，因为感到惭愧而羞得满脸通红。

我说："我还没学会骑自行车，这辆车子是我新买的，我今天是第一次尝试。"

我回答得含含糊糊，又在心里加了一句：除了我昨天在自家花园里尝试的那些工夫儿，这样才能觉得自己无愧于心。

德里菲尔德亲切和气地说："若是你乐意的话，我可以教你，来吧。"

我说："不可以，我不管怎么样都不想劳烦你。"

他的妻子问："这是为什么呢？"她的一双蓝眼睛依旧盈满着热切友善的笑意，"德里菲尔德先生乐意教你。而且，我也能休息一下。"

我非常不情愿，可是没有法子阻挡德里菲尔德将我的自行车推过来的善意举动。我笨拙地跨坐在车上，他用手紧紧扶住我来来回回摇晃的身子。

他说："蹬得快一点。"

我踩着自行车的脚踏板，他跟在我身旁跑，我的车身来回摇动，即使他用尽了全力，可是最后我仍是摔下来了，我们两个都非常热。我不能在这样的状态下依旧维持牧师侄子对沃尔夫小姐管家的儿子所用的疏离淡漠的态度了。我上了车继续向回去的方向骑，竟然忐忑地自己骑了三四十码，德里菲尔德太太两手叉腰站在路中央，大声喊着："再接再厉，已经二比一领先了。"我将身份地位彻底遗忘在脑后，高兴地开怀大笑。我一脸沾沾自喜地下了自行车。德里菲尔德夫妇跟我祝贺，赞扬我第一天就灵巧地学会了骑自行车，我坦然地接受了他们的道贺。

德里菲尔德太太说："我来试试自己可不可以上车。"我在路边的篱边台阶再次坐下，和她的丈夫一同瞧着她不断失败的尝试。

过了一会儿，她失落但仍旧态度积极地坐在我旁边休息。德里菲尔德将烟斗点燃了。我们谈论起来。我那时候并不明白她的行动里为什么有着让人觉得丝毫不束缚可以忘却所有顾忌的坦然。她说起话来的口吻总是有种孩子似的对生命的热诚。我说不上来为什么那么喜爱她的笑。她的笑容是那么纯真又带着一点调皮。就仿佛是个孩子办了件自己觉得非常有意思的事儿，她明白你肯定会认为她特别顽皮，她也明白你不会因此而真的会动怒。倘若是你不知道她做了什么事儿，她还会亲自过来讲给你听。但我那时没有多想，只知道她的笑容让我觉得舒适安逸。

隔了一段时间过后，德里菲尔德瞧了瞧手表，说他们应该走了。他还建议我们应该一同非常有派头地骑车回去。那个时间段正是我叔叔和婶婶每日在镇子里漫步回家的时候。我不希望被他们撞见我同他们嗤之以鼻的人在一起，所以我让他们先行离去，理由是因为他们骑车比我快。德里菲尔德太太不赞同这样的做法，可是德里菲尔德却用一种怪异的、很有兴趣的眼光看了我一眼。这令我认为他看懂了我不和他们结伴而行的理由，我羞耻得整张脸都红了，他说：

"让他一个人走吧，罗西。他自己骑车会更稳当一点。"

"好吧，你明天还来这里对吗？我们还会过来的。"

我回答："我尽量过来。"

在他们骑车出发后的几分钟，我也启程了。我内心十分自得，这让我骑到牧师公馆门口都不曾摔倒过。用餐的时候我因为这个吹捧了自己一下，可是我没有说我遇见了德里菲尔德夫妇。

隔天上午十一点钟左右，我将自行车从马车房里推出来。这个房子虽被如此称呼，但实际里面一辆小马车都没有，这就是花匠放置割草机和滚轧机，还有玛丽-安搁置鸡饲料的地方。我将自行车推到了正门口，很艰难地上了车，顺着特堪伯里大路骑到了曾经是收税关卡的地方，而后向欢乐巷骑去。

天空湛蓝如洗，暖和又干净的空气热得仿佛只有噼啪的声音。光线敞亮却不炫目。太阳的光芒如同一种定向的能源照在大路上，而后又如同一个皮球一样反弹回去。

我在这条路上来回骑了一会儿，等待德里菲尔德夫妻俩的到来，过了一会儿我瞧见他们来了。我跟他们摆手示意，而后转过车头（下了车才转过车头），同他们一齐朝前方骑去。德里菲尔德太太和我彼此道贺对方获得的成长。我们用力地攥紧把手，有一点惴惴不安地骑着车，可都是兴致勃勃的。德里菲尔德说等我们骑得都非常稳当的时候，我们定要一起骑车去乡下玩耍。

他说："我想去附近拓一两块碑①。"

我不明白他讲的是什么意思，可是他也不乐意说明。

他说："等着瞧吧，你会看见的。你认为你明天能不能骑十四英里？来回各自骑七英里。"

我说："自然是能的。"

"我给你一张纸和一些蜡，你也能拓。但是你还是去询问一下你的叔叔你到底可不可以去吧。"

"我不需要问他。"

"我觉得你还是询问一下比较好。"

我的脸被德里菲尔德太太用她特有的顽皮又友善的目光瞄了一下之后，瞬间变得通红。我明白我询问完叔叔的意见的结果，

---

① 碑：教堂的地上或者墙面上的雕刻有肖像、纹章的黄铜纪念碑。

那肯定是被否决的。于是我打算什么都不跟他说。但是我们向前方骑的时候，我瞧见医生乘着他的双轮马车向我们驶来。他经过我身边时，我双眼直勾勾地看着前面，满心希望我不看向他的话，他也看不见我，可这是不可能的。我觉得浑身都非常不自在。若是医生瞧见我的话，这事儿很快就会被我叔叔和婶婶得知，所以我在心中暗想让我自己跟他们说这个已经不是秘密的秘密应该会更稳妥一些。我们在牧师公馆门口告别的时候（我没法子不同他们一块骑到那里），德里菲尔德说若是我明天能够跟他们一块去的话，我尽量早一些去他们家找他们。

"你知道我们居住的地方，对吗？在公理会教堂的旁边，叫莱姆庐。"

我那天在吃午饭的时候，一直琢磨着要寻个时机，自己提前将凑巧遇到德里菲尔德夫妻俩的事情讲出来，可是在黑马厩镇子里，消息传得太快了。

我婶婶问："今天上午你同谁一起骑车了？在镇子上我们遇到了安斯蒂医生，他说他看到你了。"

我叔叔一脸满不在乎的表情咀嚼着烤牛肉，面色暗沉地盯着自己眼前的盘子。

我若无其事地回答："德里菲尔德夫妇俩，就是那个作家。盖洛韦现在同他们也相识的。"

我叔叔说："他们的名声不怎么样，我不希望你同他们交往。"

我问："为什么不行呢？"

"我不想跟你讲太多。你只需了解到我不希望你同他们交往，这就行了。"

我婶婶问："你是如何同他们相识的？"

我稍微撒了一点谎说："我在大路上骑车，他们也在，他们询问我乐不乐意同他们一起骑车。"

我叔叔说："我觉得这真的是自作多情。"

我将脸拉下来不再讲话。为了表达心里的反抗，即使是我喜欢吃的紫莓馅饼端上了桌，我也一口都没吃。我婶婶关心地问我是否觉得身体不舒服。

我努力做出傲然的样子说："没什么，我挺好的。"

婶婶说："那尝一块儿馅饼吧。"

我回答："我不饿，不想吃。"

叔叔说："他自己明白他吃没吃饱。"

我愤恨地看了他一眼。

我说："那尝一小块儿吧。"

我婶婶给我弄了一大块儿馅饼。实际上这是一块儿很好吃的紫莓馅饼。玛丽－安做的馅饼入口即化。可是我吃馅饼的模样仿佛是因为任务而不得不做一件令自己厌恶的事儿一样。而且婶婶询问我可不可以再多吃一儿块时，我冷冰冰地说不吃了。她也不再问我了。我叔叔做了餐后的感恩祈祷，我自己有些难过地走进了客厅。

我去厨房的时间是在我估计佣人们都用完餐之后，埃米莉在餐具室擦着银餐具，玛丽－安在洗碗洗碟子。

我问玛丽-安："嘿，德里菲尔德夫妇到底怎么了？"

玛丽-安打从十八岁的时候就来牧师公馆做活儿。她在我还是小男孩儿时期给我洗过澡，她将药粉拌在梅子酱里喂我吃下，她为我收拾上学时候用的行李，她守护过得病的我，她给烦躁时候的我读书听，她管教过调皮时候的我。女佣人埃米莉是个肤浅的青年姑娘，玛丽-安生怕我被她照料得不好。玛丽-安是黑马厩镇当地的姑娘。她活到如今也没去过伦敦。就连特堪伯里，她差不多也就去过三四次。她一年的工资是十二镑，一年到头没生过病，也没请过假。每个礼拜有个晚上，她会去镇子上探望她的妈妈，她的妈妈给牧师家洗衣服；每个礼拜天的晚上她都去教堂。但是玛丽-安对黑马厩镇发生过的任何事儿都了如指掌。关于这里的每个人，他们同谁成婚了、谁的父亲是得了什么病而死亡的、某个女人有几个孩子而且他们都姓甚名谁，她全部都知道。

玛丽-安在听到我的问题之后，将一块儿湿抹布摔到水槽里。

她说："我能理解你的叔叔。假如你是我侄子，我也不会让你同他们交往的。意料不到的是他们居然邀请你和他们一起骑车！这些人怎么敢这么做。"

我立马发现肯定有人将餐厅里的那场对话讲给玛丽-安听了。

我说："我已经不是孩子了。"

玛丽-安讲话时经常随便地将字首的"h"音省略，"不是孩子就更加糟糕了。他们怎么还有脸来这里！租了一座房子，摆出上等人的样子。哎，别去拿那块儿馅饼。"

我掰了一块儿摆在厨房的桌子上面的紫莓馅饼，将酥皮塞进嘴里。

　　"这是我们晚餐吃剩下的，你若是这么喜欢吃，方才吃饭的时候你为什么不要？特德①·德里菲尔德这人做任何事儿都没有长性。他也是受过教育的人。他从出生开始就给他妈妈惹来许多麻烦，他长大后又同罗西·甘恩成婚。我真为他的妈妈感到难过。据说别人告诉他的妈妈他跟谁成婚时，他妈妈被气倒在床上一直躺了三个礼拜，跟谁都不讲话。"

　　"德里菲尔德太太婚前叫作罗西·甘恩吗？是哪一家的甘恩？"

　　在黑马厩镇，甘恩是很寻常的一个姓。教堂墓地里全都是姓甘恩的人的墓碑。

　　"唉，你哪里能了解那家人。目无王法的乔塞亚·甘恩老头是她的爸爸。他曾经当过兵，等再回来的时候安了一条木头腿。他以为人家刷油漆为生计，但是常常没有活儿可以做。他们那时候就居住在黑麦巷我家的旁边。我和罗西经常一同去主日学校。"

　　我用我那个岁数独有的坦率说："但是她比你年轻。"

　　"她都三十多了。"

　　玛丽-安身材矮小，鼻子塌塌的，一口蛀牙，但是脸色不错，我觉得她应该不会超过三十五岁。

　　"不论罗西假装自己多么年轻，但实际上她也跟我差不上四五

---

　　① 特德：爱德华的昵称。

岁。我听说她如今全身的装扮都让人认不出来是她了。"

我问："她真的做过酒店的女招待吗?"

"是的,她原来是在铁路徽章酒店做招待。然后又在哈佛沙姆的威尔士亲王羽毛酒店做招待。最初是里夫斯太太雇用她在铁路徽章酒吧间接待客人,可是她不约束自己的行为,里夫斯太太只能同她解除雇佣关系。"

铁路徽章酒店是一家非常普通的小酒店,与去往伦敦、查塔姆和多佛尔铁路的车站相对,里面有种不寻常的快活氛围。你在冬季的晚上经过酒吧的时候,能透过玻璃门瞧见很多男人慵懒地倚在卖酒柜台上。我的叔叔十分看不惯这家酒吧,多年来他一直在想方设法地希望将它的营业执照吊销。去那里饮酒的大多是铁路搬运工、运煤船船员和农场工人。黑马厩镇有身份地位的居民都对那里不屑一顾,他们若是想喝一杯啤酒,都是去"熊与钥匙"旅店或者"肯特公爵"旅店。

我瞪大了双眼问:"哎呀,她到底干了什么啊?"

玛丽-安说:"还有什么是她没做过的?若是你叔叔听到我说给你听这种事情,他肯定会说我的。罗西跟每一个去那间酒吧里喝酒的男人都挤眉弄眼或者勾肩搭背的,并不挑剔那些人的身份。她不会只爱上一个男人,一直都是换了这个再换那个。我听到这种说法的时候真的差点吐了。她就在那时勾引到了乔治勋爵。原本乔治勋爵是不可能去那种酒店的,他那么有派头的人可不会去那种地方,可是某一天他碰巧由于火车晚点而进了里面,两个人就这么相遇了。他自此之后就经常待在那里，同那些粗鲁的男人们鬼混。谁都知道他为何去那里，但是他还有老婆和三个孩子啊。唉，我真的为他老婆感到难受！这事儿引来了那么多的议论。哦，所以后来里夫斯太太因为对这件事情难以容忍，给她结算了工钱，让她赶紧打包行李走人了。我那时还跟别人讲，真的要感谢老天爷，能把这破烂给扔了！"

乔治勋爵的姓名是乔治·肯普，但是大伙儿都唤他乔治勋爵，这个外号是大伙儿讽刺他那得意扬扬的模样而起的。他是这里的煤炭商人，也有一点房地产买卖，并且还有一两条煤炭船的股份。他在自家的土地上盖了一座新的砖瓦房，他就居住在这座房子里，他拥有自己的双轮马车。他有一双肆狂的蓝眼睛，下巴留着山羊胡须，面容红扑扑的，脸色非常好，身体健壮结实。我认为他的样子肯定和古老的荷兰油画里的一个喜气洋洋、容光焕发的生意人非常相像。他喜欢穿得花里胡哨。每次你瞧见他身着大纽扣的淡黄色短皮外套，歪戴着一顶棕色圆形礼帽，扣眼儿里别着一支红玫瑰花，驾着马车经过街中间时，你是忍不住要瞧上他几眼的。每个礼拜天，他都戴着顶高礼帽，穿着礼服到教堂里做礼拜。大伙儿都对他希望当一个教区委员的想法心知肚明。其实他对教会还是有用处的，可是我叔叔说只要他还是这个教区的牧师，他就不可能答应。然后乔治勋爵为了表达自己反抗的意思，就跑到分离派教堂做了一年的礼拜，即使这样，我的叔叔依然坚持他自己的意见。他在镇子上遇到了乔治勋爵，就当不认识这个人。后来他们谈和了，乔治勋爵又来教堂做礼拜了，可是我叔叔只同意他当一名副教区委员。乡绅阶级的人们觉得他十分粗鄙，我认为他的确喜欢争名逐利，爱慕虚荣。他们厌弃他讲话的声音特别大，笑声难听，因为他若是在路的这边和人讲话时，你在路的那边都能听得一清二楚，他们还认为他待人亲热过头的行为非常令人厌恶。他和绅士阶层的每个人说话时根本不顾及他是个生意人的身份，他们说他乐意表现自己。乔治跟所有人都没有架子，非常亲密。他关心公共工程，而且在给每一年的划船比赛或者收获感恩礼拜募捐时，他都会毫不吝啬地掏出钱来。他乐意给所有人帮忙，可他的这些举动依旧不能抵消他和黑马厩镇的绅士阶级之间的隔阂。他在和人交往的时候仍然得不到热情的对待。

我记得有一次，医生的太太来探望我的婶婶，埃米莉进来跟我叔叔说，乔治·肯普先生希望见他。

我婶婶说："埃米莉，我方才听到是前面的门铃响了。"

"对的，太太，他的确是在前门的门口。"

一瞬间没有人知道该怎么去回应这种没发生过的事情，房间里的所有人都觉得非常困窘。埃米莉素来懂得什么样的人能从前门或是侧门再或者是后门进来，但即使是她此刻也慌乱了。我的婶婶的性情是很柔和的，我认为她的确对一个来客这般让自己处在不同寻常的位置而觉得无所适从，可是医生的太太用从鼻子里发出的一声"哼"来表达了她的轻蔑。最终还是我的叔叔先冷静了下来。

他说："埃米莉，将他领去我的书房，我喝完茶就过去见他。"

但是乔治勋爵却不理会别人如何待他，他依旧那么神采奕奕，喜欢显摆自己，声音洪亮，吵吵嚷嚷。他说他要将这个暮气沉沉的镇子叫醒。他准备说服铁路公司运营旅游列车。他觉得这里可以变成另一个马盖特①，并且他们还应该有个市长，因为弗恩湾就有一个市长。

黑马厩镇子上的人说："我瞧他是想自己当上市长。"他们噘起嘴巴说，"骄傲势必失败②。"

而我的叔叔则说，你能将马带到水边，却没有办法强迫马去喝水③。

我还应该阐明的是，那时我同旁人一样用蔑视讽刺的态度对待乔治勋爵。他每次在路上丝毫不顾他自己同我的身份地位的差距拦住我跟我聊天，叫我的名字，我都特别生气。由于他的几个儿子同我年纪差不多，他居然还提过建议让我和他的儿子一起打板球。他的儿子们都在哈佛纱姆上文法学校④，我同他们之间怎么可能会有往来。

虽然玛丽－安对我说的这些事情令我十分激动和大吃一惊，可

---

① 马盖特：英国肯特郡萨尼特岛的一个海港城市，是英国一个特别受大众喜欢的著名海滨旅游地点。

② 骄傲势必失败：英国的谚语。

③ 你能将马带到水边，却没有办法强迫马去喝水：英国的谚语。

④ 文法学校：中等学校，因为在这样的学校里要学习拉丁文和希腊文，以文法为重点，所以叫作文法学校。

是我不是很相信她的话。我那时候读过很多小说，在学校里也了解到一些事情，因此关于爱情我懂得不少，可我觉得那是年轻人的事儿。我觉得一个留着胡子、儿子和我一般大的男人是不应该还能有这样的感情的。我认为三十岁以上的人还有已经结婚了的人，是不应该还去和别人谈恋爱的，这种人的这种行为特别让人作呕。

我问玛丽-安：“你的意思不是讲他们真的做了什么事情吧？”

“我听别人讲罗西·甘恩情愿做任何事儿。乔治勋爵并不是唯一一个和她勾搭的男人。”

“但是，唉，她为什么没有孩子呢？”

我每次在小说里看到自甘堕落的漂亮女人做下了这种事儿后，她就会生个孩子。小说里关于这类事情的缘由总是处理得特别严谨，有时甚至只用一排省略号去代替，可是结局却是无法避免的。

玛丽-安说：“那不过是因为她足够幸运，这可不是代表她多么有手腕儿。”这个时候她将一直在擦着的盘子放下了，“我瞧你了解到了许多你不应该了解的事儿。”

我很自满地说：“我当然可以了解喽！事实上我已经是大人了，难道不是吗？”

玛丽-安说：“我能跟你说的，只应该是里夫斯太太将她辞了之后，乔治勋爵为她在哈佛沙姆的威尔士亲王羽毛酒店找了份工作。那之后他就经常赶着马车去那里饮酒。你难道可以跟我讲讲那里的啤酒和这里的不同之处吗？”

我问："特德·德里菲尔德为什么会娶她呢？"

玛丽－安说："我哪里清楚呢，他在羽毛酒店遇到她。我觉得是因为他找不到别的女人跟他结婚，所以才这样的。哪个体面的姑娘会嫁给他。"

"他清楚她的为人吗？"

"你应该问他本人去。"

这全都让人搞不懂，我不再作声了。

玛丽－安问："她如今瞧上去是什么模样的？她成婚以后我再没有见过她。我听闻过她在铁路徽章酒店做了那些事儿之后，我就再也不跟她说话了。"

我说："她瞧上去还挺好的。"

"喔，你有空问问她是否还记得我，瞧瞧她是如何说的。"

六

　　其实，我已经打算和德里菲尔德夫妇在第二天早上一起骑车出去，我知道问叔叔我能不能去并没有什么好处。如果他知道我和他们一起，跟我争执起来，那也无可奈何。要是特德·德里菲尔德问我叔叔同意没有，我打算说叔叔同意了。但结果却发现我完全不用撒谎。那天下午涨潮了，我到海滩游泳，和正巧要去镇上办事的叔叔同行了一段路。当我们路过"熊与钥匙"的店门口时，特德·德里菲尔德正好从里面走了出来。他一见到我们就朝我叔叔走来了，那冷静的模样吓到了我。

　　他说："你好，牧师。你还记得我吗？我是特德·德里菲尔德，小时候常常在唱诗班唱歌，沃尔夫小姐的管家就是我家的老爷子。"

　　我叔叔性格胆小懦弱，这时他很是吃惊。

"哦，你好，我听到你父亲去世的消息的时候很难过。"

"我认识了你的小侄子，不知道你愿不愿意让他明天和我一起出去骑车，他一个人骑车很无趣，正好我明天要去弗恩教堂拓一块碑。"

"感谢你的好意，但是——"

我叔叔刚打算拒绝，就被德里菲尔德打断了话头。

"我一定会看好他的，我想他或许也很感兴趣，很想自己拓上一张。我会给他一些纸和蜡，这样他就不用花什么钱了。"

我叔叔的思维没有什么连贯性，他完全忘记了他根本就不想让我去的打算，而在为特德·德里菲尔德要为我支付纸和蜡的钱而生气。

他说："他有很多零用钱，可以自己花钱买纸和蜡，花钱买这些总比让他用来买糖果吃了生病要好。"

"也好，要是他去海沃德文具店，就说要买我买的那种纸和蜡就行，他们会给他的。"

"我马上去。"我说，为免叔叔改变主意，我立即穿过马路。

七

　　我想不通如果不是只是因为心眼儿好，德里菲尔德夫妻还能有什么原因能对我那么好。那时候的我寡言少语，反应也很愚钝，若是特德·德里菲尔德认为我有意思的话，那我自己肯定是不曾察觉到的。或许他不过是认为我自负的模样很好笑，因为我叔叔说他是无用的文人，所以我一直自以为是我放低了身份和沃尔夫小姐管家的儿子去打交道的。我跟他借阅一本他写的书，几乎是骄傲自满地跟他说的。他告诉我我是不可能喜欢看那种书的。我竟然真的信了他的话，而且也没继续询问。我的叔叔允许我和德里菲尔德夫妻出去之后，也不再阻止我们之间的交往。有时候我们坐船出去玩，偶尔我们找个景色宜人的地方，德里菲尔德作一些水彩画。或许是我年少时期的错觉，我觉得英国以前的天气会比如今的天气要好，我回想起那一年的夏季，每一天都是那么的风和日丽。我对这片千岩万壑、地产富饶、风景幽雅的地方怀有一种奇妙的留恋感情。我们骑着车去非常远的地方，去每个教堂摹拓那些石碑，有的碑上是全副武装的骑士，有的是身着用鲸骨箍撑住长裙的贵族妇人。特德·德里菲尔德这种纯粹的热诚打动了我，我也和他一起激动地摹拓起石碑来。我推测我的叔叔应该觉得，不论我同什么人交往，只要我不离开教堂这种活动区域，就不会对我产生什么不好的影响，所以我得意扬扬地将我的辛劳成果拿给我的叔叔瞧。我们摹拓石碑的时候，德里菲尔德太太经常在教堂的院子里闲逛。她不读书，也不干女红，仿佛可以一直无事可做，也不会觉得没意思。我偶尔会去院子里的草坪上同她一起坐着聊会儿天。我们谈论我的学校，我学校里的好友，我的教师，还有黑马厩镇子里的人，或者就静静坐着，两个人什么话都不说。她将我唤作阿申登先生，我非常开心。这让我认为我已经是大人了，这么称呼我的人她应该是第一个。我不喜欢别人唤我威利少爷，我觉得这个称呼让任何人都感到非常好笑。实际上我对我的姓氏和名字都有点讨厌，我多么希望能有一个更合适自己的名字，比如罗德里克·雷文斯沃思这个名字就很不错，我用了许多报纸去努力练习这个姓名的签名。还有，卢多维克·蒙哥马利这个名字也挺好的。

关于玛丽-安跟我说的德里菲尔德太太的那些事情，始终萦绕在我的脑子里。我在理论上明白什么是结婚，我也可以直接把其中的一些细节说出来，可是实际上我只是纸上谈兵，并不真正了解实际发生的状况是什么样子的。我觉得事实不一定真的是那样的，我感觉到这类事儿很恶心。比如说地球吧，我知道地球是圆的，但是我又明白它是平的。德里菲尔德太太笑起来的样子爽朗、天真，她充满活力，整个人看上去是如此纯洁率真又浪漫。所以我不认为她能和海员做一些我无法理解的事情，尤其是跟乔治勋爵那类粗鄙厌烦的人在一起。她跟我在书里看过的不道德的堕落女人完全不同。虽然我明白她不是"行为稳重矜持"的人，她讲话有黑马厩镇的地方口音，经常把字首的"h"音遗漏，偶尔她不正确的谈话语法会令我特别惊讶，可是这些一点都不影响我对她的喜爱。我下定结论，觉得玛丽–安同我说的那些事情全都是道听途说的谎话。

有一天，我跟德里菲尔德太太说起我们家的厨娘是玛丽–安。

"她说她以前住在你黑麦巷的家的旁边。"我补充道，以为德里菲尔德太太会说她从不认识玛丽–安这个人。

但是她听完我的话笑了起来，蓝色的双眼亮晶晶的。

"是这样的。她曾经常常领我去主日学校，还特别费心思地教我不要作声。我听人说起过她去牧师公馆做活儿了。没想到她真的在那里！我非常想念她，我很久没有见到她了，希望同她聊聊过往那些生活。劳烦代我跟她问候一声，好不好？请她若是什么时候有空闲去我那里坐坐，我想请她喝茶。"

她说的那些话令我愣住了。无论如何，德里菲尔德夫妻俩现在居住在一座房子里，并且正准备把那房子买下来，他们雇用了一名做杂活儿的佣人。对他们来说，请玛丽－安这种身份的人去喝茶是很不体面的，这也让我觉得有些尴尬。他们从来不会顾及身份知道什么事儿能做，什么事儿不能做。他们还在我面前说起他们过往经历的一些事儿，我本来是想他们是不乐意提及过去的，这让我不知道该怎么面对他们。我还不明白那时候我身边的人们全都是流俗表面华而不实地装出一副比他们实际要富裕有架势的样子。如今回忆起来，我觉得他们的人生的确到处都是虚伪做作的展示。他们活在一个气派的面具里面，你肯定不会瞧见他们身穿衬衫，将脚放在桌子上的样子。那些有脸面的女人们都下午才穿着专门见人的衣服出来，可是她们在私底下却要克勤克俭地过日子，你没办法随时去探望她们吃个便饭，而倘若她们正式邀请客人时，桌子上总是正式地放满了各式各样的饭菜。哪怕某个人家里有什么苦难祸事，他们也不会表现得垂头丧气，还是平常里那副趾高气扬很不介意的样子。若是谁的儿子同一个女戏子结婚了，他们也不能开口说这种倒霉事儿。左邻右舍只在背地里讨论这事儿，但是在因这桩婚姻而苦恼的人面前，他们却是绝口不提的。大家都知道买了三山墙宅邸的格林考特少校的太太同商界是有联系的，但是她和少校对这种见不得人的事儿都不透露一点消息。我们在当事人面前也是很有礼貌的，连陶器都从不能说到（格林考特太太是依靠这个获得收入的），我们只在背地里嘲讽他们。往往我们还能听见这种事情，父亲要么一气之下将儿子的继承权剥夺了，要么绝不允许他的女儿（她跟我的妈妈一样跟律师结婚了）进家门一步。我一直认为这种事情是必须如此的。所以看特德·德里菲尔德用说起一件极其平常的事儿的语气聊起他在霍尔本街一家餐馆做过侍者，我真的非常震惊。他离家出走过，在海上当海员，我都是知道的，并且觉得那是非常罗曼蒂克的。因为我在小说里瞧见不少小伙子们都这么做，他们历尽千辛万苦，最终跟一个有巨额财产的伯爵的闺女结了婚。但是特德·德里菲尔德经历的和书里所写的全然不同，他在梅德斯通①赶过出租马车，在伯明翰的一个售票处当过售票员。有一次，我们骑着车路过铁路徽章酒店，德里菲尔德太太随口说到她在这个酒店打过三年的工，就仿佛这种工作什么身份的人都会去做似的。

她说："我第一份工作就是在那里，再然后我去了哈佛纱姆的羽毛酒店，等我结婚了才从那里离开了。"

她笑了起来，好像回忆起那些事儿让她非常愉悦。我不知所措地左右看看，满脸通红，没有说话。还有一天天气特别热，我们骑车远行，回来途经弗恩湾，我们三个人都觉得非常渴，于是德里菲尔德太太提议我们去海豚酒店喝酒。她跟店里柜台后的姑娘闲谈起来，听见她毫不避讳地跟姑娘说她自己也做过五年那种工作，我呆若木鸡。特德·德里菲尔德还请招待我们的店主喝了一杯酒。德里菲尔德太太要把那个女招待也请来喝点红葡萄酒。

---

① 梅德斯通：英国英格兰的东南部地区城市，是肯特郡的首府，在伦敦东南方向大约四十三英里的地方。

然后她们开始热诚友善地聊起天来，聊着跟卖酒这个行当相关的东西，聊着卖某种品牌酒的特约酒店，还聊起了一直不降的物价。每当这种时刻，我立在旁边都会觉得浑身一阵凉一阵热，完全不知道该怎么应对。我们出了酒店，德里菲尔德太太说：

"特德，那姑娘看上去混得还可以，我非常喜爱她。我方才跟她说，做这一行非常艰辛，但是也的确有意思。能见点儿世面，而且若是你有手腕儿的话，还能得到个不错的丈夫。我发现她手上有个订婚戒指，可她说是特意戴着让别人逗她的。"

德里菲尔德开怀大笑。他的太太又跟我说：

"我做女招待的时候，也的确特别开心，但是你得为自己的未来着想，谁也不能在那一行一直做下去。"

但是后来又发生了令我更加震撼的事情。我的暑假即将结束的时候，九月份也过去一半了。我的脑袋里想的全都是德里菲尔德夫妻俩的事儿，可是每当我在家里想提及他们时，就会被叔叔斥责。

他说："你可以谈很多比他们更合适的话题，不要成天提你朋友的那些事情。但是特德·德里菲尔德几乎每天都同你会面，他又在这个教区诞生，我觉得他也应当时不时地来教堂做礼拜才行。"

有一天，我同德里菲尔德说："我的叔叔想要你们去教堂做礼拜。"

"可以的。下个礼拜天的晚上我们去教堂，罗西觉得如何？"

她说："我是怎么样都可以的。"

我跟玛丽-安提了他们会去教堂的事儿。因为我在乡绅位置后面的牧师家人的位置上坐着，所以不可以东瞧西看，可是从旁边邻座的动作中，我判断出他们来了。隔天我寻了个时机，询问玛丽-安看没看见他们。

玛丽-安拉长了脸说："我的确看到她了。"

"那你之后同她交谈了吗？"

她忽然生气了："我？你为什么成天过来给我找麻烦？你马上从厨房里出去。你在这里总是碍手碍脚，我还要继续干活儿的。"

我说："好的，可是不要生气呀。"

"我就不理解了，为什么你的叔叔会允许你同他们那类人四处闲逛。我就纳闷她有什么脸面还敢出来见人，她的帽子上面竟然还插满了花儿。赶紧走吧，我还有活儿要忙呢。"

我不知道玛丽-安的脾气怎么会这么不好。我不再跟她说起德里菲尔德太太。但是我在之后的两三天，恰巧去厨房取一件东西。牧师公馆有两个厨房：小的那个是做饭用的；大的那个，是由于某个阶段乡下牧师家里人口特别多，还为了举办大型宴会招待周围的上等人物而建的。玛丽-安结束了一天的工作，就会在那个大厨房里做女红。我们的晚餐常常是以八点钟吃一顿冷餐来结束，于是喝完下午茶，她就基本上没有什么活儿了。那天已经快七点钟了，天色慢慢暗了下来。那晚上轮到埃米莉歇息外出，我本来以为玛丽-安是自己在厨房里，可是我在走廊里听到了欢声笑语。

我估计是有人来探望玛丽-安。厨房里的灯被厚厚的绿色灯罩盖着，所以即使屋里点着灯，瞧上去也特别晦暗。我发现桌子上有茶壶、茶杯。玛丽-安明显和她的朋友喝了茶。我开门进去的时候，房间里的聊天停下了，然后我听到一个人的声音。

"晚上好。"

我愣了一下，玛丽-安的客人竟然是德里菲尔德太太。我惊讶的目光被玛丽-安发现后，她淡淡地笑了笑。

她说："罗西·甘恩过来和我一起喝点茶。"

"我们正在聊着曾经的回忆。"

玛丽-安被我看到她招呼罗西，觉得有些难为情，但是更加难为情的是我。德里菲尔德太太却是一副气定神闲的样子，她对我又露出了那稚气顽皮的笑容。我那时候留心到她的衣着，也许是由于我从未看见她穿得那么华美。她穿着淡蓝色的衣服，腰部收得很紧，显露出腰线，她的衣袖宽大，裙摆长长的，最下面还有一圈荷叶花边儿。她戴了那顶礼拜天去教堂时候戴过的草帽，是黑色的，上面装饰着许多玫瑰花和绿叶以及蝴蝶结。

"我想即使等到世界末日，也等不到玛丽-安来主动看我，于是我就主动来探望她啦。"

玛丽-安瞧上去没有不开心，她有点儿腼腆地露出笑容。我问她要了我所需要的东西后匆忙出了厨房。我来到外面，无所事事地在花园里闲逛着。我一直走到大路那里，向门外看了看，那时候已经是夜晚了。不一会儿，我发现有个男人向这边踱过来。我本来没有在意这个人，可是他总在外面的路上转来转去，似乎是在等谁。我猜想他应该是特德·德里菲尔德，正准备上前去同他打个招呼的时候，他忽然停止了脚步，将烟斗点燃了。我这才发现那其实是乔治勋爵。我当然不明白为什么他会来这里，可是我突然联想起也许他是在等德里菲尔德太太。于是我的心跳开始加速。即使我那时候已经身在暗处，但我还是后退到了树丛的阴影里。我待了几分钟之后，发现边门被打开了，玛丽-安将德里菲尔德太太送了出来。她的脚踩在石子路上的声音我都听得一清二楚。她到了大门口，将门推开，门发出咔哒的声音。这响动被乔治勋爵听见了，他走过大路，在德里菲尔德太太还未踏出大门口的时候，他就钻进门来一把将她搂入怀里。两个人紧紧贴在一起，她发出很轻的笑声。

她小声说："留心我的帽子。"

我当时特别害怕被他们察觉，因为我和他们的距离只有三英尺，于是心里特别忐忑。我被这场景刺激得全身有些抖，我觉得他们的举动特别让人感到羞耻。他们两个在一起抱了一会儿。

他小声问她："就在这花园里好不好？"

"不好，那个孩子在这里。咱们去田地里吧。"

乔治勋爵一只胳膊搂着德里菲尔德太太的腰肢，两个人就这么一同出了大门，在夜色中慢慢不见了身影。这个时候，我察觉到我的心跳快得仿佛要透不过气来似的。我现在没有办法保持理智去思考，方才的事儿真的震惊到我了。我特别想跟别人说说这件事儿，可是不行，这是我必须要坚守的一个秘密。我非常激动自己得知这么巨大的一个秘密。我慢悠悠地步行回去，从边门进了房子。玛丽-安听到推门的声音就唤我。

"你是威利少爷吗？"

"我是。"

这个时候玛丽-安正把晚餐搁在托盘里，打算端去饭厅。

她说："我不希望你跟你叔叔说罗西·甘恩来过这里的事情。"

"嗯，我是不会提的。"

"我真的是完全没有预料到这种情形的。我就是听见有人敲边门的声音，打开门一开，发现竟然是罗西站在门口，那可真让我大惊失色。'玛丽-安。'她叫我。我还没弄明白状况，她就已经亲在我脸上了。我只能将她请进屋，她进屋之后，我又不得不请她喝茶。"

由于玛丽-安曾经跟我说了德里菲尔德太太很多不好的言论，所以现在特别着急跟我解释。因为她认为当我发现她们两个在一起谈笑风生的时候，内心定然认为这其中有很多古怪。但是我不能在她面前露出扬扬自得的神情。

我说："她还不至那样的糟糕吧！"

玛丽-安笑了，露出了她的满口黑色蛀牙，可是她的笑容依旧甜蜜喜人。

"我也不知道是为什么，但她就是让你不得不喜欢她。公平说来，她在这里待了将近一个小时，可是一点谱儿都没有摆。她跟我聊她穿的那件衣服料子每码要卖十三英镑十一先令，我对她说的话是很信任的。她还没有忘记她年幼时我给她梳头发的事情，也记得她吃甜点之前我是如何教她去洗手的。曾经她的母亲偶尔将她送来我家一起用茶点。那个时候的她才真的特别好看呢。"

玛丽-安回忆着过往，她布满皱纹的脸上流露出思考的神情。

她顿了一下继续说："喔，若是我们对别人知根知底的话，她同那些人相比，也不见得有什么不好的。和大部分的人相比，她远远要受过更多的引诱。许多对她嚼舌根的人如果遇到和她一样的事情，不见得会比她做得更好。"

八

我们外出的活动，因为天突然下起瓢泼大雨，冷风瑟瑟，于是只能暂停了。我却丝毫不感到可惜，自打发现德里菲尔德太太和乔治·肯普的秘密约会后，我不知道我应该如何去面对她。其实我没有觉得多震撼，就是不懂她为什么会让一个年纪那么大的人去吻她。我那时候读过很多的小说，所以脑子里就出现了很多匪夷所思的想法。我觉得乔治勋爵大概知道了德里菲尔德太太一些不为人知的秘密，这秘密不能见光，她被他掌控在股掌之间，被迫投入他惹人厌烦的怀抱。我胡思乱想地给他们俩之间的关系做出很多种猜测。她会不会有过重婚、杀人、伪造等的犯罪行为。小说里的混蛋一直都用女人的一件罪行时刻去胁迫她。也许德里菲尔德太太在什么票据的后面签了自己的名字，我自始至终也不理解签字代表着什么含义，我只明白签完字的后果是会酿成灾难的。我瞎猜着她可能承受着的苦难（她身穿睡衣靠在窗边，长长的头发落在膝盖上，也许常常夜不能寐，无助地等待着白天的来临），我又幻想自己若是（不是一个礼拜只有六便士零用钱的十五岁男孩，而是个身着黑色礼服，蓄着涂了蜡的胡子，高壮威猛、浑身肌肉的男子）可以动用自己的智谋将她从那个威胁她的混蛋手里救出来。但是转念一想，我没有发觉她不乐意承受乔治勋爵的摩挲，我现在还能听到她那个时候的笑声。那种声音令我怪异地感到呼吸紊乱，那是我从未听过的音调。

在后来的假期生活里，我和德里菲尔德夫妻俩就见过一回面。我在镇子上碰巧遇到他们，就和他们聊了一会儿天。我一看到德里菲尔德太太，就因为不好意思而忍不住满脸通红，她的面容上并没有流露出她做了任何亏心事的神情。她依旧用那双温柔的蓝眼睛望着我，眼睛里闪着稚气调皮的神色。她看上去坦诚纯真、直率质朴。她的双唇饱满润泽，她经常嘴唇稍稍张着，好像她就是要对你露出笑容。即使那时的我没有办法将心中所想都表述出来，可是那种感觉我不曾忘却。倘若我那时用言辞来形容的话，那我想说的是：她瞧上去憨厚实在。她绝对不会同乔治勋爵有什么奸情，这里面定然是有原因的。我对自己瞧见的那一幕产生了质疑。

待到我要返校的时候，马车夫早已将我的行李运走了，我自己走着去车站。我认为一个人去车站更能显示出成年男子的派头，所以不让婶婶送我，但是我顺着街道走的时候心情却不是很好。

那是通往特堪伯里的一条小支线，车站在镇子的另一边，离海滩非常近。我买完车票，找了个三等车厢的旮旯落座。我突然听见一个人说："他在那里。"然后我看见德里菲尔德先生和太太兴冲冲地跑过来。

她说："我们觉得必须得来送送你，你心里是不是很难过？"

"没有，绝对没有。"

"嘿，不会很长时间的。你过圣诞节回来的时候，咱们还有好多时间再见面呢。你会不会溜冰？"

"不会。"

"我会的。以后我可以教你溜冰。"

她喜上眉梢的样子让我的心情也跟着一同开心起来。与此同时我又想到他们夫妻俩赶来车站同我话别，真的觉得特别感动。我努力克制自己，尽量不让心里的情绪表露在脸上。

我说："这学期我会用很多时间去打橄榄球，应该能参加学校的乙级队伍。"

她亮晶晶的眼睛友善地望着我，她饱满润泽的双唇流露出笑容。她的笑容里有我特别喜爱的东西，她的声音仿佛也因为情绪的调动而有点颤动。有那么一瞬间，我真怕她会过来亲我。我吓得不知所措。她不断地跟我说着话，稍稍有那么一种成年人对学生的玩笑。德里菲尔德并不说话，只是在旁边站着，他笑逐颜开地看着我，然后理了下胡子。过了一会儿，站警吹响了尖厉的哨子，挥舞着一面红旗。德利菲尔德太太拽着我的手握了一下。德里菲尔德向我走过来。

他说:"再会了,这是我们的一点小心意。"

火车启动的时候,他将一个小纸包塞入我的手中。我打开纸包,看见里面是两块儿半克朗①的银币,外面还裹着一张纸巾。我的脸瞬间变得很红。能有五个先令的零用钱,我肯定很开心,可是想起特德·德里菲尔德这种人胆敢赏给我钱,我又因为自己受到了羞辱而觉得特别生气。不管怎样我都不能要他的东西。确实,我和他一起骑车划船,可是他不是什么大老爷(这个词儿我是从格林考特少校那里听到的)。他给我的这五个先令,根本就是对我的羞辱。刚开始,我觉得要用沉默来回应我对他没有礼貌的气愤,我想一封信都不写就把钱寄还给他。再后来,我在脑海里草拟了一份有尊严、言辞淡漠的信,信上说我谢谢他的大方,可是他必须明白一个体面的人是不会接受一个几乎是萍水相逢的人给的钱的。我来回思考了几天,越来越觉得不想将这两块银币还给他。我认为德里菲尔德虽然不懂礼貌,不懂为人处世,可是他的出发点是善良的,将钱寄还给他这种行为会中伤他的情感,我的确狠不下这个心,最终我花掉了那两块银币。但是我没再去信对德里菲尔德表达感谢之情,以此来慰藉我被伤害了的尊严。

后来我回到黑马厩镇过圣诞节的时候,最迫切希望看到的还是德里菲尔德夫妇。在这个如死水一样平静的小镇上,唯独他们

---

① 半克朗:英国的旧银币名,相当于二先令六便士。

好像还保留着和外界的联系，而此时外面的世界让我着实有了很多遐想。我依旧没有办法控制自己不好意思的习惯，去他们的居所探望他们，我期望自己能在镇子上和他们偶遇到。此时的街上大风凛冽，寒凉刺骨，天气条件特别不好。偶尔有几个出来办事的妇女，身上宽松的裙子被风吹得如同风雨里的小渔船，在街上步行艰难。夏季的时候，空气中的热浪从周围包围着这片迷人的田野，如今的天空却是暴风夹杂着凉雨，一片乌云压顶的架势气势磅礴地盖向地面。若是期盼在这样的天气中能巧遇德里菲尔德夫妇，这几乎是不可能的。所以我用尽全部勇气，在某天吃完下午甜点就出门了。我摸黑从家走到车站，直到到了车站我才能看清道路，因为车站稀稀疏疏的有几盏并不明亮的路灯。德里菲尔德夫妻的居所在一条小路旁的一座两层楼的小房子里面。这是一座颜色并不光鲜的黄砖房子，有一个圆形窗户。我敲了门，一个小女仆将房门打开。我询问她德里菲尔德太太有没有在家。她犹豫不决地瞧了我一下，而后让我在走廊里等着，她说她要去看看情况。其实旁边屋子里传来的谈话声音我已经听到了，可是在女仆进门又将门关上后，谈话声就戛然而止了。这让人觉得非常神秘，我到我叔叔的朋友家里探望的时候，他们会将你请进客厅，就算家里不生火，也要将煤气灯点燃。德里菲尔德打开门，从门里面走出来了。因为走廊昏暗，开始他没有看清楚是谁来了，但是他很快就发现是我来了。

"喔，是你啊。我们本来不清楚何时才可以再看到你呢。"然后他大声嚷着，"罗西，是小阿申登。"

里面的人应和了一声。然后霎时间，德里菲尔德太太跑了过来，她握住我的手。

"这天儿真的是糟糕极了，对吗？赶紧把外衫脱了，然后咱们进屋来聊。你是不是觉得特别冷？"

她将我的外套脱了，围巾也解开，又夺过我手中的帽子，将我拽进屋子里去。屋子不大，家具占了大部分面积，壁炉里燃着柴火，屋子里既燥闷又炎热；还有三盏罩着毛玻璃圆形灯罩的灯发出的炫目的光芒，牧师公馆里没有这种灯。那里的空气雾蒙蒙的，有着烟草味的烟雾。这种热烈的迎接将我弄得昏头昏脑，手足无措，以至我根本没有看清我进来的时候站起来的两个人是谁。后来我才发现一个是助理牧师盖洛韦先生，另一个是乔治·肯普勋爵。我察觉牧师握住我的手时有些局促。

"你好啊！我恰巧过来送还德里菲尔德先生借阅给我的几本书籍。德里菲尔德太太非要尽地主之谊，要我坐下来喝点茶水。"

我发觉德里菲尔德调侃地瞥了他一眼，而后说了一句和不义之财①相关的话语，我觉得是从哪本书里引用来的，但是我并不明白它是什么意思。盖洛韦先生笑了起来。

---

① 不义之财：《新约·路加福音》第十六章第九节，"我又告诉你们，要借着那不义的钱财结交朋友。到了钱财无用的时候，他们可以接你们到永存的帐幕里去。"

他说："我还真的不了解这个，来谈谈税吏和罪人①，如何？"

我认为盖洛韦的言论不是很体面，但是乔治勋爵却很放得开地同我聊了起来。

"嗨，小伙子，你是回来度假吗？哎哟，你都已经成长为一个男子汉了。"

我冷漠地同他握了一下手，真期望自己从未来过这里。

德里菲尔德太太说："我给你倒一杯茶水。"

"我是吃了甜点才过来的。"

乔治勋爵说："再用一点吧。"他的语气仿佛他是这里的主人一样（他一贯的作风就是这样）。"德太太会亲自用她白皙的双手给你切一块儿点心的。你这么一个年轻力壮的小伙子，再多用一块儿黄油果酱面包是没有问题的。"

他们在桌子旁边坐着，桌子上摆着茶具。有人给我拿来一张椅子，德里菲尔德太太为我切了一块儿蛋糕。

乔治勋爵说："我们正准备让特德为大家唱一支歌，开始吧，特德。"

德里菲尔德太太说："特德，唱《都只为爱上一个大兵》，我爱听这首歌。"

"不要，还是来唱《我们开始用他拖地板》吧。"

---

① 税吏和罪人：《新约·马太福音》第十一章第十九节，"人子来了，也吃也喝，人又说他是贪食好酒的人，是税吏和罪人的朋友，但智慧之子，总以智慧为是。"

德里菲尔德说："这两首歌我都唱了，若是你们同意的话。"

他拿起放在竖式小钢琴上面的班卓琴，调了一下音就唱了起来。他的嗓音非常雄浑深厚。我非常习惯于听人歌唱。每当牧师公馆举办茶会，或者我去少校和医生家里出席茶会时，客人们总会带着乐谱。为了避免被人以为他们想要有人邀请他们唱歌和演奏，他们会将乐谱放在门厅。但是吃完甜点后，女主人若是询问他们带没带乐谱前来，他们会害羞地说自己已带了。若是在牧师公馆，每次取乐谱的人都是我。偶尔年轻的小姐会回绝说好长时间没有练习了，并且乐谱也没有拿来，此时她的妈妈就会插入一句话说她为女儿拿来了乐谱。但是他们唱的都是《我要给你唱阿拉伯之歌》《晚安，亲爱的》《我心中的女神》这类的曲子，不会唱这类幽默歌曲。有一次，布店的老板史密森在镇子大会场的年度音乐会节上，演唱了一支幽默歌曲，即使后排的观众鼓掌鼓得起劲儿，可是在前排坐着的乡绅们都不认为有意思，或许是那首歌本身真的很没意思。总而言之，在下一回音乐会节举办之前，有人提醒他留心一下他即将唱的曲目（"史密森先生，不要忘记还有太太小姐们在"），然后他就换了首曲子唱《纳尔逊之死》。那一天德里菲尔德演唱的第二首歌曲有一段合唱；合唱这段的时候，助理牧师和乔治勋爵都兴致勃勃地参与了演唱。往后我又听到过许多次这首歌曲，可是我现在只能记住里面的四句词：

我们开始用他拖地板，

把他拉上楼梯又拖下，

然后揪着他满屋乱转，

伸到桌底又向椅子上拽。

这首歌演唱完毕后，我做出非常文雅的样子，转身面向德里菲尔德太太。

我问她："你不唱一首歌吗？"

"我唱呀，但是特德不建议我唱歌的，因为我的歌声让人听完总是觉得难过。"

德里菲尔德放下班卓琴，将烟斗点燃了。

乔治勋爵和善地问他："嘿，特德，你的书创作得如何了？"

"喔，还可以。我正打算继续往下写。"

乔治勋爵微笑着说："特德兄弟和他的作品。你为什么不换一份安稳的工作来试试呢？我能在我的办公室给你安排一份工作。"

"喔，我还蛮喜欢现在这样的。"

德里菲尔德太太说："你就让他自己做主吧，乔治，他非常喜爱写作，我认为只要他觉得写作会让他很开心，那就去尽情地写。"

乔治·肯普说："哦，我不擅长谈论自己看过多少书的这类事情。"

德里菲尔德太太笑着说："那我们就聊点跟书无关的。"

盖洛韦先生说："我觉得任何人都不用因为写了《美港》而觉

得羞耻惭愧，我也不介意那些书评家的话语。"

"哎，特德，咱们可是打小就相识的，但是你写的那本书我怎么都读不下去。"

德里菲尔德太太说："哎，算了吧，咱们不要讨论书籍了。再为我们唱一首歌吧，特德。"

助理牧师说："我该告辞了。"他又转向我，"我们俩可以一起走。德里菲尔德，有没有什么能够借阅给我的书？"

德里菲尔德冲着在屋子角落里的一张桌子上摞着的很多本新书指了指。

"你自己去选吧。"

我贪婪地望着那些书："老天爷，竟然有这么多！"

"哦，都是邮寄来需要我写评论的，尽是些乌七八糟的东西。"

"这些书你如何处置呢？"

"将它们送到特堪伯里，能卖多少就卖多少。就用卖的钱来付肉店铺的账。"

助理牧师的腋下夹着三四本书，和我从德里菲尔德的家里一起出来。他问我：

"你跟你的叔叔说过你来德里菲尔德家里的事情吗？"

"没有，我本来是出来溜达一下，忽然想起来探望一下他们。"

我说谎了，但是，我不想跟盖洛韦先生说，我的叔叔从没有发觉到我长大成人了这个事实，他还和从前一样想方设法阻挠我去探望他不能苟同的人。

"我若是你的话，不到无可奈何的时候，我就一个字都不会说。德里菲尔德夫妇两个人非常好，但是不知道为什么你的叔叔看他们不是很顺眼。"

我说："我知道的，这真的很没道理。"

"他们的确是有点粗鄙庸俗，但是他写的作品还可以，并且你要是结合他的身世去想，那他能写书就真的相当了不得了。"

我非常开心盖洛韦先生也不想要我叔叔得知他和德里菲尔德夫妇俩有来往。这样我就能十拿九稳地保证他不会出卖我。

那时候我叔叔的助理牧师每次都用一副放下身段的样子说起他，而曾经在黑马厩镇上，大家每次说起他往往也都是用那样的态度，可是现在的德里菲尔德却被称为维多利亚时代后期最伟大的作家之一。有一次，我们去格林考特太太家里喝茶。她表姐那时候居住在她家里，据说这位表姐非常有文学素养，那位表姐的丈夫还是牛津大学的一个指导老师。那位表姐个子不高，脸上有很多皱纹，总是满怀热忱很有活力的样子，她被称作恩科姆太太。我们见到她的时候觉得非常惊讶，她灰白的发丝很短，黑色裙子的长度只稍微比她的方头靴子长一点。她是黑马厩镇子上第一个新女性。我们都对此非常震惊，也因此对她有了防备之心。她瞧上去知识量很丰富，可却让我们觉得有些畏却。（后来大伙儿嘲讽她，我的叔叔跟婶婶说："喔，亲爱的，感谢上天让你不聪慧，能让我避免遭受这样的罪罚。"我婶婶听完后，将叔叔一双放在火炉边烤火的拖鞋拿来穿在自己的靴子外面，然后调侃地说："你看，我也是新女性。"然后大家都说："没有任何人了解格林考特太太接下来会做出什么样的事情来，这实在是太有意思了。但是归根结底，她是个不体面的女人。"大伙儿都还记得她的家庭出身，她的父亲是个做瓷器的，她的祖父是个工厂里的工人。）

　　但是大伙儿依旧喜欢听恩科姆太太讲述她所结识的人。我的叔叔上过牛津大学，可是他询问的每个人都好像离世了。恩科姆同汉弗莱·沃德夫人①相识，对她写的《罗伯特·埃尔斯梅尔》这本书赞不绝口。我的叔叔却觉得这是一本蓄意诋毁的书。他非常纳闷为什么那个声称自己是基督教徒的格拉德斯通先生也称赞这本作品。他们还因为这件事辩论过一次。我叔叔说这书会让人们徒增各种混乱的想法。恩科姆太太说若是我叔叔和汉弗莱·沃德夫人相识的话，就肯定不会这么想了。她是马修·阿诺德②的侄女，是一个道德高尚的女子。不论你怎么样评论这本书（恩科姆太太也觉得，里面的一些章节可以略去），唯一确定的是她写这本作品的目的是高尚的。恩科姆太太和出身自良好家庭的布劳顿小姐③也认识，让人不能理解的是，她居然写了那样的作品。

　　医生的妻子海福思太太说："我觉得她写的作品没什么不好的地方。我挺喜欢阅读她的书，尤其是《她像玫瑰一样红》。"

----

①　汉弗莱·沃德夫人（1851—1920）：英国的女性小说家，作品多是描写真人真事，以宣扬宗教旨在为人类服务的长篇小说《罗伯特·埃尔斯梅尔》而出名。
②　马修·阿诺德（1822—1888）：英国的诗人，评论家。
③　布劳顿小姐，即罗达·布劳顿（1840—1920），英国威尔士的女性小说家。

恩科姆太太问她："你会让你的女儿也读这些作品吗?"

海德里太太说："目前还不可以,但是等她们成婚了,我是同意她们看这些书的。"

恩科姆太太说："那么,你应该对某件事儿有兴趣。上次我在佛罗伦萨参加复活节的时候,有人推荐我结识了韦达①。"

海福思太太说："这是两码事儿,我不相信任何有身份的女人会去读韦达的作品。"

恩科姆太太说："我曾经因为好奇读过一本,照我看来,那书不像是一个英国有修养的女人写的,反而像是一个法国男人写的。"

"喔,我听别人说她的真实姓名是德·拉拉梅,并且她还不是一个真正的英国人。"

这时候,盖洛韦先生提及了爱德华·德里菲尔德。

他说："你知道我们这里也有一个作家。"

少校说："他是沃尔夫老小姐的管家的儿子,还跟一个酒馆女招待结了婚,我们并不觉得他值得骄傲。"

恩科姆太太问："他能写书吗?"

助理牧师说："你第一眼看见他就知道他不是一个体面的人。但是你要是联想一下他战胜了各种困难,可以创作出那些作品来,

---

① 韦达:原名玛丽·路易丝·德·拉拉梅(1839—1908),她的父亲是法国人,本人主要以写上层社会生活的传奇式作品而出名。

就很了不得了。"

我叔叔说："他和威利是朋友。"

大家的目光都看向我，我觉得有些难为情。

"今年夏天的时候他们在一起骑车，威利返校之后，我去图书馆借阅了一本他写的作品，瞧瞧他写的什么。我看了一卷后就将书返还了。我给图书馆馆长写了一封言辞犀利的信，然后我就非常开心地得到他会禁止借阅德里菲尔德的作品的消息了。如果那书是我写的，我想我会马上将它扔到火炉里去。"

医生说："我曾经读过他的一本书，虽然谈不上喜欢，可我认为还是蛮有趣的，由于故事的背景地点就是这里，很多人物我也认识，只不过我认为可以不写得那么粗鄙。"

盖洛韦先生说："我跟他说过这一点，可是他回复我说那些在纽卡斯尔煤炭船上的船员，还有渔民和农场工人的言谈举止肯定不会和那些体面人物一样的。"

我叔叔说："但是他为什么非要写这类人呢？"

海福思太太说："我也这么觉得，大家都了解这世界上有群粗鄙、狡诈、恶毒的人，可是我不明白写这类人是为了什么。"

盖洛韦先生说："我没有为他辩解，我就是将他跟我说的解释转述给你们听。后来他还说了狄更斯。"

我叔叔说："狄更斯可完全不同，我不明白为什么会有人不支持《匹克威克外传》。"

我婶婶说："我觉得这是每个人喜好不同的原因，我也认为狄更斯的书非常粗鄙。我不喜欢看那些说话省去 h 音的人们的事情。但是我必须要说的是，我非常开心最近的天气情况很糟糕，这样威利不可能再跟德里菲尔德先生一同去骑车了。我认为威利不能和他那样的人交往。"

　　我和盖洛韦先生一起将头垂了下去。

九

　　黑马厩的圣诞欢庆活动并不热烈，我一有时间就会去德里菲尔德夫妇的那座小房子里，它就在公理会教堂隔壁。我时常在那里碰到乔治勋爵和盖洛韦先生，我因为与盖洛韦有保守秘密的约定而成了朋友。我们会在牧师公馆或是在做完礼拜后教堂的法衣室里相遇时，相互狡黠地看一眼对方。我们都知道我们把我叔叔给糊弄了，心里也很开心。然而有一次，我忽然想到如果乔治·肯普在街上遇到我叔叔，或许他会提起他时常看到我在德里菲尔德家里。

　　我问盖洛韦先生："乔治勋爵会把这件事说出去吗？"

　　"我已经和他打过招呼了。"

　　我们不约而同地笑了起来，我开始喜欢上乔治勋爵了。刚开始我对他总是冰冷而客气，但他好像完全没有意识到我和他之间存在社会地位的差别，这让我不禁明白，他并没有因为我高傲客气的态度而安分知趣。他总是热情而友好、愉快而轻松，时不时还会开心地大叫。他会用一些粗俗的办法逗我，我也会用中学生的俏皮话来回答他。我们总是能将别人逗笑，于是我渐渐对他有了好感。他总爱吹嘘自己的那些伟大计划，尽管我经常嘲笑那些计划不切实际，但他并不介意。我非常喜欢听他说起黑马厩镇上那些有头有脸人物的故事，在他的讲述里，他们都显得无比蠢笨。我经常会因为他模仿那些人怪癖的动作而哈哈大笑。他脸皮很厚，行为粗俗，穿着打扮也很令我吃惊（我没有去过纽马克特①，也没有见过驯马师，但他和我想象中的纽马克特驯马师的打扮一样）。他吃饭的模样也令人讨厌，但我却越来越不反感他。每个礼拜他都会给我一份《粉红周报》②，我会将它小心地放进大衣口袋里带回家，拿到卧室里看。

我通常在牧师公馆吃完下午茶再去德里菲尔德家里，然后想办法再吃一次下午茶。之后，特德·德里菲尔德会给大家表演几首有趣的歌，他时不时会用班卓琴或是钢琴伴奏。他喜欢用他的近视眼看琴谱，每次唱个一小时。他喜欢微笑，喜欢我们和他一起唱合唱的部分。我们还玩惠斯特③，这种牌我小时候就会，在冬

---

① 纽马克特：位于英国英格兰东南部的城镇，是著名的赛马中心。

② 《粉红周报》：20世纪二三十年代英国出版的报道赛马新闻的小报。

③ 惠斯特：17世纪英格兰民间流行的一种四人玩的牌，18世纪中叶英国上层社会开始盛行，后来渐渐变为现代桥牌，但直到20世纪，英国和美国的一些地方仍流行惠斯特。

天的夜里，我在牧师公馆里和叔叔、婶婶一起玩，叔叔经常和明手①一边。我们只是为了娱乐而打牌，但要是我和婶婶输了，我就会躲在饭厅的桌下哭鼻子。特德·德里菲尔德认为自己没有这方面的才能，所以他从不打牌，当我们玩牌时，他就会去壁炉旁边，拿着铅笔，看一本从伦敦寄来的邀请他写书评的书。我从来没有和三个人一起打过这种牌，所以玩得不好，但德里菲尔德太太非常厉害。她平时总是不紧不慢的，但打起牌来动作非常灵活，她常常把我们几个人弄得晕头转向。她平时话很少，说话时慢条斯理，但每打完一局牌后，她都会喜笑颜开，并且十分流畅地告诉我，我哪里打得不对。乔治勋爵会像和别人开玩笑那样跟她开玩笑，对此她只是微笑着，很少开怀大笑，时不时也会巧妙地回敬他一句。他们两人的举止不像情侣，而像熟识的老友。我本来该把过去我听到的关于他们的事情和我亲眼看到的事情都忘掉，但她偶尔会用那种令我感到窘迫的眼神瞟他一眼。她盯着乔治勋爵，仿佛不是在看活人，而是在看一张桌子或者椅子，并且眼神里的笑意还带着调皮的孩子气。这时乔治勋爵似乎会有些兴奋的样子，他坐在椅子上，整个人都在不安地挪动。我立即看了眼助理牧师，害怕他会察觉到什么，不过他不是在专心看牌就是在点烟斗。

　　我几乎天天都要在这个狭小闷热、烟味浓重的屋子里待一两

---

　　① 明手：定约人的搭档，也就是将所拥有的牌摊在桌上的持牌者。三人打则指虚拟搭档。

个小时，时间眨眼就过去了。假期即将结束，一想到马上要回到那种无聊又枯燥的学校生活，我就很难过。

德里菲尔德太太说："你一走我真不知道日子要怎么过了，我们打牌时只能一边是明手了。"

我一走，他们的牌局就要散了，我因此而暗自高兴。因为我不想当我在上课的时候他们还在那个小房间里高高兴兴地打牌，好像根本没有我这个人一样。

盖洛韦先生问："你复活节有几天假期？"

"差不多三个礼拜。"

德里菲尔德太太说："我们可以好好玩了，到时候天气肯定不错，我们上午出去骑车，下午吃点下午茶，然后就玩惠斯特。你的打牌技术已经进步了很多，要是在你假期里一周打三四次，你以后跟什么人打都可以了。"

十

这学期过完了之后，我非常开心地在黑马厩镇的火车站再次下了车。我跟之前相比又长了一点，我在特堪伯里用蓝色哔叽的毛料裁了一身新衣服，款式非常好看，又买了一条新的领带。我准备先回家吃午餐。我希望我的箱子能被运输公司毫不耽搁地送来，这样我就能换上我新做的那身衣服，让自己瞧上去好像一个大人那样，去探望德里菲尔德夫妇。为了让胡子更快地长出来，我早早就开始每晚上在嘴唇上方的位置上涂凡士林了。我路过小镇时多么期望能看到德里菲尔德夫妇。我向德里菲尔德夫妇居住的街道看过去，特别想要进去跟他们打个招呼。可是我知道德里菲尔德习惯在上午写小说，而德里菲尔德太太也还"不方便见人"。我想要跟他们分享好多令人兴奋激动的事情。我在运动会取得了百码赛跑第一名的成绩，跨栏比赛第二名的成绩。我准备夏天的时候去努力获得历史学奖学金，于是我打算在放假的时间里好好复习英国历史。那天刮着风，可是晴空万里，周遭仿佛弥漫着一点春天的气息。街道上的整个轮廓仿佛用笔给勾画了似的那样分明，颜色被风给吹得干干净净，如今回忆起来，那种画面特别像塞缪尔·斯科特①的画，祥和、天然、亲切，但是当时在我眼里它就只是黑马厩镇的街道而已。在铁路桥上，我瞧见有两三座房子在大兴土木。

我说："哎哟，乔治勋爵竟然真的开始动工了。"

榆树已经长出了新的嫩芽，很多只白色的小羊在远处的原野里又蹦又跳地玩耍。我由边门进了牧师公馆，叔叔在炉火跟前的椅子上看着《泰晤士报》。我高声呼唤着我的婶婶，她打楼上走过来，面色不佳的脸庞由于看到我而兴奋得浮现出绯红色。她用细细虚弱的胳膊搂住我的脖子，说的都是我乐意听的话语。

"真的成了大人了！我的天啊，你快要有胡子了！"

我吻了下叔叔光溜溜的额头，然后笔挺地分开双腿站立在炉火前面，我背对着炉火，如同一个成年人那样做出一副极有派头的样子。然后我上了楼跟埃米莉问了好，又去了厨房同玛丽-安握手，再去花园里瞧了瞧花匠。

吃饭的时候我感到特别饥饿，叔叔切着羊腿肉，我跟婶婶说：

"我不在镇子里的这段时间有什么新鲜事吗？"

---

① 塞缪尔·斯科特（1710—1772）：英国画家。

"没有什么。就是格林考特太太去芒通①待了六个礼拜，前几日刚回来。少校犯过一次痛风。"

叔叔添加了一句说："还有，你的好友德里菲尔德夫妇俩逃走了。"

我提高音量问："他们发生什么事情了？"

"逃走了。他们欠了这里一大堆债。租金、家私都没有付款，他们还欠肉店老板哈里斯三十镑钱呢。然后一天晚上他们趁着夜色收拾衣物逃去伦敦了。"

我说："这件事太意外了。"

我婶婶说："这本来就很糟糕了，但是他们似乎还欠了给他们干活的女佣人三个月的报酬。"

我顿时呆若木鸡，觉得有些反胃。

叔叔说："这样看来，再往后你就会明智地不去与那些我和你婶婶觉得你不应该结识的人交往了。"

婶婶说："大家都为那些被骗走了钱财的生意人难过。"

叔叔说："也是他们咎由自取，竟然能让这样的人拖欠结款！我觉得正常人怎么看也能感觉出来这两个人是骗子。"

"我疑惑了很久，他们为什么会来到这里？"

"他们回来是为了一顿显摆。我推测他们是认为让这里的人知道他们是什么样的人物，那样拖欠结款就会方便得多。"

---

① 芒通：法国地中海沿岸的海滨疗养胜地。

这个信息带给我的冲击真的是太大了，于是即使我认为叔叔说的话非常不近人情，但是我却不愿意同他辩驳。

我瞅准机会找个空闲，去探探玛丽-安对这件事情了解多少。万万没想到的是，她的想法和叔叔、婶婶的完全不一样。她哈哈笑了起来。

她说："他们平日里花钱如同流水，所有人都认为他们很富有，大家伙儿都被他们俩给糊弄住了。肉店老板经常把羊羔脖子部位的肋条卖给他们；若是要买牛排，那么牛腰部下面的位置也得卖给他们才可以；还有芦笋、葡萄这类蔬菜水果和很多我也不知道具体是什么的东西。镇子上的每一家店铺都让他们不停地欠款。我是搞不懂为什么那些人会那么愚蠢。"

但是她的话里面重点说的明显是那些商铺老板们，并不是德里菲尔德夫妇。

我问她："但是他们是如何在不被人察觉的情况下逃走的呢？"

"喔，大家也都想知道这一点。听说是乔治勋爵给他们搭了把手。因为若不是他用自己那辆马车给他们转移东西，他们是如何把行李箱子拎到车站的呢？"

"他自己是怎么解释这件事儿的？"

"他说他自己毫不知情。那天发觉德里菲尔德夫妇逃走之后，镇子上很少有那么乱糟糟的时候。我反而感觉可笑。乔治勋爵表现出一副和大家一样震惊的模样，说他压根儿就不知道他们一分钱都没有了。我可不相信他说的话。罗西成婚以前和他的关系大家伙儿都心知肚明，并且这话就你我之间讲一讲，我个人是觉得在她成婚之后他们仍旧藕断丝连。听说去年夏天的时候，还有人瞧见那两个人到田间一起散步了，并且他基本上每天都去他们家里串串门。"

"是谁发觉他们溜走的？"

"喔，是这样一回事。他们雇了一个姑娘干活，跟那个姑娘说晚上可以在她妈妈家待一宿，但是需要隔天早晨八点钟之前回来。第二天姑娘回来了，却进不去屋子了。她敲完门又按门铃，根本没有人回应。于是她去了隔壁房子，请那家的太太给她拿个主意。那位太太建议她报警。可是警察局的人跟她一样也是敲完门又按门铃，依旧没人回应。然后警察局的人在得知姑娘有三个月的报酬没有被支付的情况下，断定德里菲尔德夫妇肯定是在晚上逃走了。后来她和警察局的巡官终于进去屋子里了，他们发现他们夫妇把所有的衣物和书都拿走了，据说特德·德里菲尔德有大量的书籍，可是他们还是拿走了所有的东西。"

"往后就再没有传来他们的信息了吗？"

"喔，也不完全是这样，那个姑娘在他们逃走大概一个礼拜后接到了从伦敦邮来的一封信件，她打开看了，里面只有一张邮政汇票，是给她付报酬用的。要我看，他们没有让一个令人同情的姑娘白白做活，这点做得倒是很不错。"

我比玛丽-安对这件事情要惊讶得多。我是一个有身份的年轻人。看这本书的人肯定会发现，我对于我所处在的阶级很适应也很习惯，就如同是自然的法则一样。在小说里有大量的负债的确衬托得非常罗曼蒂克，可是我不能否认的是，在现实生活中欠着商铺生意人的钱不还真的非常无耻卑劣。每每有人聊起德里菲尔德夫妇的时候，我都惴惴不安地怕谁说起他们是我的好友，如果有人这么说的话，我就会回答说："这是哪儿的话，我只是同他们相识罢了。"若是谁问我："他们是否很粗鄙不堪？"我就会回答："呃，无论如何，他们倒不至沦落成维利·德·维利那种人物①。"盖洛韦先生对于这事儿觉得非常恼怒。

他对我说："诚然，我没有认为他们很富有，但是我觉得他们的生活还算可以。钢琴是新买的，屋子里设计得也不赖。他们花钱一直大手大脚的，我根本不曾预料到他们所有的东西竟然都是没有付钱的。他们搞的骗局真让我觉得心寒。他们对待客人特别热忱，我经常去探望他们，还觉得他们很欢迎我。我说一件你也许不会当真的事情，我最后同他们见面的那次，临别之际，德里菲尔德太太邀请我第二天再去他们家，德里菲尔德跟我说：'明天的甜品是松饼。'实际上他们跟我说这些话的同时，已经在楼上打包完了所有的行李，就在那天夜晚，他们乘了最后那班火车去伦敦了。"

"乔治勋爵说了些什么？"

---

① 　维利·德·维利那种人物：《克拉拉·维利·德·维利小姐》是英国诗人丁尼生作的一首诗，总共是有十节，主要讲述了那位小姐开诗人的玩笑，诗人以为若是持续这样，他就要恕不奉陪了。这里借指温文尔雅的人。

"我不跟你撒谎，我这段日子没去他那里看他。这事儿对我是一个警示。我要把不良交友的害处谚语①谨记于心。"

我和盖洛韦对乔治勋爵的印象几乎一样，并且我还感到忐忑不安。一旦他突然跟别人说圣诞节时我几乎每天都前往德里菲尔德家中去，然后这些话又被我叔叔得知的话，我可以料想到会上演一场怎样让人苦闷烦恼的风波。叔叔会呵斥我不听老人言，说我假话连篇诳骗别人，不是个上等人所为。我非常了解叔叔，他能连续几年一直提示我曾经犯下的错误。对于发生这种事儿的后果我根本不懂得怎么应对。所以没看到乔治勋爵我很开心。然而有一天，我们两个在街道上面对面地相遇了。

他高声说："嘿，年轻人，"我非常厌恶他这么跟我说话。"我估计你是回来度假的吧。"

我用尽自己所能的尖酸刻薄口吻去回答他："你倒是挺会猜。"

不幸的是，他竟然开怀大笑。

他乐悠悠地说："你讲话这么锐利可要小心些啊，别把自己也给弄伤了。喔，就目前咱们俩的关系而言应该是不能打桥牌了。你瞧，不会勤俭节约地过日子就是不行啊。我经常跟我的几个儿子说，若是你挣到了一镑钱，消费的是十九个先令六便士，那么你就是个富裕的人。但若是你消费的是二十先令六便士，那么你

----

① 不良交友的害处谚语：英国谚语"不良的交游有损良好的举止"。

就是个穷小子。年轻人，小数目的钱不胡乱地花，大钱自然就来了①。"

但是乔治勋爵只是嘴上那么说说罢了，他的语气里压根儿没有不敢苟同的意思，反而还发出笑声，好像他正在暗自对那些金玉良言嗤之以鼻。

我说："据说他们是受了你的帮助才能顺利溜走的。"

"我吗?"他脸上一副惊愕的表情，但是他神色里却泛着狡猾的样子。"嘿，我得知德里菲尔德夫妻晚上溜走的时候，真的是大吃一惊。他们还有四镑十七先令六便士的煤炭钱没有还我呢。咱们大家伙儿都被他们骗了，还有令人同情的老盖洛韦，他还没吃到松饼呢。"

我哪里知道乔治勋爵竟然会这样不要脸。我想回他一句令他哑口无言的话，但是又不知道说些什么，于是只能对他说我有要事先走，然后很没礼貌地冲他点点头，就离开了。

---

① 小数目的钱不胡乱地花，大钱自然就来了：英国谚语。

十一

　　我在等阿尔罗伊·基尔的时候回忆起过往的一些事情。我想起爱德华·德里菲尔德在籍籍无名时期做过的不光彩的事情，又想起他后来声名显赫的身份地位，忍不住觉得很有意思。我不明白，我一直没有发现后来评论中所说的在他身上的那些不俗之处，是不是因为在我还是个少年的时候，我身边的人们没有将他这个作家当回事。很长一段时期，人们觉得他创作的言语不好，他的书的确让你瞧上去就如同用一个没有笔头的铅笔写的一样；他将高雅和粗鄙的词汇一同混搭，文风做作，阅读起来让人觉得非常别扭；还有他书里的人物对话，一个正常人是不会说出那样的话来的。在他后期的写作风格上，他采取了口语叙述的写作形式，他的文风有了言语叙述的特色，非常浅显贯通；与此同时书评家们温习他成熟时期的作品，察觉到他的言辞有一种刚强的、轻快的力量，和他小说的主题非常相符。在他写作生涯的巅峰时刻，是文笔华丽的风格最盛行的时候，他的小说里有很多描述的场景被收入到英国散文选集里。他所写的海洋、肯特森林里的春季海洋和泰晤士河下游落日的片段都十分出名。但是我看他的小说时依旧认为它有点儿别扭，这真让我觉得万分惭愧。

德里菲尔德所写的书在我青年时期的销量一直不佳，甚至其中有一两本还是图书馆的禁书，可是谁要是看他的书，大家就认为这个人很有文学素养。大家觉得他是个很勇敢的现实主义作家；他是反击市井俗人的一根好用的棒子。一名先生察觉到他文里的海员和农夫是莎士比亚式的；思想自由的人们聚集在一块儿讨论他书中那些乡巴佬，并为他们的冷漠滑稽和粗鄙的风趣而喝彩。爱德华·德里菲尔德对这样的角色信手拈来。但是，每次他书里出现帆船的水手舱或者是旅店里的酒吧间，往下肯定是六七页用地方话来描写的对生存、德行典范还有永生不灭这种主题的可笑评论，我每当看到这里时心就会猛然一沉。但是，我认为莎士比亚文里的小丑们也非常枯燥，乃至他们多得数不过来的后代就更加让我无法忍受了。

对农场主人和农场工人，商铺老板和酒馆招待，帆船的船长、大副、厨师还有老练能干的海员等他所熟知的阶层里各式各样的人物的描绘是德里菲尔德显而易见的特长。但是当他描写上层人物的时候，即使是对他非常尊崇的人们也能觉得不对劲儿；他文中的绅士外表十全十美不似凡人，他文中身份尊贵的女人们也都是友善、单纯、高贵得难以置信，于是看到她们只用多音节的文雅的词语来展示她们的想法，你不会认为稀奇。他描绘的女人大部分都没有人的气息。但是这只是我本人的想法，世界上的多数人还有一些出名的书评家都觉得他书中的女人是英国伶俐乖巧的女性的典范。她们充满朝气，胆识过人，德行高贵，都可以与莎士比亚文中的女主角相提并论。咱们知道女人往往会有便秘，可是在书里将她们描述得连肠子都没了，在我看来也的确太过尊敬女人了。我非常纳闷女人们为什么乐意去看关于她们这类的描写。

书评家常常能令众人去关注一个资质平庸的作家，而众人偶尔也会因为一个没有半点值得人学习的作家而疯魔，不过这两种情形都不会维持很长时间；于是我在想，爱德华·德里菲尔德如果没有真正的实力，就不会有读者不断地被他吸引。那些卓尔不群的人往往觉得一个作家得到众人的喜爱是庸俗的代表，他们对此表示讥讽；但是他们总是忘了后世之人只会记得一个有名气的作家而不是不出名的人物。若是一个应该传世悠久的巨作刚发表就早早夭折了，后世之人始终不会知道；就算后人将我们这个年代的热销书全部抛弃，可是他们最后还是只能在这些热销书里去抉择。无论如何，爱德华·德里菲尔德的名气经久不衰。虽然我觉得他的书让我厌烦不已、拖沓啰唆，他那希望用奇妙迂回去勾起脑筋笨拙的读者兴致的情节，被我认为味如鸡肋，但是他的真诚是不可否认的。在他最优秀的作品里有着对生活的热忱。并且不论是哪一本书，你都可以发觉作者令人琢磨不透的性格。在他写作的初级阶段，他的现实主义得到了一部分人的赞赏和另一部分人的斥责；书评家们依据自己的喜好，有的赞赏他的真实，有的指责他的粗鄙。但是如今现实主义不能再惹起众人的舆论了，图书馆里现在的读者随着时代的发展已经越过了令上辈人十分恐惧忌惮的阻碍。那些有文学素养的读者看到这里肯定会记起德里菲尔德逝世时在《泰晤士报》文学副刊上面所刊登的一篇重要文章。作者以《爱德华·德里菲尔德的作品》为题目写了一篇绝对被称为是美的颂词的书评文章。只要看过这篇文章的人，都能联想到杰拉米·泰勒①的华丽堂皇的散文辞藻、那种尊重和虔敬的风格和那些高贵的节操，总而言之，用来描绘这一切的文笔华丽而不过火，腔调动听又有刚强之力。所以这篇文章本身就是美的代表。若是有谁说爱德华·德里菲尔德也是个风趣的作家，这篇歌颂他的文章里有时候出现一句幽默的话能为文章锦上添花，于是就应该说这终归是一篇悼念词。众所周知，美并不欢迎风趣对她做出的羞怯的友善表达。罗伊·基尔和我聊起德里菲尔德的时候觉得，不论他有什么缺点，也都被他书里充满的美掩盖了。如今回想起那次讲话，我认为罗伊的这句话最令我气愤。

在三十年前，文学界最流行的内容是上帝。信仰上帝是符合

① 杰拉米·泰勒（1613—1667）：英国基督教圣公会教士，以所著《圣洁生活的规则和习尚》《圣洁死亡的规则和习尚》而出名。

传统行为的，新闻记者们用上帝去装饰一个句子；后来上帝不流行了（也是奇怪，板球和啤酒也一同变得落伍了），牧神开始时兴了。在上百部的作品里，草坪上都有他的蹄记；诗人们瞧见他在夜色渺茫的伦敦公园里的踪影；萨里郡①和新英格兰②的女文人，那些工业时期的仙女们都在他野蛮的怀抱里奉献了她们的贞操。自此她们的精神产生了全新的变化。但是后来牧神也不流行了，美取代了他的地位。众人随处可见这个字，偶尔在一个短语里，偶尔在描绘一条大比目鱼、一条狗、一天、一张画、一种举止和一件衣裳的语句里。许多青年女子（她们每个人都写了一本很有可能成功、足够展现她们才华的小说）唠唠叨叨地用各种形式大谈对于美的感想，有映射的，有调侃的，有开放的，有诱人的；那些好像刚从牛津大学毕业的年轻男子，常在周刊上刊登文章，跟我们说应该怎么去看待艺术、现实和宇宙；他们在稿纸上随意洒脱地写着美这个字。于是美这个字也被滥用了。唉，他们可真把这个字用到烂了！理想有着很多名称，美是其中的一个。我不知道这种喧哗是不是因为没有办法顺应我们这个英雄的机械世界的人所发出的哀号，也不知道他们这种对美——我们这个丢脸的时代里的小耐尔③——的热爱是不是只是伤春悲秋罢了。或

---

① 萨里郡：英国英格兰南部地区的一个郡。
② 新英格兰：美国东北部一个地区，包括缅因、佛蒙特、新罕布什尔、马萨诸塞、罗得岛、康涅狄格这六个州。
③ 小耐尔：英国19世纪知名小说家狄更斯的小说《老古玩店》中善良美丽、使人们同情的女主角。

许我们的后辈对现实的压迫会更能习惯，他们不会用规避生活的方法，而是用热情迎接生活的方法来找寻灵感。

　　我不知道会不会有人跟我一样，没有办法长久地注视着美。在我眼中，任何诗人的诗句都不能如同济慈的《恩底弥翁》① 的第一行那么虚伪。每当我感受到被称作为美的东西的魔力时，我就没办法集中精力。我不相信有的人能连续几个小时入迷地看着一片风景或者是一张画作。对于美的感觉，就如同饿了那样非常简单；实际上对它没什么能多加描述的。就如同玫瑰的芬芳：你能嗅到，就是这样罢了。因此那些对艺术的评价都让人厌烦，若是在这篇评论里没提及美，那么也就没有提及艺术。书评家在聊起提香②的被称为所有画作里最纯粹之美的《基督下葬》时，能对你说的，就是让你亲眼去看一看。他想说的别的就是画的历史、画家的传记以及类似的东西。但是众人还为美增加了好多别的品格——高尚、人性、温柔、爱——因为单纯的美不会长久地吸引人。美是白璧无瑕的，而所有没有瑕疵的东西只能引起我们一时的注意（这是人类的天性）。那位看了《费德尔》③ 之后问

_____

　　① 《恩底弥翁》：英国浪漫主义诗人济慈依据希腊神话而写的长诗，它的第一行是"美的事物是一种永恒的愉悦"。

　　② 提香（约1490—1576）：意大利文艺复兴鼎盛时期的威尼斯画家，擅长肖像画、宗教和神话题材画，《基督下葬》是他在1523年到1526年的作品，现在藏于巴黎卢浮宫。

　　③ 《费德尔》：法国的古典主义剧作家拉辛（1639—1699）所著的悲剧。

"Qu'est-ceque ça prouve?"① 的数学家实际上并非是众人所理解的那个傻瓜。除了将一些完全和美没有关系的因素考虑在内，不然任何人都不能说明一杯冰啤酒为何没有帕埃斯图姆②的多利斯圣殿更美。美如同没有出口的巷子。它如同一座山峰，只要到达了顶点，就能发觉前方无路可走。所以我们终于发觉提香的作品没有埃尔·格列柯③的作品更吸引人，拉辛接近完美的作品远不如莎士比亚不尽完美的成就更加动人。和美相关的文章真的太多了，于是我也做了一些评论。美是满足人的审美本能的东西。但是这样的满足被什么人所需要呢？仅仅是那些将口腹之欲当作佳肴的傻子。我们理应正视事实：美有那么一些让人厌倦。

书评家写的与爱德华·德里菲尔德相关的文章不过是些骗人的话。实际他最明显的优点既不是给予他作品朝气的现实主义，也不是他的作品所含有的美，也不是他对海员的逼真活泼的刻画，更不是他对沼泽、狂风暴雨和风平浪静的天气与依稀的小村落那诗情画意的描绘，而是他的高寿。人类最应该得到赞美的一种品德是对老年人的尊重，并且我能肯定地说，在我们国家这种品德比在任何国家都更为显著。别的民族对于老年人的尊敬和爱戴常常都是言论上的，只有我们对于老年人的尊敬和爱戴是落实

---

① Qu'est-ceque ça prouve：法语，意为这到底证明了什么？
② 帕埃斯图姆：意大利南部地区的古城，多利斯圣殿为此著名古城废墟的一部分。
③ 埃尔·格列柯（1541—1614）：西班牙画家，作品多是宗教画和肖像画。

在行动上的。除了英国人，还有谁能把考芬园戏院①挤得人山人海的就为了去听一个年纪甚老倒了嗓子的 prima donna② 的演唱呢？除了英国人，还有谁能花钱买票去瞧一个年迈体衰、走路都迈不开步的舞蹈演员跳舞呢？这些英国人在幕间休息时还得互相感叹地说："天啊！你知道吗，先生？他都六十多岁了。"但是和政治家、作家相比，这些演员还都是一些小伙子。我经常认为一个 jeune premier③ 必须得性格平和才行，如此他才能在记起政治家和作家在七十岁还能处于声势巅峰，而自己的演艺生涯却要结束的时候，内心不会愤愤不平。一个人若是在四十岁时成为政客，那他七十岁时就会成为一个政治家。这个年纪的人当职员、花匠或者治安法庭推事都实在是太老了，可是来管理国家却合适。实际上这也并不稀奇，每个人从年幼时起，长辈就不停地跟他说岁数大的人比年纪小的人要聪慧，而当年轻人察觉这种说法是错误的时候，他们自己也是老年人了，这时候继续说谎对他们自己是有好处的；而且，在政界的人都会察觉（假如从结果去看的话），统领国家实际上不需要多少智商。但是我一直不明白，岁数越大的作家为什么就越应该得到推崇。有一段时期，我觉得年轻作家去称颂那些二十多年不动笔的作家，是因为这些老作家

①　考芬园戏院：位于伦敦考芬园广场，创建于1731年，1858年以后是皇家歌剧院。
②　prima donna：意大利语，歌剧女演员。
③　jeune premier：法语，扮演年轻男主角的演员。

失去了和他们竞争的能力，他们认为称颂一下老作家已有的功绩不仅不会对自己有什么坏处，而且，能对不威胁自己的敌手给予称颂也是个阻碍你真正的敌手成功的好方法。但是这种想法将人性看得太不堪了，我可不想成为一个被斥责成卑鄙的厌恶社会的人。我思考了很久才得到结论，因为但凡聪慧的人年过三十岁就不再看书了。于是他们岁数越大，他们青年时期看过的书就越发印象深刻，随着光阴的逝去，他们将越来越多的优点加注在这些书的作者身上。这个作家得接着创作，要保持自己不停地在众人面前露面。他不能觉得自己只写一两部出色的作品就足够了，他得用四五十本普通的作品为那一两本出色的作品奠基。这就需要时间。所以事实就是，若是他没办法用他作品的质量去打动读者，那么就得用作品的数量去震动读者。

若是如我所想的这样，高寿就是天才，那在我们身处的这个年代，几乎没有人如同爱德华·德里菲尔德一样受人关注地得到过这种光荣。他在还是个六十岁的小伙子时（有文学素养的人自己的想法，并不受正视），他在文学界仅仅有一点地位而已；最优异的书评家称赞过他的书，可是说的话都点到为止；岁数小一些的人喜欢用他的书扎趣。众人都觉得他是有才华的，但是没有人能想到他是英国文学的一大荣耀。他后来纪念自己七十岁的生日；文学界这时才觉得有点惶恐忐忑，就好像在东方的海洋上航行，远处有台风将海面上吹起了一阵波澜；大家忽然发现在我们之中原来还生活着一个了不起的作家，但是我们所有人竟然没有注意到。于是在各种图书馆里，读者们忽然争着抢着去看德里菲尔德的小说，成百支笔杆子在布卢姆斯伯里、切尔西①还有别的什么文士雅客中各种忙活起来，对于德里菲尔德的作品写了数不清的书评、研究、随笔和著述。有的短小精练，亲和动人；有的挥洒自如，声势豪放。这些文章都是印了又印，有全集，还有选段，有的是一本书一先令三便士，有的是一本书五先令六便士，有的是一本书二十一先令。有的文章剖析他的写作风格，有的文章研究他的中心思想，有的文章分析他的创作技能。当爱德华·德里菲尔德七十五岁时，所有人都觉得他是天才。等他到了八十岁时，他变成了英国文学界的巨匠。直到他逝世的时候，他都拥有这个伟大的位置。

如今我们看看周围，哀伤地发觉没有人能继承他的地位。有几个七十多岁的人已经开始观望，他们明显认为自己足够弥补这个空白。可是他们明显都少了些什么。

即使把这些记忆阐述出来浪费了非常久的时间，可是它们在我脑子里闪现时也不过只是眨眼的一刹那。这些记忆错落庞杂地在我眼前展现，一会儿是件什么事儿，一会儿是曾经一次交谈的片段；如今为了读者容易，也因为我思维清楚，我将这些时断时续的记忆依照事件的前后顺序描述出来。有一件事我认为非常怪

---

① 切尔西：英国伦敦西南部地区的一个住宅区域，位于泰晤士河北岸，是艺术家和作家的聚居地。

异，即使它发生的时间已然非常久了，可是我依旧可以清楚地想起那时人们的长相，乃至他们说话的重点，但就是记不住他们那时的穿着。我固然明白四十年前的人，尤其是女人的穿着和目前的款式非常不同。假如我还能想起他们的一些服装，那也不是我真实的记忆，而是往后的日子里在图片上看到的。

我还在畅想时，突然听到门外有出租汽车停止的响动，然后门铃被按响了，过了一会儿就听到阿尔罗伊·基尔用低沉的声音跟我的管家说他是同我预约过的。他进到房子来，身高体健，热忱坦然；他那生机勃勃的样子瞬间将我建筑在过往的衰弱支撑给破坏了。他如同三月里的暴风，将那气势汹汹、不能逃离的事实又摆在我眼前。

我说："我刚巧在问自己，能后继爱德华·德里菲尔德成为英国文学巨匠的还有谁，你就来到我的面前回答了我这个疑问。"

他开怀大笑，可是目光中流露出一点质疑的神情。

他说："我认为没人能够接替他的位置。"

"那你呢？"

"喔，老朋友，我现在连五十都没到。至少还要再过二十五年。"他再次笑了，可是他的目光一直追随着我的目光。"我实在是搞不懂你何时在跟我开玩笑。"他倏地将眼帘垂下，"当然喽，一个人总要考虑一下自己的将来。如今咱们这个行业里的领军人物都比我大上十五到二十岁。当他们去世了，还有谁能成为新的领军人物呢？还有奥尔德斯，他比我岁数小多了，但是他的身体不够健康，并且我觉得他也不在意自己的身体。假如没有什么不测，我的意思是假如没有什么天才从天而降，我觉得二十年或者二十五年之后我也不能独占文坛。这就是个持之以恒以及要比旁人活得更久的事情。"

罗伊那健硕的身体坐在我女房东的一张椅子上，我递给他一杯加了苏打的威士忌。

他说："不，在六点之前我从不饮烈酒。"他瞧了瞧周围，"这里的环境还挺好的。"

"的确如此。你来找我是有什么事儿吗？"

"我希望跟你面对面聊一聊德里菲尔德太太邀约这件事情。在电话里说得不是很清楚。是这样的，我打算写一本德里菲尔德的传记。"

"噢！你为什么那天没有跟我说呢？"

我对罗伊忽然有了好感，我非常开心我没有看错人，我就猜测他那天请我用餐并不只是因为想要跟我做伴儿。

"我还没有确定。但是德里菲尔德太太非常希望我能写，她打算尽可能地帮助我，将她积攒多年的全部资料都给我。写这么一本书可真的很困难啊，我必须得将它写好才行。若是我写得还可以，对我也是有益处的。一个作家若是偶尔写一些庄重的题材，众人对他也能多些尊重。我那几本书评著作花了我不少心思，即使没什么销量，可是我却不觉得后悔。正是由于这些著作我才在文学界有了位置，没有它们，我就没有如今的位置。"

"我认为这个计划可以。之前的二十年里，大部分人都没有你和德里菲尔德这般亲密。"

"也许是吧。可是我最开始和德里菲尔德相识的时候，他就六十多了。我曾给他写信说我十分喜欢他的书，他就邀请我去看他。关于他早年的生活我根本不得而知。德里菲尔德太太经常想法子令他谈谈那时候的事儿，她将他说的具体细节都写下来了；除此之外，还有他时断时续的一点日记，以及他的书里很多内容明显也是具有自传性质的。但是我不知道的还是特别多。我跟你说我希望写一本什么样的书吧，是一本跟德里菲尔德个人生活相关的书。这本书的细节要让读者觉得亲近，与之夹杂在一起的是对他文学作品非常周全的书评，不要让人烦闷的冗长书评，而要既认同又深刻……还有精练的书评。这样一部作品肯定得需要一定的时间，但是德里菲尔德太太似乎认为我可以堪当此任。"

我插了一句："你肯定可以的。"

罗伊说："我觉得应该没有问题吧，我是一个书评家，又是一个小说家。显而易见，关于文学方面我还是有一定的资历的。但是我需要能帮我的人都乐意帮助我，那才可以。"

我终于察觉我在这里面应该做的事情了，却装作什么都不知道的样子。罗伊起身探过来。

"我之前问过你，你本人会不会准备写点跟德里菲尔德有关的文章，你说没有。那能否可以当作是你确认肯定的回答?"

"自然是的。"

"那将你的材料给我用，你是不是不反对？"

"老朋友，我可一无所有。"

罗伊开心地说："嘿，瞎说。"他的口吻如同医生希望孩子张开嘴让他查看嗓子一样，"他在黑马厩镇居住的时候，你一定时常同他见面。"

"我那时候还是个孩子。"

"但是你一定对这段特殊的过往记忆深刻。只要跟爱德华·德里菲尔德待过半个小时的人就肯定会对他与众不同的性格产生很深的印象。即使是一个十六岁的男孩，这一点也显而易见，而你也许比寻常那个岁数的孩子更加的眼光尖锐，洞察灵敏。"

"我不知道若是没有名气，他的性格会不会依然显得与众不同。你觉得如果你作为特许会计师阿特金斯先生去英格兰西部的一个矿泉去取矿泉水治疗肝病，就能让那里的人们关注到你，认为你是一个与众不同的人吗？"

罗伊流露出一丝笑容，这令他的言辞没有表达中那么目中无人。"我猜他们不久就能发现我不是一个寻常的特许会计师。"

"好吧，我可以跟你说的只有德里菲尔德曾经令我认为非常难受的地方，他穿的灯笼裤太花哨了。我们常常一同骑车，于是我特别忐忑，怕被人瞧见。"

"如今听上去非常搞笑。他那时候同你聊些什么？"

"我忘记了，也没有聊些什么。他喜欢建筑，愿意聊庄稼活儿；若是路旁有家酒馆瞧着还行，他会建议我们去那里歇息五分钟，喝杯苦啤酒；饮酒的时候他会和酒馆老板聊起田地里的庄稼和煤炭的价格这种事儿。"

我从罗伊的神色瞧得出来他非常扫兴，可是我继续说下去。他只能听着，但是有些厌恶。我忽然发觉他厌恶的时候就显得脾气不大好。即使我记不清一同骑车的时候德里菲尔德说过什么有深意的话，可是我却能清晰地记得那时候的感觉。黑马厩镇有那么一个独特的地方，它紧邻海洋，有非常长的砂石海滩，后面是沼泽地，但是你只需要向内陆走个半英里，就能来到肯特郡最标准的乡村地区。这里的道路弯弯曲曲，两旁是大片肥美葱翠的田野和一排排挺拔的榆树；这些树干结实又粗大，有一种质朴无华的派头，瞧上去就如同那些纯朴的肯特郡老农民的妻子；她们的面容光润，体态强健，上好的黄油、自己制作的面包、奶油和鲜嫩的鸡蛋让她们每个人都长得胖胖的。偶尔你前面只有一条小路，两旁都是繁密的山楂树篱，上面是两侧延展出的榆树的绿枝，你仰头看去，只能瞧见一线蓝天。当你在这暖洋洋的、酷热的空气里骑车前行时，你就感觉到时间仿佛停止了，生命会一直继续下去。即使你在拼命地骑着车，可是你有一种甜蜜的、慵懒的惬意。你和你的同伴这时候都不会说话，你非常快活。若是有谁集中注意力，忽然加速向前冲去；这是他在逗趣，将大伙儿都给逗笑了。然后你会连续好几分钟都使劲地骑车。我们彼此打趣，为自己的滑稽而咯咯笑起来。偶尔你会穿过一些小农舍，前方有个花园，花园里有蜀葵和卷丹；距离大路稍微远一些的地方是农庄，有个广阔的谷仓和啤酒花烘干房；你也能途经一些种植着蛇麻草的田地，蛇麻子成熟之后就会如同花环那样悬着。道路旁边的酒馆瞧上去同农舍相差无几，令你备觉亲和、随意，门廊上总会有攀附而上的忍冬。酒馆的名字随处可见，比如"快乐的水手""欢快的农夫""王冠和锚""红狮"等。

但是在罗伊眼中这些全部都毫不重要，他将我的话打断。

他问："他从不会聊一聊文学吗？"

"没有聊过。他不是那样的作家。我觉得他在沉思他的作品，但是他从不曾提及。那时候他总把书借阅给助理牧师。有一年冬季，在圣诞节假期里，我几乎每天都去他家里喝下午茶；偶尔，他和助理牧师聊起书，可是我们就会让他们两个住嘴。"

"你记不起来他说了什么吗？"

"我只能回忆起一件事儿。由于那本书我没有看过，是他说的话让我想去读那本书的。他说莎士比亚成了气派人物退休回到埃文河畔的斯特拉特福①时，若是他还要写他的剧本，也许只有两部作品他最有兴趣了，这就是《一报还一报》和《特洛伊罗斯与克瑞西达》②。"

"我不认为这能给人们特别的启示。他说没说起过比莎士比亚更接近当代的一些作家？"

---

① 埃文河畔的斯特拉特福：英国英格兰的中部城镇，莎士比亚的故乡。
② 《一报还一报》和《特洛伊罗斯与克瑞西达》：莎士比亚可能分别在1603—1604年和1602年所写的两个喜剧。

"嗯，我记忆里他那时候没有说过。但是几年前，有一次我同德里菲尔德夫妇俩一起吃午餐的时候，我倒是听他谈起过亨利·詹姆斯爱好描述英国乡下别墅茶会上的闲聊，可对美国的崛起这种世界历史上最了不起的事情却视若无睹。德里菲尔德称他为 il gran rifiuto①。听到老头儿说了一句意大利语我非常惊讶，内心又暗自认为有意思，因为那时候在场的人里只有身材健壮的公爵夫人明白他说的是什么意思。他那时候说，'不幸的亨利，他一直围着一个富丽堂皇的花园绕来绕去，花园的高墙令他没有法子偷窥到里面的样子；园子里的人们在喝茶，他距离得太远，听不清伯爵夫人说的是什么。'"

罗伊专心致志地听我叙说这个小故事。听完之后，他思考着摇了摇头。

"我不能写这个材料。若是我用了的话，亨利·詹姆斯的爱戴者会对我进行疯狂批评的……那你们晚上都经常做些什么？"

"喔，我们打惠斯特，德里菲尔德是看需要他写评论的书，他还经常给大伙儿唱歌听。"

罗伊说："这十分有趣。"他渴望地将身子向前探过来，"你能记住他唱的歌是什么吗？"

"当然记得住。《都只为爱上一个大兵》和《此处美酒并不贵》这两首歌曲都是他最喜爱的。"

---

① il gran rifiuto：意大利语，意为："他做了重大的舍弃"。

"噢!"

我可以瞧得出来罗伊非常失落。

我问:"你难不成期望他唱舒曼①的歌吗?"

"为什么不成呢?这样的话,倒是可以好好写一下。但是我本来觉得他唱的是一些海员的小调或者老旧的英格兰乡村民谣,就是他们往日里在集市上唱的歌曲——盲人小提琴手拉着琴,乡村的年轻男女们在打谷场上跳舞及类似的这种事情。假使他唱的是这类歌曲,我就能由此写上一节不错的文字,但是我真的不能想象爱德华·德里菲尔德唱着歌舞杂耍戏剧院里的歌曲。不要忘记,你想给一个人画幅肖像,就需要把画面的光亮角度调整好。假使你将与之不搭配的东西放进去,就只能给人一段凌乱不堪的记忆。"

"你知道,之后的不久他就在夜晚逃走了,将众人都给欺骗了。"

罗伊足足有一分钟没说出话来,他只是低着头思忖着看着地毯。

"的确,我知道他曾经有过一段让人不愉快的事情,德里菲尔德太太说过。据说他后来将所有欠下的债务都偿还完毕之后才买了弗恩宅邸,在那里居住下来。我认为在他成长过程中一个无关大局的小事不需要去具体描写,那事儿无论如何至今为止也将近

---

① 舒曼(1810—1850):德国作曲家,音乐评论家。

四十年了。你明白的，老头儿的性情里有一些比较怪异的地方。寻常人都觉得在有了那么一件不能见光的事情之后，他肯定不会选择黑马厩镇当作他老年的居住地，他那时候声名显赫，而黑马厩镇却是他身份轻贱的起点；但是他好像根本不介意。他似乎还以为这是一个有意思的笑话。他竟然还给来他家用餐的客人讲这事儿来听，让德里菲尔德太太觉得特别下不来台。我期望你可以多接触一下埃米。她是一个非常伟大的女人。诚然，她丈夫在写他的那些巨作之时还没有结识她；但是，任何人都得承认在他最后生活的二十五年里，他在世界人心目中那种端庄伟大的印象都是埃米创造出来的。她对我非常坦诚。那对于她而言可真的不容易。老德里菲尔德有些十分怪异的习性，她必须采取很多手腕将他的行动衬得很体面。老头儿在许多事儿上十分执拗，我认为若是另一个没有埃米这么有性格的女人，那她已经没有耐心了。例如，他有一个习性，不幸的埃米花了很多时间才让他改掉：他每回吃完肉和蔬菜，都会用一块面包将盘子擦干净，再将那块面包给吃掉。"

我说："你明白这代表着什么吗？这代表着曾经有一段非常久的日子他都吃不上饭，因此他对待面前的食物一点都不会糟蹋。"

"喔，也许是这样吧；但是这并不是一个知名作家的好习惯。另外，他不是个醉汉，却愿意跑到黑马厩镇子上的'熊与钥匙'旅店里的酒吧间中喝几杯啤酒，虽然这没有什么不好的地方。但是他在那里非常令人关注，尤其是在夏季的时候，旅店里全是过来旅游的人。他完全不介意是谁在跟他说话。他完全没有考虑到自己的地位。偶尔很多出名的人物，例如爱德蒙·戈斯①和寇松勋爵②去他们家吃午餐，他之后竟然会去另一家酒店跟管道工、面包师傅和卫生检查员交谈他对这些名人的看法，你不得不说他的举动太让人尴尬了。其实这也说得过去。你就当这是他寻求地方特色，对很多典范人物有兴致。但是他的某些习性真的令人不能接受。你知道吗？埃米·德里菲尔德让他去洗个澡真的难如登天。"

"他诞生的那个时代，大家觉得洗澡洗多了对健康不利。我猜他在五十岁之前，应该没有住过有浴室的屋子。"

"嘿，他说他一直都是一个礼拜洗一回澡，他不懂他为何这么大岁数了还需要把自己的习惯给改掉。所以埃米要他每天都换一下内衣，他也是完全不赞同。他说他的汗衫和内裤一直是穿一个礼拜才换的，每天都换这可说不通。洗得太频繁，会将这些汗衫和内裤洗坏的。德里菲尔德太太费尽心思诱哄他天天洗澡，在水里放了浴盐③和香料，但是无论如何他都无动于衷。随着他的年龄逐渐增大，一个礼拜洗一回都不行了。埃米跟我说在他临去世前的三年里，他一次澡都没有洗过。这些事儿我们就私底下讲讲。我将这些告诉你就是希望你明白，在写关于他的传记时，我

---

① 爱德蒙·戈斯（1849—1928）：英国的文学史家，评论家，翻译家。
② 寇松勋爵（1859—1825）：英国驻印度总督，后来任外交大臣。
③ 浴盐：一种用来软化水质的有香味儿的化学结晶体。

必须用上很多委婉灵巧的手腕。我明白没人不承认他在钱财上有一丁点儿的鲁莽；他还有个怪异的癖好，那就是特别爱好和身份地位比他低的人在一起待着。他的很多生活习性也不讨人喜欢，但是我认为这都不是他人生中要紧的地方。我不希望写没有发生的事情，但是我的确认为某些跟他有关的事儿还是不要写进去为妙。"

"你不认为要是你将他身上发生的全部事实都写出来才会更有意思吗？"

"喔，那是行不通的。若是我这么做的话，埃米·德里菲尔德就不会再搭理我了。她请我写这本书就是由于她信任我笔触谨慎。我不可以令自己的绅士身份受到屈辱。"

"这么看来又要做绅士又要当作家，真的是非常难。"

"这倒也不至于。除此之外，你知道那些书评家都是什么类型的人。若是你将真实情况如实讲出来，他们会说你这是厌恶社会，而一个作家有厌恶社会这种名号可没什么益处。诚然，我得承认若是我肆无忌惮地去写，这本书肯定会有强烈的反响。若是我将这个人矛盾的两个面貌都展现出来：他对美的热烈探索和他个人职责的草率态度，他美妙的文笔和他对水和肥皂的抵触，他的理想主义和他在下等酒馆里的豪饮，那的确是非常有意思的。但是说真的，这么做有必要吗？人们会说我不过是在模仿利顿·斯特雷奇①。不，我认为更棒的做法是用委婉、优美、特别巧妙的写法叙述，你明白我说的那种方法，还要比那亲和。我觉得一个作家在创作一部作品之前就应该在自己的脑海中勾勒出这本作品的轮廓。我脑海里的这部作品就如同凡·戴克②的一张肖像画。非常庄重、尊贵，有感染力。你能懂我的意思吗？我希望能写八万字左右。"

罗伊霎时间彻底沉醉在对于美的幻想之中。在他脑子里出现了这样一部作品，是八开本，拿在手里又轻又薄，页边距的留白比较宽，纸质精致，字体清晰美丽。可能他把书的装帧都瞧见了，书的封面是光滑的黑布面搭配着烫金边的字体样式。但是阿尔罗伊·基尔到底是个普通人。于是正如我在前文讲的，他不会一直沉醉在对于美的憧憬里。他直率地向我微笑了一下。

"但是我究竟如何来写第一个德里菲尔德太太呢？"

我叨咕着说："这是家里的丑闻。"

"她的确是个烫手山芋。她和德里菲尔德结婚很多年。埃米对这个问题的看法十分清晰，但是我真的不懂如何才能满足她的要求。你想想，她的建议是罗西·德里菲尔德努力要从她丈夫的精神上、肉体上和金钱上将他毁掉，她对她丈夫起到了非常坏的影

① 利顿·斯特雷奇（1880—1932）：英国的传记作家、评论家，以所写的《维多利亚女王时代四名人传》和《维多利亚女王传》而出名。

② 凡·戴克（1599—1641）：佛兰德斯画家，英国国王查理一世的宫廷画师，作品多数以宗教、神话为题材，尤其以贵族肖像画著称。

响；她不管任何方面都配不上她的丈夫，起码在智商和灵魂上的确如此，而德里菲尔德不过是由于精力旺盛才没垮掉。固然他们的婚姻是很可怜的。但她也逝世很多年了，现在再将以前那些丑事儿说出来，让那些灰暗的事情展现在众人眼前，瞧上去很让人惋惜；可是事实是没有办法改变的，德里菲尔德是同他第一任妻子生活的时候写出了他的全部巨作。毋庸置疑，我非常喜欢他的晚期作品，没有人能像我那样发觉到他晚期作品里所展示出来的单纯的美感，它们还展现出一种婉约和古雅的谨慎，这都是令人佩服的，可是即便如此，我依旧得承认这些小说失去了他早时作品里的那种风韵、朝气、喧嚣的感觉。我的确不能无视他第一任妻子对他的小说的作用。"

我问他："那你是准备如何处理呢？"

"喔，我认为他这方面的生活尽量用委婉和精巧的笔触来搞定，这样可以不用涉及一些不能提及的方面，又可以衬托出一种男子气度的率直，不知道你能不能懂我的意思，若是能达到这一点，就会非常感人了。"

"这听上去是件挺不容易的事儿。"

"我觉得完全不用一板一眼地具体描写。这不过是一个描写得适可而止的问题。能删除的地方我肯定不会多写，但是我会点出一些紧要的事情让读者领悟。你懂的，无论你的主题怎样粗鄙，若是你用严谨的风格去解决，就能冲淡那些让人不愉悦的东西。但是我唯有得知所有真相才可以做到这一点。"

"无米难为炊呀。"

罗伊说起话来顺畅自在，这证明他是个非常棒的演说家。我多渴望：（一）我可以如此充分地适当展示我的想法，不会缺少想要用的词汇，每句话都能果断地说出来；（二）让我这么一个无关紧要的人来代表那些罗伊天生就能应对的有观赏能力的庞大听众，而不认为悲哀地不能堪当此任。但是此刻他安静下来了。在他那张由于充满着热诚而微红、由于太热而流出汗水的面容上露出了关切友善的表情，他原本凌厉的目光变得温柔了起来，他眼神里噙着一点笑意望着我。

他温柔地说："这就是需要你帮忙的地方，老朋友。"

我发觉在你无言应对的时候就不要张嘴，在你不懂怎么应答别人的话语时就保持缄默，这是现实里一个非常棒的战略。此时我不说话，也一团和气地望着罗伊。

"任何人都没有你更了解他在黑马厩镇的生活。"

"未必如此吧。曾经在黑马厩镇必然会有和我一样常常同他相见的人。"

"也许如此，可是他们都是些可有可无的人，我认为他们不是很要紧。"

"喔，我知道了。你觉得我是唯一能对你吐露真相的人。"

"大约是这么个意思，若是你喜欢说得幽默一些的话。"

我能瞧得出来罗伊并不认为我的话幽默。我也不在意，我已经习惯了旁人对我说的笑话没有什么反应。我往往认为，那些说的玩笑只能使自己发笑的幽默的人才是艺术家里的典范。

"你往后在伦敦也总能和他见面。"

"的确如此。"

"那是他居住在贝尔格莱维亚①的寓所里时。"

"噢，那是在皮姆利科②的房子。"

罗伊冰冷地笑了一下。

"我们不需要因为他具体居住在伦敦哪个地区而争论。你那时候和他来往非常频繁。"

"确实非常频繁。"

"你和他这样的来往大概有多长时间？"

"大概有两三年了吧。"

"那时候你多大年纪？"

"二十岁。"

"请你听我说，我希望你能帮我一回。这不会浪费你太多的时间，但是对我而言却非常重要。我想请你把回忆起的关于德里菲尔德的一切和你回忆起的关于他妻子的全部状况及他们俩的关系等，还有你在黑马厩镇子和伦敦与他们相交的两段时期的事情尽可能细致地写下来。"

"嘿，老伙计，你这个请求还真是太多了。我现在手里有很多

---

① 贝尔格莱维亚：伦敦的一个富人住宅区，位于海德公园附近。

② 皮姆利科：伦敦的一个住宅区，位于威斯敏斯特和切尔西之间。

事情等着办呢。"

"这不会浪费你很多时间的，我的意思是你就粗略地写出来就行。你不用因为文本体裁或者类似的问题而费心，关于体裁和润色这些都由我来负责。我需要的只是实情。无论如何，除了你没有任何人清楚他们的事情了。我不希望自己表现出自以为比别人高明的样子，但是德里菲尔德的确是一个了不起的人物，为了缅怀他，也为了英国的文学，你出于道义也应该毫不推辞地将你所知道的所有都讲出来。我其实不应该跟你说出这个请求，但是你曾经跟我说你不打算写关于他的任何事情。你有着关于他的那么多的资料却一点都不用，这难道不是害人害己的行为吗？"

罗伊就这样又希望唤起我的责任心，又责备我的懒惰，又需要我大方不吝啬，又需要我刚直乐于奉献。

我问他："但是德里菲尔德太太为什么要邀请我去弗恩宅邸去居住呢？"

"喔，她同我谈论过这事儿。那是一座非常舒服惬意的房子，她招待客人非常周全，眼下正是乡下最优美的时节。她觉得若是你乐意在那个十分秀美、宁静的地方写下你的回忆的话，诚然，我跟她说不确定你能否答应她的邀请，但是她那里距离黑马厩镇非常近，对你回忆起一些你可能已经遗忘的事情应该会很有帮助。并且，居住在德里菲尔德的故居，身处在他活着时候的书和用具的环境周围，曾经发生过的那些事情就会更加历历在目。我们能一同谈论他，你是知道的，在激烈的探讨中会回忆起曾经的事情。

埃米非常聪慧灵巧。她培养出了将德里菲尔德的对话记下来的习惯，别忘了也许你会不自觉地说出一些你不想写的事情来，她可是会记录下来的。除了这些之外，我们还能打网球，游泳。"

我说："我不喜欢居住在别人家里，我非常厌恶九点钟起床去吃我不习惯吃的早餐。我讨厌漫步，关于别人家里的鸡毛蒜皮的事儿我也没有兴致。"

"她自己非常寂寞。你去居住，对于我和她而言都是帮了大忙。"

我思考了一下。

"我跟你说我是怎么想的吧。我可以去黑马厩镇，可是我要自己去。我住'熊与钥匙'旅店，之后你在德里菲尔德太太家里逗留的时候我去探望她。你们两个能一直探讨爱德华·德里菲尔德，但是我听厌烦了就能随时可以告辞。"

罗伊笑得非常温和。

"好的，就这样吧。那你愿意把你记起来的认为对我有用的材料写出来吗？"

"我尝试一下吧。"

"那你何时过来呢？我准备礼拜五去那里。"

"若是你同意不在火车上跟我啰唆，我就跟你一起走。"

"好吧。五点十分那班车最合适不过了。需不需要我过来接你？"

"我可以自己去维多利亚车站，我们就约在站台那里见面吧。"

我不明白是不是罗伊生怕我随时反悔，他听我说完之后马上站起身子，热诚地握了一下我的手，就离开了。离别之前他还嘱咐我可不要忘记带上网球拍和游泳衣。

十二

对罗伊的承诺令我忍不住回想起我刚到伦敦时的生活。于是我想趁着那天凑巧没什么事儿，散步到我从前女房东的家中和她一起喝个下午茶。我刚来伦敦上学的时候，还是个没有什么见识和经验的年轻人，我想寻找个住所容身，圣路加医学院里的秘书跟我说了赫德森太太的名字。这位太太在文森特广场有一座房子，我连续在那里居住了五年。那座房子楼上的客厅那一层居住着威斯敏斯特学校的一名老师，他的房租是一个礼拜二十五先令；我居住在楼下的两个屋子里，我的房租是一个礼拜一镑。女房东赫德森太太有一双乌黑明亮的眼睛、一个不小的鹰钩鼻子和一头漆黑的头发，她面色暗沉，个子矮小，性格很活泼，每天都在不停地忙活着。她在每日的下午和礼拜天的一整天，都会在后脑勺梳一个发髻，额头前面是一个齐刘海儿，就如同你在"泽西的莉莉①"的老相片里看到的那种发型。她心肠很好（一个人年轻的时候总把别人的好心当作天经地义，所以曾经的我并不知道这一点），并且是个非常棒的厨娘。没有人能做出她做的那种 omelette soufflée②的味道。她每天早晨起床，都会把客房活动室里的炉火点燃，她说："这样他们在用早点的时候就不会着凉了，说实在的，今天早晨的温度可真是冻死人了。"客房的床下面都有一个平扁的白铁盆子，前一天晚上在里面注满水，早晨用的时候水就不会特别凉了；她早晨要是听不到你洗澡的声音，就会说："嗨，我的房客还没有起床，他上课会迟到的。"然后，她会轻盈地跑上楼，咚咚敲门，你能听见她细细的嗓门儿喊着："你还不起来的话，就没有时间吃早点了，我为你做了一条非常美味的鳕鱼。"她边做活边哼着歌，一整天都是开开心心地忙活着。她的丈夫比她年纪大许多，以前在一些名门家族做过管家，现在是附近一家教堂里的司事。他脸上有着络腮胡子，行动温文尔雅，人们很尊敬他。我们用餐时，他在旁边服务，还给我们擦皮鞋，也帮着收拾擦洗碗碟。赫德森太太每天就只有一个乐趣，她弄完晚饭后（我和那名教师的用餐时间分别是六点半和七点）会上楼跟她的房客聊会儿天。她天生口才好，随机应变，言谈犀利大胆，词汇准确

---

① 泽西的莉莉：莉莉·兰特里（1853—1929）：英国的女演员，凭借自己的倾城容颜和后来成为英王爱德华七世的威尔士亲王的艳情而出名。因为她来自于泽西岛，所以被称作为"泽西的莉莉"。

② omelette soufflée：法语，意为"苏法莱煎蛋"。一种用蛋清和蛋黄分别搅拌，而后依次下锅形成的黄里有白的柔软煎蛋饼。

又极其丰富，总是能有好笑的对比或者有趣的短语。赫德森太太简直就是伦敦市民里逗趣的幽默高手，我特别希望我当时会想起将她的讲话记下来。她的言行举止总是恰到好处，她不收女房客，她觉得没有办法搞清楚她们在干什么（"她们一直不能没有的就是男人、男人、男人，还有涂着黄油的薄面包片的下午茶点，要么就是打铃要热水，还有很多我不大了解的类似这种的事情"）；但是在聊天中，她会不假思索地说出大家都认为很粗鄙的词语。你能用她评论玛丽·劳埃德①的话去评论她自己："她很讨我的欢心，就是由于她能经常让你开怀大笑。她的确不含蓄，可是她一直会很得体地把握尺度。"赫德森太太为自己的风趣滑稽很是扬扬自得。我觉得相比之下她更喜欢同她的房客聊天，因为她的丈夫一本正经（她说："他应该是这个样子的，他是教堂的司事，经常参与婚礼、葬礼和类似的仪式。"），不爱开玩笑。"我跟赫德森说，在还能开心的时候笑一笑，等以后你去世尸骨埋地，那就没有办法再笑了。"

赫德森太太的风趣幽默是年复一年练出来的，她同十四号出租房子的布彻小姐吵架的事儿就是多年来口口相传的一个搞笑长篇传奇。

"她就是一只惹人厌烦的老猫，但是说句真话，倘若有一天上天将她召唤走了，我肯定会想念她的。我是不知道上天将她叫走

---

① 玛丽·劳埃德（1870—1922）：英国的歌舞杂耍剧场的有名歌唱演员。

后会如何对待她，可她活着时给我增添了太多笑话。"

赫德森太太的牙齿不是很好，关于该不该把牙齿拔掉换成假牙这事儿，她同大伙儿探讨了两三年，她很多搞笑的想法都是在探讨中表露出来的，让人觉得不可思议。

"昨儿晚上，赫德森跟我说，'唉，算了，将它们都拔掉得了，一劳永逸。'可是恰如我同他说的，若是所有牙齿都拔光了，我还能聊什么呢。"

我上一次见到赫德森太太还是两三年之前的事。那一次我去探望她是收到了她的一封信件，她写信邀请我去她家里喝杯浓茶，还跟我说："七十九岁的赫德森逝世了，到下个礼拜六就已经三个月了，乔治和赫斯特都向我问好。"乔治是她和赫德森的儿子，他在伍利奇兵工厂上班，如今他也快到中年了。他的妈妈在二十年以来不间断地说，将来肯定会有那么一天乔治能带着他的妻子回家来。赫斯特是在我租住最后期间赫德森太太雇来做杂活儿的一个女佣人。赫德森太太说起她时将她亲切地称作"我的那个小鬼丫头"。我当年租住赫德森太太的房子时她应该有三十多岁了，现在又过了三十五年，但是在我经过格林公园走上通往她家的路时，我毫不犹豫地认为她还活着。她是我年轻时候的一部分记忆，就如同在公园里看到池子边的鹈鹕那样千真万确。

我来到地下室前的阶沿，赫斯特给我打开了门；她如今也将近七十岁了，体态有些发福，可是她那腼腆的微笑着的面容上，依旧还有着曾经那个小鬼丫头做任何事情都大意的神情。她将我领到地下室的前屋，赫德森太太在给乔治缝补袜子，她将眼镜拿下来望着我。

"呀，是阿申登先生？真没想到竟然看到你了，赫斯特，热水好了没？你跟我喝杯茶，好不好？"

距离我初遇赫德森太太时她稍微发福了一些，可是她的头发依旧几乎没有什么白色发丝，眼睛如同衣衫上面的扣子一样漆黑乌亮，流露出开心的光芒，只不过她的动作不如以前那么利索了。我在一个陈旧狭小的暗红色皮椅子上落座。

我问："赫德森太太，你最近过得还好吧？"

她回答说："喔，我没什么能诉苦的事情，就是不如以前年轻了，不能再如你还在这里的时候做那些活儿了。如今我不给房客们做晚餐了，只为他们做早餐。"

"你的屋子全部出租了吗？"

"是啊，我觉得十分慰藉。"

因为物价上涨了，赫德森太太现在得到的房租比我当年租住的那个时候要多得多了，我觉得以她朴素的生活方式，她的处境肯定还可以。但是现在人们的条件也比以前好多了。

"你真的不敢相信，最初我必须建造个洗澡房，然后又必须安装上电灯，再后来在他们的要求下我又必须安装上电话。我真的是想不到，以后他们还能提什么样的要求。"

赫斯特把茶拿上来的时候说："乔治先生说赫德森太太应该琢磨一下退休了。"

赫德森太太语气尖酸刻薄地说："姑娘，我的事儿不劳你操心，我若是退休的话，就跟去了墓地没什么区别了。仔细想想，我成天只和乔治、赫斯特在一起的话，没有可以闲聊的人，那可怎么办。"

　　赫斯特没有在意赫德森太太的呵斥，继续说："乔治先生说她理应在乡村租一座小房子居住，认真调理一下自己的身体。"

　　"不要再跟我说乡村了。去年夏天，我听医生的话去乡村住了六个礼拜。说句实在的，那简直要了我这条命。那里的鸟儿不停地叽叽喳喳叫，公鸡喔喔啼鸣，牛也哞哞地叫唤，我真的难以忍受，实在是太不安静了。若是你也像我这样习惯了一直以来安稳宁静地生活，你一样会受不了那种时刻不停歇的吵叫声音。"

　　赫德森太太的家再走过去几户人家就会来到沃霍尔大桥路，那里的电车叮当作响，前进的路途肯定会发出响铃；公共汽车轰隆隆开过去；出租汽车的喇叭一直嘟嘟叫。对于赫德森太太而言，她听到的这些是伦敦；伦敦的城市声音令她安心，就好像妈妈轻声吟唱着催眠曲将一个浮躁烦闷的婴儿抚慰得宁静下来似的。

　　我打量了一下赫德森太太长久以来居住的这间安适、素净的有些老套的小客厅，希望找找有没有我能送她的东西。我发现她有一台唱机。这是我目前唯一能想到的。

　　我问她："你有什么想要的东西吗，赫德森太太？"

　　她思忖着用闪闪发亮的眼睛望着我。

　　"我不知道我还需要什么，但是你这么一问，我唯独想再拥有二十年前结实的身体和力气让我接着能干活。"

我以为我不是个伤春悲秋的人，可是得到她这个毫无预兆又那么不同寻常的答案，我觉得嗓子瞬间哽住了。

我该告辞时，询问她我可不可以去瞧瞧我曾经住了五年的屋子。

"赫斯特，你去瞧瞧格雷厄姆先生在家没有。若是没有在，我想他一定不会介意你进去看一下的。"

赫斯特匆忙地跑上楼，不一会儿又跑下楼来，稍稍有些气喘地说格雷厄姆现在不在。而后赫德森太太随我一起上楼。狭小的铁床，五斗橱和洗手台还是那副老样子。只不过起居室的墙上挂着一张板球队全体队员和身着短裤的划船运动员的相片，旮旯里放着高尔夫球棒，壁炉的台子上面杂乱无章地摆着标有某学院院徽的烟斗和烟草罐子，于是屋子里就散发出一种运动员独有的发愤图强的气味。我年少时期都崇奉艺术，所以我在壁炉的台子上挂着摩尔挂毯，窗上挂着颇具艺术气息的草绿色哔叽窗帘，墙上挂着佩鲁吉诺①、凡·戴克和霍贝马②的绘画作品的复制版。

赫德森太太充满嘲讽地说："那时候的你非常高雅，对吗？"

我嘀咕了一句："非常高雅。"

我记起我在这间屋子里度过的时光，记起曾经发生在我身上

---

① 佩鲁吉诺（1446—1523）：意大利的文艺复兴时期画家，是著名画家拉斐尔的老师。
② 霍贝马（1638—1709）：荷兰的风景画家，作品基本都是描绘田园景色。

的事情，忽然觉得心里头有些酸涩凄楚。在这张桌子上我食用过丰富的早餐和简单的晚餐；也在这张桌子上我努力阅读了医科类书籍，写了我的第一部作品。在这把椅子里，我第一次阅读了华兹华斯和司汤达的书，阅读了伊丽莎白时代剧作家和俄国小说家的书，阅读了吉本①、鲍斯韦尔、伏尔泰和卢梭的作品。我不知道往后还有什么人会用这些家具，也许有医学生、实习律师、在伦敦获得胜利的年轻人、在殖民地退休或是由于分家被抛弃到社会上的老年人。这间屋子，就像赫德森太太讲述的那样，令我全身都觉得不舒服。我记起了居住在这里的所有人怀有的各种期盼渴望，他们对将来的幸福梦想，年轻时期真诚的热忱；也肯定还有人觉得悔之晚矣，愿望泯灭，筋疲力尽，无能为力；有数不清的人在这里知晓人生的酸甜苦辣，当中事实上也包括了人的感情的全部范畴，于是这间屋子仿佛也怪异地拥有着让人忐忑不安的特色。我不懂为何它令我忆起十字路口站立着一个女人，她将一根手指举到嘴唇边②，扭过头来向我挥手致意。我这种模糊的（也是特别羞耻的）想象仿佛被赫德森太太察觉到了。她笑了起来，用她独有的小举动搓了搓她凸出来的鼻子。

她说："说实在的，人真的很有意思，偶尔我忆起在这里居住

---

① 吉本（1737—1794）：英国的历史学家，著有史学巨作《罗马帝国衰亡史》六卷，记录叙述的是从 2 世纪开始到 1453 年君士坦丁堡沦陷为止的历史。

② 手指举到嘴唇边：英国人的一种习惯，将手指头放在唇上，与此同时嘴里发出一声"嘘"，意思就是不要出声。

过的所有先生，若是我把我了解到的跟他们相关的事情跟你说了，你肯定不会信的。我在床上躺着，然后忆起他们一个比一个还要有意思的事情，就会忍不住想笑。唉，你得不时地给自己找些笑话来消遣一下，要不然就一点乐趣都没有了。但是，我的天哪，那些客人真的是太有意思了。"

十三

　　我又见到德里菲尔德夫妇的时候已经在赫德森太太那里居住了将近两年了。我那时候的作息非常规律。白天我待在医院里，下午六点左右步行回文森特广场。途经兰贝斯大桥时，我会买一份《明星报》，回家看它看到吃晚餐的时间。餐后我专心致志地读上一到两个小时的能丰富我学识的书，看完书之后，直至上床歇息之前我都一直写小说和剧本。那时候的我就是一个发愤图强，怀着坚毅恒心的年轻人。那年六月末的一天下午，我因为比平日里从医院早走了一会儿，于是想沿着沃霍尔大桥路转转。那条街道上有着一种喧嚣吵闹的繁华欢畅氛围，我很喜欢它，它让我觉得舒适高兴，在那里你仿佛下一秒就会有一场难得的经历。我完全沉浸在自己的情绪中做着白日梦漫步向前，倏地听到有人呼唤我的姓名。我停下脚步一瞧，忍不住惊讶地看到德里菲尔德太太正站在那里，她冲我露出笑脸。

她冲我喊着："你记不得我了吗？"

"记得，德里菲尔德太太。"

虽然我成年了，可是我觉得自己依旧很难为情地如同十六岁时那样满脸绯红。我还保留着维多利亚时代的诚实观念，我为德里菲尔德夫妇俩在黑马厩镇欠下各种债就趁着黑夜溜走的这种举动觉得特别震惊。我以为他们会对此感到窘迫和羞耻，我都替他们觉得不好意思，因为那件事办得的确很见不得人。可是德里菲尔德太太竟然主动和一个知道他们过去丑事的人讲话，这真是让我大吃一惊。若是我之前瞧见她向这边走来，我肯定背过脸去装作没看到她；我一向比较谨慎，觉得她不乐意被我瞧见；但是她冲我伸出手，分明非常开心地同我握手。

她说："能遇到黑马厩镇的老相识我可太开心了，要知道我们当初走得太仓促了。"

我见她露出笑颜，也跟着露出笑容。她的笑容表示她如同孩子一般发自内心地高兴，可是我脸上的笑容却很牵强。

"据说他们知道我们俩逃走了之后真的闹哄哄了好一段日子。我还觉得特德知道后会认为很好笑。你叔叔是怎么说的？"

我不希望她觉得我同旁人那样听不明白他们讲的笑话，于是马上恢复如常。

"喔，他是个很传统的人，这一点你是很了解的。"

她友善地瞧了我一眼："对啊，黑马厩镇唯独这一点很不好。

他们都需要彻底醒悟一番。你比我上一次见到你时长高了好多啊。哎哟！你的嘴上都长胡子了。"

我边回答边摸了下我有点短的胡子："是的，我留了挺长时间了。"

"时光如梭啊，是不是？四年之前你还是个孩子呢，如今你已经成长为一个男人了。"

我有些倨傲地回答："那是理所当然的，我已经将近二十一岁了。"

我仔细瞅了瞅德里菲尔德太太。她身着一套淡灰色的衣裳，衣袖宽大，裙摆长长，整个人瞧上去特别飘逸。她头上戴着一顶插有羽毛的小帽子，她的瞳仁比我印象里的更蓝，她的肌肤如同大象的牙齿那样嫩白，我忽然发觉她的脸蛋儿比我记忆里还要漂亮上许多。

她说："你知道吗，我们俩就在这不远处居住。"

"我住的离这里也不远。"

"我们在林帕斯路那里居住。从黑马厩镇走了之后，我们差不多就一直在那里居住。"

"喔，我也在文森特广场居住了将近两年。"

"乔治·肯普跟我说过你住在伦敦，我就是不知道你的具体地址。现在你跟我回我们家里去坐坐吧，特德瞧见你肯定会很开心的。"

我说："好吧。"

她一路上跟我说德里菲尔德目前是一家周刊的文学编辑，他最新出版的一本书比以往任何一本都要畅销，他希望等到下一本书时能预支一笔非常不错的版税。她对黑马厩镇近来发生了什么事儿都了如指掌，我联想起众人曾经质疑乔治勋爵援助他们逃走的事情，推测乔治勋爵肯定常常给他们邮寄信件。我发觉在我们走过来的这一路上，经过我们俩身边的男人偶尔会盯着德里菲尔德太太多看几眼，我认为这是因为他们觉得她长得好看。于是我忍不住有些得意扬扬地走起路来。

林帕斯路和沃霍尔大桥是两条平行的宽且直的长街。那里每一座拉毛装饰的房子都相差无几，从外面看过去墙漆淡了，可是内部构造却很坚固，屋门前的廊子很宽阔。我觉得这些房子起初应该是为伦敦的有身份的人物建造的，可是它没能被与其相宜的客户买走。这条街道已经冷清衰败了，它这副样子，令你联想起一些有过流金岁月的人们现在依旧沉溺在过往里，聊着他们年轻时候的身份地位。德里菲尔德夫妻俩居住在一座红色的房子里，德里菲尔德太太将我领进一个局促、昏暗的房厅，她推开了一扇门，说：

"你往里走吧，我通知特德一声你来了。"

她进了门厅，我去了他们会客的屋子。这座房子的楼上是房东太太在居住，德里菲尔德夫妇租的是第一层楼和地下室。我待的这间屋子里的摆设家私瞧上去都仿佛是从竞拍会里出来的东西。厚重的窗帘下点缀着流苏边儿，上面是一个挨着一个的套环和团团小花装饰；一套金色的家具，坐垫的套子都是黄色的锦缎质地裁做的，上面有许多个钉扣。房屋当中有一个特别大的厚坐垫。还有几个金色的陈列柜子，里面有很多的小摆件儿，有陶瓷器皿、牙雕刻的人像、木头雕刻、几件印度的铜质器具；墙面上有大幅的油画，画面是苏格兰的峡谷、公鹿和猎行随从。德里菲尔德太太和她的丈夫不一会儿就进了屋子，他亲切热诚地招待我。他曾经的长胡子刮掉了，如今是八字胡和下巴上的一小撮胡子，他身形瘦小，穿着一件旧的羊驼绒衣服和一条灰色的裤子。但是他整个人瞧上去要比以前得意了许多。他的外貌由此衬托得有点与众不同，我认为他开始有所具备一个作家该有的姿态了。

他问："嗨，你认为我们的新家如何？瞧上去很体面吧？我认为这样更能鼓励激奋起人的信念和决心。"

他称心如意地环顾了周围一圈。

德里菲尔德太太说："在后面有个小书房，特德就在那里写小说。在地下室我们还有一间餐厅，我们的女房东考利小姐从前是贵族夫人的女伴儿，这些家私全部都是那位夫人逝世时留给她的。你瞧，每件家具都很不错的，对不对？能瞧得出来都是上流家族的物件儿。"

德里菲尔德说："我们来看房子的时候，罗西一眼就相中了。"

"你也是这样的，特德。"

"在拮据困顿的情况中过了那么长时间的生活，如今豪华惬意的用品一应俱全，这变化真不赖。让我们学习一下德·蓬巴杜夫人①这类的人。"

　　我同他们辞别时，他们热诚地邀请我下次再去他们家做客。他们大概是每个礼拜六的下午在家里接待客人，而我渴望看到的形形色色的人们也都是喜欢在那个时间段去拜访他们。

---

　　①　德·蓬巴杜夫人（1721—1764）：法国的国王路易十五的情妇，在皇宫里有一定影响力。

十四

我受邀去德里菲尔德家里，觉得非常开心，所以我再次前去。秋天来到了，我回伦敦参与圣路加医学院冬天课程学习的时候，每个礼拜六去拜会他们，这成了我的习惯。我第一次被引领进艺术和文学界就是在那里。那时候我在自己寂静的居所里专心创作，但是这件事我缄口不言。我和一些也在创作的人相遇，觉得特别开心，我入迷地听他们的讲话。来参与聚会的人形形色色。当时周末的运动很少，打高尔夫球这项运动又会被人取笑，于是礼拜六的下午大部分人都无所事事。但是去德里菲尔德家里的也似乎没什么要紧的人物；总之我在那里看到的画家、作家和音乐家，我记不起来他们其中任何一个后来有不朽之名；但是这类聚会给人的感觉是雅致的、活泼的。你能遇到在寻求角色的青年男演员，感叹英国人不通音律的中年歌手，在德里菲尔德家里的小钢琴前弹奏自己创作的曲子，还低声发牢骚说只在音乐会的大钢琴上才可以衬托出优美韵律的作曲家，在大伙儿的催促之下才会诵读一段刚写完新作品的诗人，还有在寻求委托任务的画家。

有时候聚会上也会有个贵族身份的人物来添上一点荣耀；但这是非常难见到的，由于那个时候的贵族还完全被礼法所拘束，一个上等人物若是同艺术家们相识相交，那除非是由于这人犯了声名狼藉的离婚案，或是由于玩牌而输了钱偿还不起；闹出了这种事情，他（或者她）认为在自己所处的那个阶级圈子的生活开始有了窘态。现在的情形已经大不相同。义务教育的最大益处就是令创作实践在上流圈子中甚为时兴。霍勒斯·沃尔波尔①曾经编著过一本《王室和贵族作家概览》，这本书若是放到现在就能编得如同百科全书那么厚了。一个贵族身份，即使是一个空有名气的身份，也能让任何人成为一个出名作家；我可以非常肯定地说，在文学界，最佳的通行证就是一个人的贵族身份。

我有时候觉得我们的上议院用不了多长时间肯定会被废除。若是这样，假如法律约束文学行当只能让上议院议员和他们的妻儿去加入，这就是个非常棒的提案。这是英国人民对于贵族放弃他们代代传承的特权所能补偿的最好的东西。这相对于那些专心

———————————

① 霍勒斯·沃尔波尔（1717—1797）：英国的作家，以他英国第一部哥特式小说《奥特朗托堡》和能够概观当时社会政治情况、风俗情趣的三千多封书信出名。

养着歌女、赛马和玩 chemin de fer① 这种事而导致家庭困苦的贵族（他们的人数太庞大了），是一种可以生活的办法，并且对那些什么事儿都做不来，只能管理大英帝国的贵族，也是一个快活的职业。但是如今是专业化的年代，若是我的意见得到采用，显然，英国文学必定会因为贵族的各个阶级管理文学的各个领域而更为增光异彩。于是，我提议文学里比较低等的类别可以让爵位比较低的贵族去做，男爵和子爵去写新闻和戏剧，小说是伯爵的特权。他们对这门困难的艺术展现了自己的才能，并且由于他们数量庞大，足够满足所有需要。而侯爵，就能专心去完成文学中被叫作belles lettres②（我也不明白为何这么称呼）的作品。要是只看钱财，这种作品或许赚不上太多钱，可是却有种特别符合顶着罗曼蒂克名号的作家的特点。

文学的顶级形态是诗歌，诗歌是文学的终极目的，它是人类内心灵魂最高尚的活动，是美的产物。诗人路过的地方，散文作家就得让到一边；在诗人的面前，我们所有出色的人物都如同一块干奶酪般可有可无。综上所述，诗歌的写作让公爵来完成，并且我期望有最严谨的刑法来保护他们的权利，这门最高尚的艺术若是不让最高尚的人去从事，那就真的不能忍受。因为在这门艺术里也应该自始至终去实行专业化的原则，于是我预想到公爵们

---

① chemin de fer：法语，意为“九点”。按：这是一种纸牌赌法，庄家和赌客各自分两到三张牌，以总点数最大但是不能超过九的为胜利。
② belles lettres：法语，纯文学。

（如同亚历山大①的继承人们一样）也会将诗歌的领域在他们中间划分一下，每一个公爵只去创作受基因影响和自身天赋所擅长的诗歌，所以可以想象得到曼彻斯特公爵们专心写关于教诲和有道德寓意的诗歌，威斯敏斯特公爵们只负责创作唤醒人们对大英帝国的责任和义务并且鼓舞人心的诗歌；在我的畅想里，德文郡的公爵们应该会写普洛佩提乌斯②式的情诗还有哀歌，与此同时马尔伯勒的公爵们会几乎肯定以家庭美好、征兵和满足于卑微位置为题材奏起田园诗歌的音律。

但是你若是觉得如此安排有些不好办，还提示我说诗神未必自始至终都凛然正色地大步向前，偶尔也会步履轻快地悄然来到；若是你记起那个聪慧人的话语：只要他可以给这个国家创作歌词，他就不会介意谁去制定国家的律法，所以问我（你正确地觉得这件事情给公爵去办是不对的）应该让谁来拨抚音弦，奏响人们摇摆不定的灵魂期望听到的调子，我的答案是（明显我很早以前就应该知道）公爵夫人。如今的年代需要更贴切实际的歌曲。我意识到罗马涅多情的农民对他们的情人唱着托卡托·塔索③的诗歌的年代，那种汉弗莱·沃德夫人面对着小阿诺德的摇篮轻声唱着

---

① 亚历山大：马其顿国王亚历山大大帝（公元前356—前323）。

② 普洛佩提乌斯（约公元前50—前15）：古罗马哀歌诗人，写有四卷哀歌，大部分为爱情诗。

③ 托卡托·塔索（1544—1595）：意大利文艺复兴后期诗人。

《俄狄浦斯在科罗诺斯》① 里的合唱曲的年代早已没有了。于是我提议醉心于家庭琐事的公爵夫人应该为我们创作圣歌和儿歌，至于那些洒脱妖娆的公爵夫人，就是那些总是想把葡萄叶和草莓混在一起的公爵夫人应该去为音乐喜剧创作抒怀歌词，为漫画小报撰写幽默诗，为圣诞贺卡和彩包爆竹②写箴言警句。如此一来，她们在英国众人眼里就会一直拥有她们至今为止仅靠高贵身份而得来的位置。

我是在礼拜六的下午茶会上察觉到爱德华·德里菲尔德居然变成了一个厉害的人物。他已经创作了二十多本书，即使收入不高，可是他的名声非常响亮。极有眼力的书评家都赞赏他的作品，来他家里的朋友也都意见相同地觉得他在未来某一天能得到重大的关注。他们语带责备地说这么伟大的作家公众居然视而不见；表扬一个人最简单的办法就是踩着另一个人上位，于是他们肆无忌惮地贬低所有当时名气比德里菲尔德响亮的作家。事实上，若是那时候的我明白文学界的状况，我就能从巴顿·特拉福德太太屡屡拜会爱德华·德里菲尔德的举动中看出来他距离声名大噪的时期不远了；他会如同一个马拉松赛跑中的选手一样，忽然向前面加速跑去，将一同比赛的运动员都抛在身后。我第一次见到这

---

① 《俄狄浦斯在科罗诺斯》：古希腊三大悲剧诗人之一索福克勒斯（约公元前496—前406）所写的最后一个悲剧。

② 彩包爆竹：联欢会、宴会上面装有糖果、小饰品、箴言等的小礼包，抽开时候会有噼啪作响声。

位太太时，我真的没将她的姓名当作一回事儿。德里菲尔德跟她介绍我，说我是一个医科学生，是他在乡下居住时的一个青年邻居。她冲我微微一笑，语气温柔地说了一些和汤姆·索亚①有关的话语，拿着我给她的黄油面包，同主人接着聊起天来，但是我发现她的到来给在场的人们造成了很大的影响，原本喧哗、欢乐的聊天止住了。我小声跟人询问她是谁，周围的人对我的懵懂大吃一惊；他们跟我说她以前"成就"了谁谁谁和谁谁谁。她待了半个小时之后，站起身来，十分礼貌地同每个相识的人握手告辞，然后身姿翩然地出了屋子。德里菲尔德将她送到门口，将她扶上了马车。

巴顿·特拉福德太太那时候五十岁左右；她身形弱小，眉宇却宽阔；这衬得她的头部很大，和身体极不协调；她一头银白色的头发弄成了米洛的维纳斯②的发型，她青年时期应该非常好看。她身着黑丝绸衣衫，看上去素净淡雅，脖颈上有几条珠子和贝壳项链叮当作响。听闻她最初的婚姻并不幸福，可是她那时候和一名内政部的书记员、著名的史前人类学权威巴顿·特拉福德鹣鲽情深地成婚很多年了。她看上去有点怪异，仿佛全身没有骨头；你会认为如果你掐一下她的小腿（由于对女性的尊敬和她面容上

---

①　汤姆·索亚：美国作家马克·吐温（1835—1910）的著名小说《汤姆·索亚历险记》里的主角。

②　米洛的维纳斯：著名古希腊大理石雕塑，作于公元前2世纪，于1820年在希腊的米洛岛被发现，现在藏于巴黎卢浮宫。

静雅文娴的神色，我肯定做不出这样的行为），你的手指能碰到一起。你拿起她的手时，你会以为拿的仿佛是一块没有骨头的鱼片。即使她眉宇宽阔，可是她的脸给人变幻莫测的感觉。她坐下的时候，上身仿佛没有脊骨，望过去就像个装了天鹅绒的靠枕。

她的声音、她的笑颜以及她全身的一切都有一种温柔平和的感觉；她眸色浅而柔软，如同花瓣；她的行为举止都温柔得像夏季的雨水。就是这种与众不同、柔婉媚人的特点令她成了一名很可以利人的朋友，也正是因为这种特点才让她获得了当时的名气。在几年以前，一个了不起的小说家的逝世对每个会说英语的民族来说都是十分震撼的一件大事儿，而所有人都知道这位小说家同她之间的关系。小说家逝世后不久，在众人的说服下，她将他写给她的大量信件公开了，大伙儿瞧了这些信的内容。信的每一页都能瞧得出来他被她的美貌所折服，对她的眼光和决策的看重。他没有办法完全表示他多么感谢她的鼓舞，她的支持，她的灵敏，她的眼光。某些人以为巴顿·特拉福德先生看完后会百感交集，但实际上这名小说家在信件里这种展示自己的情感的方法，也不过是为作品添加了一丝丝人情味。巴顿·特拉福德先生的做法和那些庸俗的人们所认为的不同（他的倒霉，若是可能当作倒霉的话，就是历史上许多伟大人物都经历过这种倒霉），他暂放下对奥瑞纳文化时期的火石和新石器时代的斧头的研究，表明愿意先为这名去世的小说家写一本传记，他非常明了地表达了这位作家的才能会尽所能使用，很多方面是得益于他妻子的影响。

但是巴顿·特拉福德太太对文学和艺术的爱好热诚使她没有因为她尽力帮助过的那个朋友变成后世崇拜的人物而离去。她勤奋地看书，没有任何可取之处的作品都被她无视，她总能迅速和有前景的年轻作家联系。她的名气非常响亮，尤其是她丈夫写完的传记出版之后，于是她确信没有人会对她的相助而迟疑拒绝。巴顿·特拉福德太太结交的朋友肯定会在恰当的时机有充分显示才能的机遇。巴顿·特拉福德先生会热诚地给她所关注的书籍作者写上一封信件，对他的作品进行赞扬，还邀请他去他们家里用午餐。午餐后，巴顿·特拉福德先生需要回内政部工作，然后这名作家就留下来同巴顿太太聊天。得到邀请的人非常多。他们都有各自的优点，可是这远远不够。巴顿·特拉福德太太有着非凡的眼力，她确信她的眼力，而眼力需要她耐心的等待。

她因为十分严谨，于是在贾斯珀·吉本斯的事情上险些错过好的时机。曾经的记载跟我们说许多作者能一鸣惊人，可是在我们这个更加严谨的年代里却没有听过这类事情。书评家往往会审时度势再下决心，可众多读者由于太多次受骗，也不乐意轻易表态。但是对贾斯珀·吉本斯来说，他真的是一夜成名。现在基本已经没人能够记得他了，表扬过他的书评家若不是由于在无数报馆档案里留有他们言辞的资料，他们会非常乐意将他们说出来的话全部撤回。在如今这种情形之下，很难让人相信他第一部诗集出版的时候曾经引起的轰动。那时的报刊全都刊登了对他那部诗集的评价，占的比重简直可以和职业拳击赛相媲美；各种有影响力的书评家前仆后继地表达对他的热烈迎接。他们用弥尔顿（由于他无韵诗的腔调铿锵顿挫）比喻他，用济慈（由于他渊博的制造出美感的意境）比喻他，用雪莱（由于他缥缈朦胧的幻想）比喻他；他如同一根棒子去敲打已经让书评家厌恶的偶像们，他们以他之名噼啪作响地打在丁尼生勋爵的扁平的臀部，在罗伯特·布朗宁①的秃脑门上狠狠打了几下。公众如同耶利哥②的墙壁纷纷倒塌。他的诗集不停地印刷还一直有销量。你在梅费尔③的伯爵夫人的小客厅里，在英国由南方到北方的牧师的起居室里，在格拉斯哥④、阿伯丁⑤、贝尔法斯特⑥的许多商人的客厅里都能发现贾斯珀·吉本斯的诗集。待到人们知道维多利亚女王从出版商手里接过一本吉本斯诗集，而且还将一本《高原生活日记抄》⑦赠予他（不是诗人，是出版商）时，举国上下对吉本斯掀起了无边的热情。

一切的发生都似乎在刹那间。希腊有七个城市都曾经说自己是荷马的出生地，都希望得到那份荣耀。即使贾斯珀·吉本斯的

① 罗伯特·布朗宁（1812—1889）：英国的著名诗人。
② 耶利哥：西亚尼海北边的古城。根据《圣经》记载，祭司吹响号角，该城城墙即神奇地塌陷。
③ 梅费尔：伦敦西区的高级住宅区。
④ 格拉斯哥：英国苏格兰中南部地区的港口城市。
⑤ 阿伯丁：英国苏格兰东北部地区的港口城市。
⑥ 贝尔法斯特：英国北爱尔兰东部地区的港口城市。
⑦ 《高原生活日记抄》：英国维多利亚女王（1819--1901）所著。

诞生地是众所周知的沃尔索尔①，可是却有比七多一倍数量的书评家说是自己挖掘到了吉本斯。许多知名的文学评论家二十年以来在周刊互相吹捧彼此的作品，现在却因为这件事而大吵一架，在文学协会相遇时谁都不理睬谁。上层社会在对待诗人方面从不轻慢。寡妇公爵夫人、内阁大臣的夫人和身为遗孀的主教太太都用各种理由邀请他去出席宴会和茶会。听说哈里森·安斯沃思②是第一个身份平等地去出席各种交际活动的英国文人（我很疑惑为何没有哪个有胆魄的出版商出版他的全集）；但是我确认贾斯珀·吉本斯是第一个将自己的姓名印在家庭招待会请帖下面用来招引客人的诗人，他也的确如同一个歌剧演员或者口技艺人那样吸引人。

巴顿·特拉福德太太在此情形之下没法在最初就占据有利地形。她只能在公共场所做这个生意。我不知道她用了什么惊奇的手腕，表达了怎么样的关切爱护和温柔的怜悯，说了什么漂亮话；我不过是推测，表示佩服。她可算是将贾斯珀·吉本斯给骗过来了。过不了多长时间，他就被她彻底握在了她那温软的手心里。她做得的确高明。她将他请来用餐，让他接见身份相符的人物。她举办家庭招待会，请他给在场的英国社会最显耀的人物诵读他的诗歌；她为他推荐各种名演员，这些演员请他给他们创作剧本；她想办法让他的诗歌发表在与之匹配的刊物上；她亲自去和出版

---

① 沃尔索尔：英国英格兰中部城市。
② 哈里森·安斯沃思（1805—1882）：英国的小说家。

商商谈，她为他签的合同能让内阁大臣都大吃一惊。她谨慎入微，需要他只认同她的邀请；她还将他和有着十年美满婚姻的妻子给拆散了，这是由于她认为诗人不能让家庭成为累赘，要忠心于自己和自己的艺术。若是事情全部失利的话，巴顿·特拉福德太太只要乐意，就能说自己竭尽所能为他做了一切。

后来事情真的失利了，贾斯珀·吉本斯又出版了一部诗集。这部诗集和前面的那部没什么差别；它得到了读者的看重，但是书评家却没有多做点评，还有几名鸡蛋里挑骨头的人对它进行了批判。这部诗集让众人大失所望，也不畅销。而倒霉的是，贾斯珀·吉本斯开始爱上了喝酒。他一直不适应手里有钱，也不适应诱惑他的各种奢华堕落的调剂生活方式，或许他已经想念他淳朴无华的可爱的妻子了。有一两回，他去巴顿·特拉福德太太家里出席宴会，很多人都觉得他喝多了。但是巴顿·特拉福德太太却温文尔雅地跟客人说诗人晚上身体抱恙。他的第三部诗集彻底失败了。书评家们把他批判得颜面扫地；他们将他踢倒在地，还得再踏上几下，就如同爱德华·德里菲尔德喜欢唱的一首歌的歌词里写的，后来拽着他满屋乱转，之后就在他脸上踩。他们将一个笔触顺畅的打油诗人误当作了一个伟大的诗人，这真的非常让人生气，所以决心要他为他们的错误埋单。之后贾斯珀·吉本斯因为在皮卡迪利大街酗酒和阻碍治安而被依法逮捕，巴顿·特拉福德先生无可奈何，只能在半夜去葡萄街将他保释出来。

巴顿·特拉福德太太在这个时刻的做法是挑不出任何毛病的。

她没发牢骚，也没顺口说一句严酷的话。虽然她觉得很愤怒，但这也是很正常的，由于她为那个人付出了那么多的精力，可他却令她感到失望。她仍然柔和、关切，心怀怜惜之情。她是个知书达理的女人。他最终被她放弃了，可是她采用的方法不是急忙同他终止联系。她用非常温和的方法将他彻底放弃了，就如同她做出什么背离了她的本心的决策时会流下眼泪那样温和。她放弃他时办得非常老道体面，特别锐利灵敏，贾斯珀·吉本斯自己也许压根儿都不知道自己被放弃了。但是这一点是不用怀疑的。她没有说一句否决他的话语，因为她已经不想再说一句跟他相关的话了，若是别人提及他的话，她也只是怀着感伤淡淡一笑，然后叹一口气。但是她的笑容是 coup de grâce①，她的感叹将他深深地安葬了。

巴顿·特拉福德太太不可能因为这样一个打击就长久地消极下去，她对于文学的热情是那么坦诚真挚。不论她多么失落，她都不可能让自己与生俱来的灵敏、怜悯和领悟的天赋闲置一旁。她依旧活跃于文学界，出席各种茶会、晚宴和家庭招待会，她还是那么妩媚诱人，动作优雅，专心致志地聆听别人谈话，可是又随时持有机警、审时度势的心理，决意（若是能直抒己见的话）要支持下一个成功者。恰在此时，她遇到了爱德华·德里菲尔德，还对他的才华有了非常好的印象。当然，德里菲尔德不是个年轻人，可是他也不能如同贾斯珀·吉本斯一样名誉扫地。她对德里

---

① coup de grâce：法语，意为"致命的一击"。

菲尔德表达了她的友好。她对德里菲尔德说他优秀的作品鲜为人知，真的让人很不服；她用自己特有的那种温文尔雅的方法讲述之时，德里菲尔德无法不为之动容。他感到既兴奋又自得。一个人听到别人断定他是个天才，心里肯定会觉得非常舒服。她跟他说巴顿·特拉福德先生打算为《评论季刊》写一篇和他相关的重要的文章。她邀请他参加宴会，为他介绍各种也许对他有利的人。她期望他能认识很多和他一样喜欢思考的人。她偶尔带着他去切尔西大堤漫步，他们聊起过世的诗人，聊起爱情和友情；他们还去 ABC 茶室①喝茶。巴顿·特拉福德太太每当礼拜六下午来林帕斯路的时候，就如同一个要繁殖的蜂王一样那么得意。

她面对德里菲尔德太太也表现得非常周全，亲切和气，丝毫没有一丁点儿的趾高气扬的架势。她一直非常有礼数地谢谢德里菲尔德太太同意她来拜会，并且赞扬德里菲尔德太太的样貌出色。若是她对德里菲尔德太太称赞起她的丈夫，而且有着一点艳羡的语气跟她说可以和这么一个了不起的人结婚是多大的幸运，这当然是由于好心，并不是由于她明白对一个作家的妻子而言，没有比听到其他的女人称赞自己的丈夫更加恼怒的了。她都是聊德里菲尔德太太所感兴趣的事儿，比如烹饪、佣人、爱德华的身体状况和她该怎么对他照料有加等。巴顿·特拉福德太太对德里菲尔德太太的样子就如同一个苏格兰上流社会的妇女（她也的确

---

① ABC 茶室：伦敦泡腾面包公司（Aerated Bread Company）所经营的茶室。

是这样的人）对一个出类拔萃的文士倒霉娶了个前酒馆女招待为妻子的样子。她和善亲密，幽默有趣，温柔地希望不要令她觉得束缚。

然而罗西却不喜欢她。是的，巴顿·特拉福德太太是据我所知唯一一个令她讨厌的人。如今的"贱货"和"见鬼的"已然是有家教的年轻女人们时兴的词语，但在我那个年代，即使是酒馆女招待也不会用这样的字眼儿说话，我还从未听见罗西用能令我婶婶瞠目结舌的词语讲话。但是她却将巴顿·特拉福德太太说成"那只惹人厌恶的老猫"。她特别亲密的朋友经常劝慰她，希望她对巴顿·特拉福德太太谦和一些。

他们说："不要那么傻，罗西。"他们都叫她罗西，即使我十分害羞，可是没过多长时间也习惯这么叫她了。"若是特拉福德太太乐意，她能让德里菲尔德出名的。务必让他获得她的喜爱。若是有谁能将这件事情办妥的话，那毫无疑问就是她了。"

德里菲尔德家里的客人们大部分不是常常来的，有的一个礼拜来一回，有的两三个礼拜来一回，但是有一小部分人同我这样，差不多每个礼拜都来。我们都是他们坚强的后盾；我们来得非常早，离开得又非常晚。在这一小部分人当中，最值得信任的人有三个，他们分别是昆延·福德、哈里·雷特福德和莱昂内尔·希利尔。

昆延·福德长得矮小壮实，头部发育得不错，往后有一段时间，电影里非常推崇这类脸形，美丽的眼睛，鼻梁挺直，黑八字胡，修剪得平平的灰色短发；若是他个子能再高个四五英寸的话，他就是传奇剧里最经典的混蛋形象。大伙儿都知道他有点儿"有权有势的亲戚朋友"，他自己的经济情况也还算不错；他唯一要做的事儿就是推动艺术。每场戏的首映和每回画展的预展他都肯定会前往。他有业余爱好者的那种严厉的眼光，对于那个年代的人的作品都有一种出于教养的客套却鄙夷不屑的心态。我察觉到他去德里菲尔德家里不是由于德里菲尔德的才华，而是由于漂亮的罗西。

我个人如今回忆起来，也是忍不住觉得惊讶，那时候再浅显不已的事儿居然还是旁人说穿了我才发觉。在我刚刚同罗西相识的时候，我从未去思考过她美不美丽；待到我过了五年后再次看到她的时候，才第一次开始关注她的美貌，我非常纳闷，可是并未过多琢磨。她的美丽被我当成世间万物的自然规则，就好像北海或者特堪伯里大教堂的塔尖上的夕阳一样。于是每当旁人说起罗西样貌出众的时候，我真的特别惊讶。当他们对爱德华赞扬罗西的美貌，他盯着她的面容瞧的时候，我也忍不住一同看向她的面容。莱昂内尔·希利尔是个画家，他希望罗西能同意他画一张关于她的画作。我有点儿呆愣地聆听着他聊起他希望画的那种画像，还跟我说他在罗西身上发现了什么。我根本听不懂，觉得云里雾里。哈里·雷特福德和那时一个经常为流行人物照相的摄影师相识，他谈好了详细的价格，将罗西领去拍照。一两个礼拜六后的聚会时，相片洗出来了，我们都围观。我头一次看见罗西穿晚礼服的模样。相片上的她身着一件白色礼服，领口开得很低，袖子蓬松，裙摆很长；她的发型非常精致，瞧上去和我最开始在欢乐巷口看见的头戴草帽、身着衬衫的健壮少妇根本不一样。但是莱昂内尔·希利尔却烦燥地将相片丢在一旁。

他说："简直糟糕透顶，相片哪里能将罗西的美表达出来呢？她全身的特色是她所具备的颜色。"他的脸面向她，"罗西，你知道吗？你的颜色是这个时代最了不起的奇迹。"

她看着他，却不说话，可是她饱满润泽的双唇又露出她稚气顽皮的笑容。

他说："若是我可以将你的颜色只展现出一半，那我这一生的事业就真的了不得。富有的证券经纪人的老婆们全都会来我这里央求我给她们画一张如同你这样的画作。"

过了没多久，我听闻罗西让他为她作画了。我还没去过画家的画室，经常将那个地方当成情趣绯闻的入口；我询问希利尔能不能让我有一天也去他的画室里瞧瞧画作的进展状况，但是他回答说还不希望旁人去观看他的画作。希利尔那时候三十五岁，装扮得非常高贵。他整个人瞧上去就如同凡·戴克的肖像画，但是那种出类拔萃的气质被和煦亲睦的神色给取代了。他有着一头浓密的长发，唇上有着八字胡，下巴留了点小尖儿胡子，他身体修长，比中等个头的人高了一点点。他喜欢戴墨西哥阔边儿帽子，穿西班牙斗篷。他曾在巴黎居住过非常久，经常用敬佩的语气去聊起莫奈①、西斯莱②、雷诺阿③，以及一些我们不知道的画家，反而对我们非常推崇的弗雷德里克·莱顿爵士④、阿尔玛－塔德马⑤和乔·弗·瓦茨⑥不屑一顾。我觉得很困惑，不了解他往后过得如何了。他在伦敦住了几年，本来期望能获得成功，但是大概是没能成功，所以又漂泊去了佛罗伦萨。据说在那里他开了一家画画学校，但是很多年之后，我凑巧落脚于那所城市，到处打探他的消息，却没有人知道他的名字。我认为他是有才华的，即使到了如今，我还能印象深刻地记起他画给罗西·德里菲尔德的那张画作。不知道那张画作最后的下落是什么。是被毁了还是被收藏了起来，或许只是在切尔西的一个杂货店里被束之高阁？我反而认为这张画至少应该在哪个外地的美术馆的墙壁上占有一席之地。

当希利尔终于允许我能观看那张画作时，我却的的确确地陷入到困境中了。他的画室在富尔哈姆路，一排商铺后面的房屋里，去他的画室需要经过一条暗黑肮脏的道路。我是在三月里的一个

---

① 莫奈（1840—1926）：法国的画家，印象派创始人和主要代表人物，经常在户外作画，探索光色和空气的表现效果。

② 西斯莱（1839—1899）：英裔的法国风景画家，印象派创始人之一，喜好以阳光中的树林和河流为题材。

③ 雷诺阿（1841—1919）：法国的印象派画家，创作题材广泛，尤其以人物画见长。

④ 弗雷德里克·莱顿爵士（1830—1919）：英国的学院派画家，皇家美术院院长。

⑤ 阿尔玛－塔德马（1836—1912）：英国裔的荷兰画家，作品描绘田园史诗，后来多取材于希腊和罗马古迹。

⑥ 乔·弗·瓦茨（1817—1904）：英国的画家，雕刻家。

礼拜天下午去的。阳光充足，天空一碧如洗，我从文森特广场经过好几条寂静无人的道路。希利尔在画室里居住，里面有一张非常大的长沙发供他睡觉用，画室后面还有个小屋子，他能在那里做早餐、洗画笔以及洗自己的身体。

我去的时候罗西穿着画画时所需的衣裳，他们在喝茶。希利尔给我打开门，拽着我的手将我领到一幅高大的画作前面。

他说："就是这里了。"

他为罗西画了一张全身画像，仅仅比真人缩小了一点点；画里的罗西身着一件白丝绸的晚礼服。这张画和我寻常看到的那种学院派画像很不一样。我也不明白要怎么去说，所以就将脑海里晃过的第一个想法不假思索地说了出来。

"什么时间能够画完？"

他回答说："已经完成了。"

我满脸通红，认为自己愚蠢不堪。我那个时候还没有掌握如今我自以为学会的可以用来评论当代艺术家的作品的技巧。如果这里是一个合适的场所，我就能写一本言简意赅的指南，指导业余喜欢画画的人用创作的本能将所有的多彩多姿展现出来令艺术家们觉得认同。为了认可现实主义画家①的力量，你理应大喊一句"天啊！"若是给你看的实际上是一张高级市政官员的寡妇的彩色

---

① 现实主义画家：由 19 世纪法国的画家库尔贝开创的现实主义艺术流派的画家。

相片，为了掩饰你的尴尬，你应该说"这真的是太真实了"。为了表达对后期印象派画家①的赞扬，你应该小声吹一下口哨；要对立体派画家②表达你的想法，你应该说"这真的太有趣了"。"噢"是来表达你的异常激动，"啊"是用来表达你的大吃一惊。

我那时候只是口舌蠢笨地说了一句："这真的是太像了。"

希利尔说："你觉得它还不够哀伤有诗意。"

我赶紧说："我认为它特别棒！"我希望给自己辩白一下，"你打算将它送到皇家美术院吗？"

"天啊，肯定不会的！我想要将它送到格罗夫纳③。"

我的眼神从画作上移开，看向罗西，又从罗西身上移开转向画作。

希利尔说："罗西，做出画画时候的姿态，让他瞧一下你。"

她站起身，来到了模特儿站的台子上。我看看她，再看看画像。我心里有一种怪异的念头，好像有一个人慢慢地在我心里扎了一把刀；但是我却一点都不难过，即使有些疼痛，但却出乎意料地感觉很舒服；然后我忽然觉得双腿软了下来。如今我分辨不清我回忆里的罗西到底是她的本人，抑或是她的画像，因为我每一次记起她时，展现在我脑子里的不是我最开始看到的头戴草帽、

---

① 后期印象派画家：19世纪后期对印象派加以变革的一批画家，包括塞尚、高更、凡·高、修拉、图卢兹–劳特累克等。

② 立体派画家：20世纪初出现在法国的一个把物体和人体改为几何形式或者立方块组合的艺术流派的画家，以毕加索、布拉克为代表。

③ 格罗夫纳：伦敦的著名私人画廊。

身着衬衫的罗西，也不是往后我看过的她穿别的衣服的样子，而是身着希利尔画作里的那件白丝绸的衣衫、头发上别着一个丝绒的黑色蝴蝶结的样子，并且是希利尔需要她做出的那个姿态。

我长久以来都不能确定罗西到底有多大岁数，我努力演算了一下年月，猜测她那个时候应该有三十五岁了。但是她看上去真的一点都不像。她面容上没什么皱纹，肌肤如同孩子那样光滑。我认为她的五官长得并不是那么精致，瞧上去肯定不如那时候商铺里出售的相片里的上层社会的夫人们气质高雅端庄；她眼睛小嘴巴大，鼻子稍短略大了一些。她的五官线条并不明显。但是她的眼睛如同矢车菊那么蓝，它们和她鲜艳的红唇一同绽放出笑意，这是我看过的最快活、最友善、最甜蜜的笑颜。她先天长着阴郁忧伤的模样，可是当她绽放出笑颜的那时候，这种忧郁就会瞬间非常吸引人。她的面色不是红色的，而是一种淡淡的褐色。在眼睛下面有那么一丁点儿淡青色。她额头前面有一排精致的刘海儿，梳着那时候时髦的发型，高高耸起，她的发丝是淡金色的。

希利尔看完罗西，又看着他的画作说："画她可真的是用尽心思了。你瞧，她的面容和她的头发，她整个儿都是金色的，但是她给你的感觉却不是金黄色，而是银白色的。"

我完全理解他说的感觉。罗西全身都散发着光芒，可是不是如同太阳和月亮那种淡淡的光辉。若是将她比喻成太阳的话，那她就是拂晓时刻苍茫雾色里的太阳。希利尔将她安置在画的中间；她站在那里，头部略微向后扬起，胳膊放在身体的两边，手心外翻。这样的姿态格外凸显了她珠圆玉润的脖子和胸部。她像是一个在跟观众道别的女演员一样站着，被突如其来的鼓掌声搞得无所适从；但是她全身有种无与伦比的单纯，仿佛春季特有的清澈气质，所以用演员做比喻是很荒诞的。这个质朴的人从不懂化妆或者舞台上的灯光。她就像个随时可以动情的少女站在那里，准备天真纯洁地将自己委身于情人的怀里，因为她是在顺应造物主的旨意。她那年代的人不羞涩展现出体态的线条之美，她身材窈窕，可是她的胸部非常饱满，臀形也曲线动人。后来巴顿·特拉福德太太发现这张画作的时候，她说这简直让她联想起一头被献祭的小母牛。

十五

    爱德华·德里菲尔德在晚上工作，罗西觉得无趣，就跟她的各种各样的朋友出去玩。她爱好奢侈的生活，而昆延·福德非常富有，他经常雇马车来接她，领她去凯特纳饭店或者萨伏侬饭店用餐，罗西也会为他而换上自己特别好看的衣服。哈里·雷特福德没有钱，可是却做出很富有的模样，一样雇了马车领她到处去玩，请她在罗马诺饭店或是在索霍渐渐新兴起的小餐馆用餐。他是个三十岁左右的演员，长得难看，可是不招人厌烦，演戏演得不错，但是找到合适他的角色却很不容易，于是他常常待业。他讲话的时候咬字总是去掉开头去掉结尾，听起来非常有意思。他对待现实那种不以为然的样子很吸引罗西。他身着还没有付款的伦敦顶级裁缝做的衣服昂首阔步，他莽撞地将手头中不存在的五镑钱赌在一匹赛马身上，他运气好时赢了钱会豪放地一掷千金。

他为人爽朗，爱慕虚荣，从不计较后果。罗西跟我说他有一次把自己的表抵押换了钱请她去用餐，然后又用一个演出经理送给他的票领她去看戏，哈里在戏结束了之后又跟这位经理借了几镑钱请他跟他们一同去吃饭。

她也喜欢去莱昂内尔·希利尔的画室，他们一起做排骨品尝，到了晚上就在那里谈天说地。我经常在文森特广场的公寓吃完晚餐后再去接她出来，那时候她和德里菲尔德也已经一同吃完饭了。我们就乘坐公共马车去一家歌舞杂耍剧院看演出。我们也去各种戏院看戏，帕维林戏院或者蒂沃里戏院，若是大都会戏院有我们要看的剧目，我们也去那里。但是我们最爱的地方是坎特伯雷戏院。他家的售票廉价，演出水平却很好。我们点了几杯啤酒，我叼着烟斗。罗西兴致勃勃地东张西望，看这个被烟熏得漆黑的大戏院，容纳着满满的来观戏的伦敦南部地区的人。

她说："我喜爱坎特伯雷戏院，这个地方的氛围像在家里似的。"

我注意到她读过许多书。她喜欢历史，可是只钟情于某些种类的历史，例如皇后和达官贵族的情妇的故事。她会用稚气的惊异的表情同我讲述那些她在书里看到的惊趣奇闻。她对亨利八世①

---

① 亨利八世（1491—1547）：英国的国王，曾经先后娶过六任妻子。

的六任妻子的背景知之甚详，对菲茨赫伯特太太①和汉密尔顿夫人②的故事也一清二楚。她的阅读量大得惊人，从卢克雷霞·博尔吉亚③到西班牙国王腓力④的几个妻子活着时候的故事她全都看过；她也看过法国各个国王的众多情妇们的风流史。从阿涅丝·索雷尔⑤到杜巴力利人⑥，她全部都知道，关于她们的那些事儿她也全部都知道。

她说："我爱好阅读那些真事儿，我不喜欢读小说。"

她爱闲谈黑马厩镇的各类繁杂零碎的小事儿，那个镇子里有过的各种事情她好像都了解。我觉得她就是因为我同那地方的联系，才爱和我一起出去的。

她说："我大概每隔一个礼拜就去那边探望我的妈妈，只停留一个晚上。"

"去黑马厩镇吗？"

我感觉到非常讶异。

罗西微笑着说："不是黑马厩镇，我目前还并不想到那里去。

---

① 菲茨赫伯特太太（1756—1837）：天主教徒，和后来登基成了英国乔治四世的威尔士亲王于1785年秘密成婚。

② 汉密尔顿夫人（1765—1815）：英国的海军上将纳尔逊的情妇。

③ 卢克雷霞·博尔吉亚（1480—1519）：教皇亚历山大六世的私生女，习惯玩弄政治权谋，结过很多次婚。

④ 西班牙国王腓力（1527—1598）：他在1543年娶了葡萄牙国王的女儿，于1554年同英国的女王玛丽一世成婚，1571年又同奥地利的安娜成婚。

⑤ 阿涅丝·索雷尔（1422—1450）：法国的国王查理七世的情妇。

⑥ 杜巴利夫人（1743—1793）：法国国王路易十五的最后一个情妇。

我去的是哈佛沙姆。我妈妈会过来看我。我在我曾经做过活儿的那个旅店住。"

她不是一个善于言谈的人。遇到天色不错时，我们晚上在观看完演出之后常常会步行回去，那时她都沉默不语。但是她即使不说话也让你觉得特别安静闲逸。你不会认为自己被她隔绝在她自己的思考之外，还会认为自己也身处于一片充满和谐安宁的氛围里。

我跟莱昂内尔·希利尔聊起过罗西，我说我不懂为什么她会从我一开始在黑马厩镇结识的那个健康明媚、讨人欢心的女子变成如今这个众所周知的秀丽美女。（不是所有人都认同这个看法。"她的体形的确挺好，可是她那个脸蛋不是我个人喜欢的类型。"另一些人说："对啊，的确是个很好看的女人，但是缺少一个突出的特色。"）

莱昂内尔·希利尔说："这个疑问我可以跟你立刻说明一下。你第一次看到她时，她就是一个健康明媚、体形丰腴的乡下女人，她变得漂亮都是因为我。"

我想不起来我当时说了什么，可是我能确定的是我那时的话非常粗鄙。

"好吧。那只是因为你不明白美是什么。在我没发觉罗西的美丽以前，没有人认为她的容貌有什么与众不同。我为她画了画像之后，众人才发觉到她的头发是这个世上最美的东西。"

我问他："所以她的脖颈、她的胸部、她的动作、她的骨骼，这些都是你创造的吗?"

"对的,见鬼!那就是我创造的。"

罗西总是一脸淡笑着侧耳倾听希利尔说起她的外貌,她没有血色的脸上渐渐染上绯红。或许她本来以为希利尔在跟她开玩笑,待到后面她察觉到希利尔是认真的,并且是真的把她画成闪烁着银色光芒的金色时,这也并未对她产生什么作用。她就是认为蛮有意思,内心有些兴奋,又有点惊讶,但是她没有忘乎所以,她认为希利尔有些疯狂。我觉得疑惑,不知道他们俩的关系是怎么样的。我还记得我在黑马厩镇上听到的关于罗西的那些事儿,也还记得我在牧师公馆花园中看见的场景。关于她和昆延·福德与哈里·雷特福德的关系我也很困惑。我时常注意他们和她在一起的样子。她常在公开场合和他们商定游玩的时间,她和他们比较像忠诚的好友那种关系;她看着他们时脸上总是挂着顽皮的稚气的笑容,这时我才察觉她的笑颜有种难以捉摸的美。有时候我们在歌舞杂耍剧院的同一排观众席坐着,我望着她的面庞;我并不是爱上了她,我就是喜欢静静地在她旁边,望着她淡金色的头发和淡金色肌肤。莱昂内尔·希利尔说得对极了,罗西身上那层金色的色彩让人感觉仿佛如月光似的。她那种无尽安适的神色如同八月里的阳光下肯特海岸外那波光粼粼的大海似的尽是朝气。她如同夏季的夕阳慢慢从清澈的天空中不见了似的那么平静。她就像一位意大利老作曲家所作的小奏鸣曲,哀婉的音律里带着些雅致活力,欢快愉悦里回荡着令人战栗的叹惋。偶尔,她察觉到我看她，就把头转过来，也不说话，就那么盯着我瞧上一会儿。我不知道她想的是什么。

我想起某一次我在林帕斯路接她，女仆人让我在客厅里等她。然后她身着黑丝绒的衣裳，头戴一顶插着鸵鸟毛的帽子出来了（她这么装扮是因为我们那晚准备去帕维林戏院），我为她美丽可人的样子感到吃惊，令我不可置信。她纯真俊秀的容颜（某些时刻她仿佛那不勒斯博物馆里精致的普赛克雕像①）在礼服的衬映下娇媚诱人。那套衣服为她增添了一种庄重的神采。她有一个不常见的特点：双眸下的肌肤呈现出淡青色，仿佛被露水打湿了一样。有时我不信那种颜色是天生的。有一次我问她有没有在眼睛下面抹凡士林，涂抹了凡士林就会有那样的感觉。她笑了，给了我一块帕子。

她说："你擦擦看有没有涂。"

直至后来的一天晚上，我们从坎特伯雷戏院步行到家，我送她到家后要离去，可是我同她告别时，她笑出了声，将整个身子探向我。

她说："你真是个大傻瓜。"

她吻起我的嘴唇来，那不是快速的亲吻，又不是热情的亲吻。她的双唇，两片圆润红盈的唇在我的嘴唇上逗留了好久，让我完

---

① 普赛克雕像：指的 1726 年从意大利卡普阿城的古罗马圆形剧场里发掘出的那座普赛克雕像。按：普赛克在希腊神话中是人类灵魂的化身，常以长着蝴蝶翅膀的少女形象出现。

全明白了它的形状、它的温度、它的柔嫩。后来她将双唇镇定地收回，一句话都没说就打开了大门，侧身进了门，将我独自剩在门外。我接受了她的吻，可是大吃一惊，说不出任何话来。我傻乎乎站在原地许久，才转身步行回我的住所。我的耳边仿佛还回荡着罗西的笑声。她的声音没有任何嘲弄或是践踏我情感的意思，反而好像由于她很喜欢我才笑得那么坦诚率真。

十六

　　罗西要去哈佛沙姆探望她的妈妈，在那里居住一宿。然后她在伦敦还有很多的社交宴会，所以我们俩有一个多礼拜没有再一起出去了。之后的某一天，她问我愿不愿意伴随她去干草市戏院看戏。那出戏那时候非常热门，免费的位置是弄不到手的，于是我们准备去买正厅后座的票。我们在莫尼科咖啡馆吃完牛排喝完酒，就和一群等待观戏的人们一起在门外候着。那时候没有排队的习惯，因此戏院的门开了以后，所有人都一股脑儿地涌了上去。当我们终于挤进了戏院夺到位置时，我们两个都全身火热，上气不接下气，差点被周遭的人给挤扁了。

　　戏结束之后我们经过圣詹姆士宫公园回家。那晚的景色迷人，我们坐在一张公园的长椅上。在星光的照耀下，罗西的面容和她的发丝发出柔软的光泽。她全身好像都充满着（我不知道如何描绘出她给我的那种感觉，我的表述很拙劣）关切友善的情感，那种情感直率又温存。她如同一朵盛开在夜晚的银色花朵，独为月光散发出她的香气。我默默地用双臂搂住她的腰肢，她扭过脸来看我。

这一回是我先吻的她。她没有回应。她软和红润的双唇坦然地承受着我压过去的嘴唇，她好像一片湖泊承受着明净的月光。我忘记了时间。

她突然说："我觉得特别饿。"

我微笑着说："我也饿了。"

"我们去找点炸鱼和炸土豆条来吃吧？"

"好啊。"

当时，威斯敏斯特还是一个污秽龌龊的贫困区，还不是后来的议会成员和其他有修养人群聚集的高等住宅区，我非常熟悉那片区域。我们出了公园，经过维多利亚大街，我将罗西带到霍斯费里路上的一家炸鱼店。那时候天色已然非常晚了，店里只有一个顾客，他是马车夫，他的四轮马车就停靠在店外。我们点了炸鱼、炸土豆条和一瓶啤酒，有个贫穷的女人买了两便士的杂碎，裹在一张纸里带走了。我们俩觉得特别好吃。

从那里到罗西的家需要路过文森特广场，我们路过我居住的房子时，我问她：

"你乐意来我的房间里待一会儿吗？你还没有来过我的房间。"

"你的女房东会不会说你？不要因为我为你带去烦恼。"

"喔，她睡得特别熟的。"

"那我就在里面坐一下吧。"

我拿出钥匙打开门，走廊里什么都看不见，我拽着罗西的手领着她走。我把起居室里的煤气灯点上，她摘了帽子，用力地挠着头皮。然后她在房间里乱转寻找镜子，但是我那时候比较喜欢艺术，于是早就把壁炉台上面的镜子摘下来了。现在这个屋子里，没有人能瞧见自己是什么样子的。

我说："去我的卧室里吧，那儿有镜子。"

我推开卧室的房门，点了蜡烛。罗西同我一起走进去，我举着蜡烛，好方便她照镜子。我望着她映在镜子里正在整理头发的影像。她用牙齿咬住摘下的两三个卡子，拿了我的发梳，把头发从下向上梳理过去。她将头发盘在了头顶，别上卡子，温柔地拍了下。她在整理头发的时候，她的眼神在镜面里有时和我的眼神相对，就对我笑了笑。等她别完最后一个卡子，就回过头来面对着我；她不说话，蓝色的眼眸里含着一丝友善的笑意，就这么静默地望着我。那个屋子非常窄小，床边就是梳妆台。我将蜡烛撂下。她抬起手，温柔地摩挲着我的面庞。

写到这里，我非常后悔自己用了第一人称来写这本书。因为假使你用第一人称把自己描述成慈眉善目的人或者是使人怜悯的人，那效果肯定很好。作者在表达人物质朴的热情或者是哀婉凄厉的诙谐幽默时经常采用这种口吻，并且效果要比其他方式好得多，假如你发现你的读者在一边笑又一边哭着看你的书时，说明这种表达自己的方式非常感人；但是假如你非得将自己写成一个确实彻头彻尾的愣头青的时候，这种做法就太不值得采用了。

前不久，我在《旗帜晚报》上面发现了伊夫林·沃①的一篇文章，他在文里说用第一人称写书是一种被鄙夷的写法。我特别希望他能说明一下缘由，但是和欧几里得②提出的关于平行直线的著名论点那样，他不过是揣着那种爱信不信的满不在乎的态度随意那么一说。我非常在意，马上跟阿尔罗伊·基尔求教（他就连那种是他作序的作品都看，涉猎甚广），要他给我推荐几本有关小说艺术的书籍。他给我推荐了珀西·卢柏克③的《小说技巧》。我在这本书里认识到写小说只有一条道路，就是向亨利·詹姆斯学习；然后我又看了爱·摩·福斯特的《小说面面观》，我在这部作品里又发现写小说只有一条道路，那就是向爱·摩·福斯特本人学习；我又继续看了埃德温·缪尔④的《小说结构》，在这本书里我任何东西都没有学到。我在上述说到的这些书里面，没有看到那个问题的结果是什么。但是我仍旧发现了一个原因，能够解释为什么曾经赫赫有名而后来又被人忘记的小说家，比如笛福、斯特恩、萨克雷、狄更斯、艾米莉·勃朗特和普鲁斯特在创作小说时采取了伊夫林·沃所指责的方法。随着岁月的流逝，我们会逐渐发觉

---

① 伊夫林·沃（1903—1966）：英国的小说家。
② 欧几里得：大约公元前3世纪的古希腊数学家，著有《几何原本》十三卷，流传至今。
③ 珀西·卢柏克（1879—1965）：英国的评论家。
④ 埃德温·缪尔（1887—1959）：英国的诗人，评论家。

到人类的各种问题；这就是为什么更合适去琢磨一些严肃中心思想的中年老年作家，将他们的关注点放在幻想人物的细微小事上的原因。假使对人类的研究应该从人着手的话，那应该去研究小说里生动鲜活的主要人物，而非实际生活里这些不理智又朦胧的人物。小说家有时候想将书里的人物的所有方面都告知于你；他有时候又不想跟你说关于他笔下人物的全部事情。随着我们年纪越来越大，我们渐渐发觉自己不是什么都懂，于是小说家的年岁越长，就越不乐意写他们个人阅历范畴以外的事情。我觉得这很正常。相对这类有限制范围的目的，用第一人称去写就变成了一个特别有效的方式。

罗西抬起手，温柔地摩挲着我的面庞。我也不明白我当时怎么会有那样的反应，我从哽咽的喉咙里发出一声哽泣。我不明白是由于害羞和寂寞（由于我成天都和医院里的各式人群交往，所以不是肉体的寂寞，而是精神的寂寞），或者是因为那个时候的渴望实在太猛烈，总之我竟然哭出来了，那压根儿不是我所希望的自己在这种场景的表现。我努力希望抑制住自己，可是我没有办法镇定下来，我为此感到很羞耻，眼泪总是在我的眼眶里聚集，然后从我的脸颊流淌下来。罗西发现了我的泪水，她轻轻地呼唤了一声。

"喔，亲爱的，你发生什么事儿了？到底是因为什么？不要这样，快不要这样！"

她的两只胳膊搂住我的脖颈，她也哭了，边哭边亲吻我的嘴唇、眼眸和满是泪渍的脸颊。然后她将胸衣解开，将我的脑袋按在她的胸前。她摩挲着我光洁的面容，动作轻柔地摇了摇我，仿佛我是她怀里的婴儿。我亲吻着她的胸部，亲吻着她雪白圆润的脖颈；她很快地将胸衣、裙子和衬裙都脱了下来。我抱了一会儿她身着紧身褡的腰部，继而她屏住一会儿呼吸将紧身褡也脱了，只身着衬衣在我眼前。我搂住她的身体，能感受到她肌肤上紧身褡勒出的痕迹。

她小声说："把蜡烛熄了。"

清晨的阳光透过窗帘，在黑暗中映衬出我的床和柜子的线条时，她吻着我的双唇将我叫醒，她的发丝落在我的脸庞上，有些细细的痒。

她说："我要起床了，我不希望你的女房东发现我。"

"现在还太早了吧。"

她冲我弯下腰。她不久后从床上下去了。我将蜡烛燃起。她对着镜子梳理完头发，然后端详了一下镜子里自己的身体。她天生腰就非常细，所以即使身体苗壮，身材还很窈窕。这一具肉体好像专为了欢爱而生。这个时刻，在越来越盛的阳光和烛火的一同照耀下，她浑身有一层银光闪烁的镀金色。

她不再穿紧身褡了，却将它卷了起来，我将它用一张报纸包好。我们两个静静地穿完衣衫，轻手轻脚地穿过走廊。我推开大门，我们两个人来到街道上，破晓迎面而来，就如同一只猫咪沿着台阶纵身而跳、腾空而起。广场上还是宽阔空旷的，街道旁向着东方的窗子已然闪烁着耀眼的日光。我感到自己就如同这新的一天那样生机勃勃。我们互相搭着胳膊沿着路走到了林帕斯路的拐弯处。

罗西说："就送到这里吧，万一遇到谁呢。"

我亲了亲她，望着她越走越远的身影。她缓慢地走着，身体笔挺，如同一个喜欢感觉脚下丰腴土地的乡下女人一样踏着果决的步伐。我没有办法再回去睡觉，慢慢地步行到河堤旁边。泰晤士河上闪烁着拂晓闪亮的光芒。沃霍尔大桥的桥洞下有一条棕色的驳船顺着水流穿过。离岸边很近的河面上有条船，船上两个男人在用力划船。我感到有些饥饿了。

十七

在这之后的一年多里，每当我和罗西一同出去，归家的途中她总得去我的屋子里坐一会儿的，有时是一个小时，有时直到清晨的女仆将要清洗大门阶梯之前。我还记得伦敦清晨那清新的空气，阳光照耀着的温暖，我们俩走在空无一人的街上。我也还记得冬日阴冷的寒雨中，我们俩打着同一把雨伞从街上匆忙经过，即使两个人之间没有交谈，可是心里面却是快活的。我们有时候会碰到值班的警察，他会瞧上我们几眼，也许是疑惑的神色，也许是了然的神色。还有的时候，我们会看到门廊下睡着一个流离失所的人，每当这时罗西会在我的胳膊上温柔地掐一下，我（实际我兜里的先令没有多少，我就是为了留给罗西一个好印象）就会在看不出原形的膝上或是一只瘦得皮包骨样的手里放上一枚银币。罗西的性情柔和，平易近人，我十分喜爱她，她让我的内心在那段时光里充满甜蜜。和她在一起，你可以感受到她的快乐，她总能将周围的人同化。

我在变成她的情人之前，经常默默思忖她是否是谁的情妇，例如福德、哈里·雷特福德和希利尔。往后我跟她提及过，她亲了一下我，说：

"别这么傻。你明白我很喜欢他们，除此之外并没有其他的。我就是喜欢同他们在一起玩乐。"

她虽然没当着我的面发过火，但是我觉得她还是有点脾气的，所以我将本来要询问她做没做过乔治·肯普的情人的话咽了下去。我不希望让她能说出伤我心的，我没办法宽恕她的话来。我那时候才不过二十一二岁，在我眼里，昆延·福德和其他人的岁数都挺大的，所以认为他们身为罗西的朋友并与之交往也没什么不对的地方。我内心为自己是她的情人的身份而感到高兴。每次在礼拜六的下午茶会我望着她和那些客人谈笑风生时，我常常自得其乐。我回想到我们俩共宿的每一个夜晚，再看着那些不知道我这个秘密的人们，总是会嘲笑他们一番。然而某些时刻，我认为莱昂内尔·希利尔用一种看笑话的戏谑目光望着我。我担心自己有什么动作露出破绽，也担心罗西有没有将我们的私情跟他说了。我跟罗西说我担忧希利尔质疑我们俩的关系。她用两只噙着笑意的蓝眼睛看着我。

她说："不用担心，他那个人脑子里尽是肮脏卑劣的想法。"

昆延·福德觉得我是一个呆头呆脑、微不足道的青年人（我也的确如此），尽管他表现得彬彬有礼，可是他从未正眼瞧过我，所以我们俩之间的关系一直不亲密。或许是我想多了，我认为他那时候对待我比从前更加淡漠。有一天，哈里·雷特福德出人意料地邀请我去用餐和看戏。我将他的邀请跟罗西说了。

"喔，你必须要去呀。他能让你十分高兴地度过时光的。哈里那家伙，我经常被他逗得发笑。"

因此我答应哈里同他一起去用餐。他言辞幽默，为人十分平易温和。他评论男女演员的话语让我对他记忆很深，他的言谈经常有种讽刺批判的意味。他也讨厌昆延·福德，于是他每当提及福德时，总是非常搞笑。我想法子让他谈谈罗西，但是他没说什么。他如同一个放浪不羁的纨绔子弟。他用勾搭的眼神和调笑的隐喻让我明白他是个花丛高手。我忍不住琢磨，他邀请我用餐会不会是由于他得知了我是罗西的情人所以才对我有好意的。但若是我和罗西之间的事儿连他都知道，那旁的人不是全都知道了。我认为自己比周遭的人们身份都要卓越，内心更加自得，但是我不想自己把这种情绪挂在脸上。

林帕斯路在一月份月末的冬季迎来了一个新的客人。他叫作杰克·凯珀，是一个荷兰国籍的犹太人，阿姆斯特丹的钻石生意人，由于业务上的往来他需要在伦敦停留几个礼拜。我无从知晓他和德里菲尔德夫妻是如何相识的，也不懂他是不是因为对作家的崇敬去上门探访的，不过能确定的是，令他想要再次拜望的缘由绝不是德里菲尔德。他皮肤黑亮，脑袋秃顶，有一个大大的鹰钩鼻子，年龄在五十岁左右，但是他身材高大健壮，孔武有力，是个喜好声色、办事高效、性格欢快的人。他每天都要给罗西送一束玫瑰花，一点也不掩盖自己对罗西的倾慕。显而易见他是个富有的人，罗西嗔责他不应该这样浪费钱，可是内心还是开心的。我真的没有办法忍耐这个人的厚脸皮，喜欢显摆自己。我不喜欢他用带着国外腔调的英语流利地讲话，我不喜欢他奉承罗西的那副样子，也不喜欢他对待罗西的朋友们那么热诚友善。他令我和昆延·福德离得更近了，因为他同我一样讨厌这个人。

昆延·福德灰白的发丝和灰黄的长形脸庞让他瞧上去很有名士气概，他讲话时把嘴唇噘了起来，挑起两条黑黑的眉毛，"女人都是一个模样，她们都爱那种动作粗鲁的人，所幸他停留在这里的日子并不长久。"

我非常不悦地说："他真的是相当粗鄙庸俗不堪。"

昆延·福德说："他讨人喜欢的地方正是这里。"

往后的两三个礼拜，杰克·凯珀每天晚上都请她出去，去完这家摩登饭店又去那家饭店，赏完这出戏再去观看另外一出戏，我基本都瞧不到罗西的影儿。我为自己受到的委屈感到特别生气。

罗西说："他在伦敦人生地不熟的。"她试图浇灭我心里的怒火。"若是让他独自一个人游玩就不太好吧。他只是希望在这里的这段日子把能去到的地方都走一走。他还有两个礼拜就要离开这里了。"

我不理解为何她需要这么奉献她自己。

我说："你难道不认为他很惹人厌烦吗？"

"不会，他经常逗我笑，我认为他十分幽默。"

"你难道不曾发觉他为你着迷了吗？"

"喔，他自己乐意那样的，于我而言也没什么坏处。"

"他年纪老还肥胖，看着就很招人厌烦。我看他一眼都浑身难受。"

罗西说："我认为他也没有那么招人讨厌的吧。"

我加重语气说："事实上你不应该跟他有交往，我的意思是，他是个惹人厌的粗鲁之人。"

罗西挠了挠头发。她这个习惯十分让人不喜。

她说："别的国家的人和英国人有那么多不一样的地方，这很有趣啊。"

感谢老天爷，杰克·凯珀终于回阿姆斯特丹了。罗西同意在他走后的第二天和我去用餐。我们想要吃顿好的，所以就约定去索霍区用餐。她乘坐一辆马车过来找我，我们俩一同前往。

我问："惹人厌烦的老头儿离开了吗？"

她微笑着回答："离开了。"

我将她的腰肢揽住。（我曾经讲过，对这种令人快乐的人类必备的交往动作而言，马车里要比出租汽车更合适，对于我的无可奈何，不多做解释了）然后亲吻她。她的双唇如同花瓣一般。我们来到了饭店后，我先将帽子和外套挂好（我那天穿着一件贴身的、有着丝绒领子和袖口的长款外套，款式十分好看），接着让罗西将她的披肩递给我。

她说："我就这样穿着吧。"

"你会觉得非常热的。吃完饭再出去也会受凉。"

"不妨事的。我今天第一次穿这条披肩。你认为好不好看？喔，对了，这个手笼和披肩是搭配好的。"

我瞧了一下她的披肩，我不知道它是貂皮的，只知道是皮的。

"这么华贵的东西，你是如何搞来的？"

"杰克·凯珀送给我的，我们俩在他昨日启程以前去买的。"她兴奋地摩挲着披肩油光水滑的皮毛，"你知道这件披肩花了多少钱吗？"

"我不知道。"

"两百六十镑。我长这么大从未买过那么贵重的衣服。我跟他说那太昂贵了，但是他就是死活要买给我。"

罗西开心地咯咯笑着，她的眸子也亮晶晶的。但是我觉得后背直冒凉风，我的脸也拉了下来。

我尽力用听上去很正常的声音说："凯珀买给你这么昂贵的披肩，德里菲尔德难道不会认为很奇怪吗？"

罗西的眼睛忽闪忽闪地眨着。

"特德对任何东西都不在意，你是了解他的。若是他询问的话，我就跟他说我是在一家典当行里用二十镑买的。他不会怀疑的。"她将脸颊在皮领上贴了贴。"多么软和啊！任何人都能发现这件披肩特别昂贵。"

我努力将晚餐吞咽下去，为了不让罗西看出我的难过，我还要跟她东拉西扯。罗西却没注意我讲的什么，她满脑子都惦记着她的新披肩，她差不多每隔一分钟就要瞧一眼她非得放在腿上的手笼。她的眼光里有一种慵懒的、骄奢的、自得其乐的神情。我特别气愤地认为这样的她既愚蠢又庸俗。

我忍不住怨气冲天地说："你就像一只吃了金丝雀的猫。"

她就只是咯咯地笑。

"我还真有这样的感觉。"

那时候我每个月靠十四镑就能生活，并且过得还蛮好的。假使哪个读者算数不好的话，我就多说一句这相当于是一年里用一百六十八镑。在我心里，两百六十镑是很大一笔钱。我不懂一个人为什么会为一件披肩花费这些金钱。我也不信什么人会只因为友情去买这么贵重的礼品；这是不是变相证明杰克·凯珀在伦敦时同罗西天天睡在一块儿，因为他要离开了，所以要把报酬给她吗？她不明白这对她本人来说是很大的屈辱吗？她为什么会收钱呢？她懂不懂凯珀买给她那么贵重的礼品有什么粗鄙庸俗的含义？但是显而易见她没有这种觉悟，所以她跟我说：

"他为人真的不错，是不是？但是犹太人都这么不吝啬的。"

我说："他的确是很富有，能买得起这样的东西。"

"对啊，他很富有。他跟我说希望临走前送点什么东西给我，问我想要什么。我说买个披肩搭一个手笼就行了，但是我真的不知道他能买那么贵的。我们去了一家商铺后，我要他们给我瞧瞧俄国羔羊皮的披肩，但是他说：'不，要貂皮的，并且要最好的。'然后我们发现这件之后，他就决定非要将它买下来送给我。"

我联想到她洁白的身体在那个既衰老又臃肿的男人的怀里，他松散又壮厚的嘴唇将吻落在她的嘴唇上。这一刻我瞬间了解到我以前不愿意信任的猜测全都是真的。原来她每次同昆延·福德、哈里·雷特福德和莱昂内尔·希利尔去用完餐后跟他们全都同榻而眠过，就如同跟我这样。我紧闭着嘴唇，一言不发，我清楚我一说话就是侮辱责骂她的话。我认为我那时候感受到的不是吃醋，而是耻辱。我让她给结结实实地玩弄了一回。我努力让自己不要说出任何尖酸讽刺的话来。

用餐完毕后我们去戏院里看戏。但是我的耳朵里什么都听不见，只能感受到我胳膊旁边那件貂皮披肩的皮毛，只能瞧见她的手在不停地摸着手笼。若是另外那几个人我还可以忍耐，她为什么能和杰克·凯珀做那种事情呢？穷困真的太让人憎恶了。我真想自己拥有富足的金钱，能跟她说要是她将披肩还给那个家伙，我给她再买一件比那件更好的。最后她到底发现了我的默然。

"你今晚上很少说话。"

"有吗？"

"你是什么地方难受吗？"

"我挺好的。"

她眸子里带着我所了解的顽皮又稚气的笑意盯着我瞧，我却不看她。她不再作声了。戏散场后恰巧遇到下雨了，我们叫了辆马车，我跟车夫说了她在林帕斯路的住址，一路她都不作声，直到维多利亚大街她才说话：

"要不然我跟你去你那里吧？"

"你随意吧。"

她打开车上的小窗子将我的住址跟车夫说了，又把我的手拽过去握在她手里，我依旧没有给她任何回应。我满脸肃然的表情望着窗户外面，气鼓鼓的。到了文森特广场之后，我将她扶下车，一句话没说就将她带回房间。我将帽子和外套脱掉，她将披肩和手笼扔在沙发上。

她来到我眼前问我："你怎么总板着个脸不开心？"

我望向别的地方回答她："我没有不开心。"

她的两只手捧住我的脸庞。

"你为什么这么傻呢？就因为杰克·凯珀送我一件披肩而气愤？你不能买一件这样的披肩送给我，是吗？"

"我的确买不起。"

"特德也买不起。你为什么会希望我去谢绝一件价值两百六十镑的披肩呢？我长这么大就是希望有这么一件披肩，这些钱对杰克而言都不算什么。"

"你不要让我认为他是因为友情才将这件披肩送给你的。"

"也许呢。可是无论怎样，他现在回阿姆斯特丹了。谁还知道他何时回来？"

"他并不是独一无二的。"

我用满是怒气、难过和怨毒的眼神望向罗西，她对着我笑了，我多想能够表达出她柔媚笑颜中流露出来的情意绵绵。她的音色非常温柔。

"喔，亲爱的，你怎么能去自找苦吃呢？这对你有什么冲突吗？我不是令你感到非常快活吗？你和我在一起的时候不开心吗？"

"十分开心。"

"这不就成了。为什么不因为你的收获而感到开心呢？因为一些琐事小题大做和吃醋太傻了。哎，有条件就要享受快乐。不超过一百年，咱们就都会死去的。那时候还有什么可以介意的吗？咱们如今应该享受快乐才对啊。"

她亲吻我，又将双臂搂住我的脖颈。我将气愤抛在了脑后。我现在唯一念着的是她的美丽和她的柔情蜜意。

她小声地说："我就是这样的，你可千万别要求太多。"

我回答说："好吧。"

十八

　　在那段时间里，德里菲尔德对作品进行整理的事务占据了几乎白天的所有时间，他晚上还得写作，于是那期间我很难看到他。但是每个礼拜六下午他在家里招待客人是雷打不动的，他待人的样子还是那么和善亲爱，言辞诙谐爱好自嘲。他每次见到我都能和我欢快地聊一会儿天，聊的都是些琐事，他好像很开心能看到我，但是他的精力主要集中在那些岁数比我大的主要客人身上。我敏锐地在他身上发觉到，他仿佛和身边的人越走越远了，他越来越不像那个和我在黑马厩镇相识的笑嘻嘻、很鄙俗的家伙了，德里菲尔德和那些他开玩笑调侃的人们中间好像有一道看不见的阻隔。寻常活动在他眼中越来越不清晰，他仿佛活在自己的世界里。他加入了一个文学俱乐部，他开始接触写小说圈子之外的更多人，那些爱好邀请出名作家用餐喝茶的上层社会的夫人们次数越来越多地请他参加宴会,在宴会上大家常常邀请他演讲。罗西当然也得到了邀请,可是她却极少出席。她说她本来就不喜欢参加宴会,而且事实上她们醉翁之意不在于她,只是希望特德前往罢了。

我认为她融入不到这类场合,因而对此有些怯懦退却。有可能那些女主人不仅一次地当着她的面暗示她们本来是不情愿将她邀请来的。她们邀约她不过是因为客套,等她到了之后,她们就不搭理她,让她独自一人待着,因为她们不喜欢跟她交际。

爱德华·德里菲尔德的作品《人生的悲欢》就在这个时候面世了。我本来可以不在这里点评他的小说,因为最近关于这本书的评价已经非常多了,那足够喂饱普通读者的胃口。可是关于《人生的悲欢》我还是想多说几句,这本书肯定不是德里菲尔德最出名的小说,也不是他最有人气的小说,可是在我眼里,这却是他最有趣的一本小说。

这本书不同于英国小说以往伤春悲秋的笔调,它文笔犀利、独具一格,映射的是社会冰冷绝情的与众不同的一面。这种感觉就好比吃了一个酸酸的苹果,固然令你口舌品尝到酸涩,但是回味出一种独特的甘苦,让你难以忘怀。在德里菲尔德的所有作品里,这本小说是我唯一想评论的书。小说里写的是一个孩子夭折的场景,凄惨得让人肝肠寸断,可是却没有让人觉得丝毫的难过和感受到情感的扭曲,并且那个孩子夭折以后,他又写了一些很怪异的内容,这都让读者看完之后印象深刻。

就是因为这部作品的这个情节，在德里菲尔德身上引起了一场风波。这本小说刚发表完的前几天，反响貌似和他以前写的那些小说一样，有几篇较为含蓄的评价，缺点说得少优点提得多，虽然不是热门畅销作品，但是成绩也还不错。罗西跟我说德里菲尔德想凭借这部作品收入三百镑，且还在准备租一座河边的房子避暑。这本书起初阶段的两三个评论还没有看出什么来，直到某一天在一份晨报上有了对这本小说的激烈抨击，这个评论占据了一栏的全部。德里菲尔德的这部小说被指责成一本没来由令人憎恶的色情书籍，就连让这本小说面世的出版商也遭到了凶猛严厉的斥责。那篇评论说这本书对女性造成了羞辱，还认为这本书里很多让人痛心疾首的情节，肯定会给英国年轻人带来难以想象的消极影响。这位评论家不赞同让这样的小说流传到男孩和少女手里。别家的报纸也随同一起抨击。甚至还有更人云亦云的评论家提出检查并禁止此书的要求，于是就真的有人认真地思考应不应该由检察官来干涉。虽然会有几个胆子大的现实主义作家为爱德华·德里菲尔德出头说这是他最出类拔萃的小说，也没有人多加在意，当时铺天盖地全都是指责的声音，而为德里菲尔德说话的作家也被以为是想趁机来获得关注。图书馆开始禁止借阅这本书，出租小说的书亭也不再购买这本书。

　　这些对爱德华·德里菲尔德而言肯定都是让他不开心的，可是他很镇定地容忍这种攻击，仅仅就是抖了抖肩。

　　他淡笑着说："他们说我的作品是荒诞的，他们可以去死了。

我写的都是真实发生过的事情。"

　　德里菲尔德在这场磨难里得到了他忠诚的朋友们的支持。《人生的悲欢》这本书变成了断定一个人有没有鉴赏观的衡量依据，谁看到这部书时会觉得吃惊，就相当于在说自己是个没有文化素养的庸俗之人。巴顿·特拉福德太太虽然认为现在不是在《评论季刊》上面登载巴顿的评论的好时机，可是她坚定地觉得这本书是一部上乘之作，她对爱德华·德里菲尔德的前程一点都不担心。这本曾经引起强烈反响的书如今再去看时也没觉得有什么不同（还很有些教育意义），它通篇没有一个让人觉得羞耻的词汇，也没有哪个情节能令现在的读者觉得忐忑。

十九

　　大概在六个月之后，德里菲尔德在《人生的悲欢》所惹起的纷扰停止后开始创作另一部作品，这本小说日后用《他们的收获》为名发表。我那时候是医学院四年级的学生，是病房外科医生的助手。一天，在我值班时需要陪同一名外科医生去查病房，所以我在医院的大厅里等待那名医生。由于有的人不知道我在文森特广场的住址，有时会有信件邮到医院里来，所以我看了看放置信件的架子。那天我有点纳闷，居然有人拍了一份电报给我，内容是这么写的：

　　拜托定要在今天下午五点来我的住处。有紧要的事情与你商量。

伊莎贝尔·特拉福德

　　在之前的两年里，我与她相见过十几次，可是也没见她关注过我，也从未要我去过她家里，我实在是不了解她有什么事情需要找我。我明白在举办茶会的时候会有男客人凑不够数的情况，于是女主人在最后察觉到男客人不够数的时刻，也许会认为将一个青年医科学生搞来也总比没有人要好；但是电报上面的言语看着好像不是要我去加入茶会。

我为他做助手的那个外科医生特别无趣又很絮叨。已经超过五点钟了，我才能结束；从医院到切尔西的路途还整整用了二十分钟。我抵达巴顿·特拉福德太太那里时，已经六点了，她居住在泰晤士河的河堤路上的一座寓所。我按响了门铃，询问她在不在家。我被接进会客厅里，跟她说明我为何来晚了，但是她却立刻阻止了我的话：

"我们已经料到你是由于繁忙脱不开身，不妨事的。"

她丈夫也一同在那里。

他说："我觉得他应该会愿意喝一杯茶的。"

她和蔼地看着我："喔，但是现在吃甜点是不是有些晚了？"她温柔又漂亮的眼睛里都是亲近友善的神态。"你现在还不想喝茶的对吧？"

我午餐仅仅吃了一个黄油烤饼和一杯咖啡，此时既饥饿又口渴，可是我不想跟他们实话实说，我说自己并不想喝茶。

巴顿·特拉福德太太指着一个人问："你知道奥尔古德·牛顿吗？"我去的那个时候那个人正在一个带扶手的椅子里坐着，他站起来，"我猜测你应该在爱德华的家里看见过他的。"

他的名字非常耳熟，我对这个人也是有印象的，他不经常到德里菲尔德家里去，可是我的确看见过他。他让我感到有点忐忑，我好像从未同他交谈过。即使他在如今已被人们完全遗忘了，可是当时他是英国赫赫有名的评论家。他长着一双淡蓝色的眼眸，一张圆润洁白的面容，还有一头金黄色的头发，但是金色的头发开始接近灰白色，他的身材魁梧又臃肿。他一贯是戴着条淡蓝色领带用来显衬出他的眼眸颜色。他在德里菲尔德家里跟所有人都表现出一副很友爱的样子，还跟他们说些顺耳好听的奉承话。但是他们一离开，他就用他们来开玩笑。他言辞得体，声音沉稳又平静，没有任何人可以如他一样客观地讲述一个和自己好友相关的心怀叵测的事情。

奥尔古德·牛顿同我握了一下手，巴顿·特拉福德太太希望我能够感到舒适自在，于是体贴地拽着我的手让我在她身侧的沙发上坐下。她从还没有撤掉甜点的桌子上捏起一个果酱三明治，斯文地一点一点地吃着。

她问我："你近来的日子可有瞧见过德里菲尔德夫妇吗?"仿佛她找我就是讨论这些。

"上个礼拜六我在他们家。"

"那天之后呢，你是不是再也没有见过他们两个?"

"是的。"

巴顿·特拉福德太太瞧瞧奥尔古德·牛顿，又瞧瞧她自己的丈夫，然后又将脸转过来去瞧牛顿，好像希望得到他们的帮忙。

牛顿用他肉乎乎、满怀正经的神态说："别旁敲侧击了，伊莎贝尔。"还不怀好意地眨了眨双眼。

巴顿·特拉福德太太扭过脸庞来面对着我。

"这么看来，你还不知道德里菲尔德太太离开了她的丈夫。"

"什么！"

我惊诧万分，根本不敢相信自己听到了什么。

特拉福德太太说："看来应该还是你将来龙去脉给他说一下比较好，奥尔古德。"

评论家的身体往椅子里面一倚，用一只手的指甲抵着另一只手的中间，兴致勃勃地开始说起来。

"昨天晚上，我要找爱德华·德里菲尔德聊一聊我为他写的一个文学评论。晚餐后的天气不错，我就想溜达着去他家。他那时候在家里等着我，还有我知道的是，除了有伦敦市长或者皇家艺术院宴会这种活动外，不然他晚上是不可能出门的。可是我离他的居所非常近时，忽然瞧见门被打开了，爱德华从里面出来了，你能明白我那时有多么惊讶吗。你应该知道伊曼纽尔·康德的故事，他有个习惯就是在每天某个时间去外面漫步，柯尼希山①的民众都习惯性地在康德每天出门漫步的那个时间对一下表，他从未有过一分一秒的差错。有一天他出家门的时候比往常提早了一个

———————————

① 柯尼希山：德国的东北部地区城镇，德国的哲学家康德（1724—1804）的诞生地。

小时，当地民众的表情都变了，他们懂得肯定是发生了什么恐怖的事情，结果他们猜对了：伊曼纽尔·康德收到了巴士底狱失陷的讯息。"

　　奥尔古德·牛顿为了加强他这个小故事的效果停顿了一下。巴顿·特拉福德太太同他会心地微笑了一下。

　　"当我瞧见爱德华迎面向我急忙走过来时，我没觉得会有类似这种轰动天下的劫难，可是我马上察觉到发生了什么倒霉的事情。他是穿着工作服出来的，是一件黑色羊驼呢的陈旧外衣，手杖和手套都没有带，头戴着顶宽边帽。他看上去暴躁烦闷。我明白婚姻情况的变幻莫测，于是心中以为他是不是由于和妻子吵架了才急忙离开家；我还猜测或许他是焦急地去找邮箱邮信。他如同希腊史诗里洒脱不拘的英雄赫克托耳①，风一样地向前走过去。他好像没发现我，那时候其实我也纳闷他会不会不想看见我。我喊住了他。我说：'爱德华。'他似乎被吓到了。我能确定是有好一会儿，他精神恍惚，压根儿没看出来我是谁。我问：'你这么急忙走过皮姆利柯的时尚区域是因为什么报仇的怒气吗?'他说：'哦，是你啊。'我问他：'你要去哪儿?'他回我说：'不去哪儿。'"

　　我觉得奥尔古德·牛顿按着这样的语速继续说的话，那他一直都讲不完这个故事。若是我回去吃饭的时间迟到了半个小时的

────────────

　　① 赫克托耳：希腊神话中特洛伊王普里阿摩斯的长子，特洛伊战争里的英雄，后来被阿喀琉斯杀死。

话，我的女房东赫德森太太肯定会对我非常生气。

"我跟他说明我为什么来，还建议我们回到他家里去，他能在家比较便利地探讨一下使我困惑的问题。他说：'我现在无法心平气和，不能回去，我们还是一起漫步走走吧，能边散步边交谈。'我同意了，和他一起往前走；但是他的脚步太快了，我只能请他慢一点走路。就连约翰逊博士①都没有办法在弗里特用极快的速度走路并且同人谈话。爱德华的状态特别怪异，他当时很愤慨，因此我觉得应该把他带到人迹较少的道路上。我同他说我在构思的文章。我现在想写的东西比一开始瞧上去要丰满多了，我怕在一份周刊的专栏里不能将论点阐述完全。我跟他说完了我的全部问题，然后征求他的意见。他回复说：'罗西不要我了。'我愣了一下，但是我随即知道了他说的是那个偶尔递茶给我的体形丰腴的女人。我从他讲话的口吻里分析，他希望我能给他慰藉，而不是为他感到开心。"

奥尔古德·牛顿停顿了一下，一双蓝色的眼睛亮晶晶的。

巴顿·特拉福德太太说："你可真棒，奥尔古德。"

她丈夫说："棒极了。"

"我知道他这时候需要怜悯，所以我说：'好友。'但是他没让我说完。他又说：'我刚刚得到最后一班邮差送过来的一封信件，她同乔治·肯普勋爵私奔了。'"

---

① 约翰逊博士（1709—1784）：英国的作家、评论家、辞书编纂者。

我忍不住大吃一惊，可是还是一言不发。特拉福德太太极快地瞟了我一下。

"'乔治·肯普勋爵是什么人呀？''他是黑马厩镇子上的人。'他回答说。我没有时间思考，于是决意同他真诚地说一说我的看法，我说：'你脱离了她是件值得庆幸的事儿。'他喊着：'奥尔古德！'我停住了脚步，伸手握住了他的胳膊。'你知道她和你那些朋友在背着你做些见不得人的勾当。她的举止已经惹来了风言风语。亲爱的爱德华，让咱们来看清真相吧：你的老婆只不过是一个寻常的淫乱妇人。'他一把将胳膊从我手里扯出来，嗓子里发出低哑的怒吼，仿佛婆罗洲①森林中的一只猩猩被抢走了手中的椰子似的。我来不及将他拽住，他就跑走了。我顿时不知所措地傻住了，只能任由自己听着他的怒吼和急忙远离的脚步声。"

巴顿·特拉福德太太说："你当时不应该任由他跑走的，他那种状态，没准真的会跳到泰晤士河里的。"

"我考虑到这一点了，但是我发觉他没有向河的方向逃跑，只是向我们途经的一些比较粗陋的街道跑去。而且，我觉得没有哪个作家能在正创作一部文学作品的时候自杀。即使他经历了太多困苦折磨，他也不会想留给后代一部没有完结的作品。"

这一切让我觉得非常震惊，而且感到愤愤不平和垂头丧气，但是我又不懂特拉福德太太把我找来是要干什么。她不会知道这

---

① 婆罗洲：东南亚的加里曼丹岛的旧时称呼。

则讯息对我而言有什么含义，她找我来也不是只为了让我听这条新闻的。

她说："不幸的爱德华，即使所有人都承认这其实是件好事。但是我很害怕他会看不开的，所幸他并没做出什么草率冒失的事情。"她扭过脸面对着我。"一得知牛顿先生说的这件事儿，我就马上去了林帕斯路。可是他不在家，女仆说他刚走，这就代表他跟奥尔古德分开之后回到过家里。你肯定非常疑惑我请你来到底是为什么。"

我并不答复她，听她继续说。

"你和德里菲尔德夫妇是一开始在黑马厩镇结识的吧？你能跟我们讲讲那个乔治·肯普勋爵到底是什么人吗？爱德华说他是这里的人。"

"他人到中年，家中有太太和两个儿子。他儿子的年龄跟我差不多大。"

"但是我查不到他是谁。我在《名人录》和《德布雷特贵族年鉴》① 里都没有找到他。"

我强忍着才没有笑出声音来。

"唔，他不是真正的勋爵，不过是当地的一个煤炭生意人。在黑马厩镇，众人把他唤作乔治勋爵，不过是由于他看上去很有气

---

① 《德布雷特贵族年鉴》：初版由英国的出版家约翰·德布雷特于1803年编纂出版。

派。这只是个玩笑话罢了。"

奥尔古德·牛顿说："乡村言辞中的幽默含义对于外界人而言总是有些难以理解。"

巴顿·特拉福德太太说："咱们大家必须要竭尽全力帮助亲爱的爱德华。"她瞧着我的神情仿佛在思考些什么。"若是肯普和罗西·德里菲尔德私奔了，那他肯定抛弃了他的妻子。"

我回答说："应该是这样的。"

"你能帮我一个忙吗？"

"若是我能做到的肯定可以。"

"你可不可以回黑马厩镇一趟，看一看那里到底发生了什么事儿？我认为我们理应同他的妻子有所联系。"

我从未干涉过旁人的私生活。

我回答说："我不知道如何同她去联系。"

"你不可以去探望她一下吗？"

"不可以，我不能去探望她。"

虽然巴顿·特拉福德太太认为我当时的回复非常不客气，她也没有表露出来。她不过是淡淡地笑了一下。

"其实这事儿等到之后可以再议。目前最主要的是去那里一趟，探听明白肯普的状况。我今晚上会想方设法见到爱德华。一想到他自己一个人在那座令人厌恶的房子里待着，我就觉得难过极了。我们有间空屋子没有人居住，我去布置一下，我和巴顿决定让他来我们这里居住和工作。奥尔古德，你认为这么安排对他是不是非常适宜？"

"的确是最合适的安排了。"

"他没什么拒绝我们的理由，他至少能住上几个礼拜，之后在夏天的时候他能和我们一起出去玩。我们准备去布列塔尼①。我保证他会高兴去的。他要完全换一下环境。"

巴顿·特拉福德说："现在最大的问题是，"他看我的眼光仿佛和看他妻子一模一样的亲切随和，"这位外科青年医生是不是乐意去黑马厩镇跑一趟将情况探听明白。咱们应该知道咱们正在面对的形势，这是最最重要的。"

巴顿·特拉福德言谈的时候真诚幽默，还懂得说俚语，仿佛这样来为自己对考古学的爱好辩白。

他的妻子说："他不会不答应的，"她用温柔、恳请的眼神瞅了我一下。"你不会不答应的，对吧？这件事情真的是至关紧要，能够帮助我们的人只有你了。"

她肯定不知道我事实上同她一样着急地希望弄明白到底发生了什么事情。她不明白我那时候的心承受着多么巨大的妒意的折磨。

我说："大概礼拜六我可以不在医院。"

"可以的。你真的是太棒了，爱德华所有的朋友们都将谢谢你。你预计何时回来？"

①　布列塔尼：法国西北部的一个地区。

"我需要在礼拜一清晨之前抓紧回来。"

"那下午你就来我这里喝茶，我焦急热切地等待你归来。谢谢上天，一切都准备妥当。我现在要想办法见到爱德华。"

我知道我也应该离去了。奥尔古德·牛顿也一起辞别，我们俩一同下的楼。

大门关好后他小声说："我们的伊莎贝尔今日 un petit air① 阿拉贡的凯瑟琳②，我认为她如此表现很端庄体面，这是个百年难遇的契机，我觉得我们能绝对安心，我们的朋友不可能放过这个契机的。一个柔媚诱人的女人，还有个仁慈的心肠。Venus toute entière à sa proie attachée③."

那时我没有明白他这些话的含义，因为跟读者说的有关于巴顿·特拉福德太太的状况我也是很久之后才知道的。但是我能从他的言辞中听出对巴顿·特拉福德太太朦朦胧胧的敌意，似乎非常有意思，于是我笑了起来。

"我瞧你挺年轻的，大概想用我的好迪齐在不走运的时候称作伦敦平底船的那种东西吧。"

---

① un petit air：法语，有些像的意思。

② 阿拉贡的凯瑟琳（1485—1536）：英国国王亨利八世的第一任皇后，亨利八世用没有男性继承人为理由要与她离婚，遭到了罗马教廷的反对，致使英国和罗马教廷决裂，创建了独立的英国圣公会。

③ Venus toute entière à sa proie attachée：法语，意为"维纳斯完全攥住了她的猎物"。按：这是法国古典主义剧作家拉辛所写的《费德尔》的第一幕第三场里的费德尔说的一句戏词。

我回答："我乘客车回家。"

"喔？若是你准备乘双人马车的话，我本来想请你允许我蹭一段车程，可若是你打算乘我用老话说的被称作公共马车的那种寻常的交通工具，那我还是将我这肥胖的身体放进一台四轮出租马车吧。"

他伸手拦了一辆马车，然后伸给我两根软乎乎的手指来握。

"礼拜一我会过来听听，被亲爱的亨利称为你那不同寻常的使命的成果。"

二十

    然而过了好几年之后我才又看到奥尔古德·牛顿，这是因为我抵达黑马厩镇时见到了巴顿·特拉福德太太留给我的信件（她留心记住了我的住址），信上说了让我不要依照她之前决定去她家里而改变地方的缘由，她会在维多利亚车站头等车的候车室里，六点和我见面时再告诉我。礼拜一我将医院里的工作处理完后，立刻动身去了那里，我等了不久，她也到了。她步履轻盈地走向我。

    "哎，你了解到什么情况了吗？咱们先找个僻静点的地方坐下。"

    我们俩找到了一个角落。

    她说："首先，我要跟你解释一下我到这里来的原因。我那里现在住着爱德华。他本来是不同意我来的，但是他被我劝服了。

可是他目前身体欠安，性情狂暴急躁，神经紧绷焦虑。我不想让他在这种状态下同你见面。"

　　我把我所了解的事实几乎全部告诉了特拉福德太太，她全神贯注地听我讲话，并偶尔点点头。但是我并不奢望我在黑马厩镇看到的那种嘈杂吵闹的画面被她所体会到。为了那件事情那个小小的镇子闹得翻天覆地。人们每天都在议论那件事情，这么多年以来那里从没有出现过那么令人大吃一惊的事情。矮胖子①栽了一大跤。乔治·肯普勋爵窜逃了。他逃走的大概一个礼拜之前，他公布说去伦敦是有事要办，可他的破产申请是在两天之后提出的。由此看来他经营建筑这件事失败了。他希望黑马厩镇成为海滩旅行游览著名景点的盘算并没有得到人们的回应。于是他只能自己千方百计地筹集本钱。镇子上散播着各种流言蜚语。很多把自己积攒的钱财给了乔治的拮据家庭如今正面临着一无所有的形势。因为我叔叔和婶婶完全不明白关于生意的事儿，所以事情的细枝末节并没有明确，而我对于生意学识的了解也不多，不能完全明白他们跟我说的各种情形。我了解到的是乔治·肯普的房产被抵押了，家私一同被拍卖。他的夫人现在一贫如洗。他有两个儿子，一个二十岁，另一个二十一岁，他们全都搞煤炭生意，也都被破产所拖累。乔治·肯普拿着他手里所有的资金出逃了，听说有一

_____

　　① 矮胖子：古时一个儿歌里从墙上掉下来摔得粉身碎骨的鸡蛋形状的矮胖子。

千五百镑左右，只是我不懂别人是如何知道的；据说逮捕他的拘票已经发出了。他现在可能不在英国了，有人说他去澳大利亚了，也有人说他去加拿大了。

我叔叔说："真希望他被捉到，应该判他终身劳役刑。"

镇子里的人们都非常恼怒。没有人肯宽恕他，因为他往日经常闹闹哄哄，大喊大叫，因为他之前和人们调侃玩笑，和人们饮酒，给人们举行游园会，因为他那辆双轮的美丽马车和他戴着的棕色绒呢帽。然而礼拜天的晚间做完礼拜之后，教区委员在法衣室里把最糟糕的讯息告知了我的叔叔。以前有两年的时间里，乔治·肯普和罗西·德里菲尔德基本每个礼拜都在哈佛沙姆相会，他们在一个旅店里留宿。那个旅店老板的资金也参与到了乔治勋爵的那个危险筹划之中，当他察觉到他的钱财不见了，才将整件事情说了出来。乔治勋爵诓骗了旁的人他还可以容忍，但是他诓骗了一个把他当作知交且以前帮衬他的人，这就十分过分了。

我叔叔说："我觉得他们是一起逃的。"

教区委员说："我觉得这一点都不稀奇。"

用过晚餐以后，女仆开始拾掇碗碟，我去厨房里找玛丽-安闲谈。她当天晚上去教堂做礼拜的时候，也得知了那个讯息。我难以置信那天做礼拜究竟有多少人在认真听我叔叔布道。

我没有说出我实际知道的情况，只说："牧师说他们一起逃了。"

玛丽-安说："唉，的确他们也该一同逃跑的。她独独就忠心爱过他一个人，只要他微微动一下手指头，她就会不顾一切地跟他走。"

我低下眼帘，仿佛遭受了巨大的羞辱；我觉得罗西对我真的太过分了，我十分恼恨她。

我说："我们也许再也不会看到她了。"这句话说出口时我觉得好一阵的酸楚苦涩。

玛丽－安开心地说："应该是不会看到了。"

我把我所知道的事情中我认为巴顿·特拉福德太太应该要知晓的地方告诉她之后，她叹息了一声，然而她到底是在表达称心抑或是难过，我就不得而知了。

她说："就这样吧，这就是罗西的下场了。"她站起身来，对我伸出手。"剧作小说家为何会有如此可怜的婚姻？实在是太凄凉了，真的很凄凉。我十分感激你做的一切。咱们得知了如今面对的是什么样的局势了，最关键的是不能让爱德华的工作被这件事给干扰了。"

她的言论有些前言不搭后语。实际上，我笃定她根本没有考虑到我。我送她出了维多利亚车站，将她送上一辆通往切尔西国王大道的公共马车后，步行回了公寓。

二十一

　　我联系不到德里菲尔德了。我一直以来比较不好意思主动找他；还有一方面我有考试需要应付，考试要是通过的话，我就得出国。恍然之间我忆起报纸上有过罗西与他离婚的新闻。关于罗西的其他消息，我却没有听到。她的母亲偶尔会领到一笔十镑或者二十镑的款项；这笔钱款是从盖着纽约邮戳的挂号信里邮寄过来的，然而信封上并没有发信人的住址，里面也没有书信，大家都推测这应该是罗西邮过来的，不是她的话，也没有人会给甘恩太太邮钱了。很久之后罗西的母亲寿终正寝了，罗西应该得知了这一消息，钱款再也不邮来了。

二十二

礼拜五的时候我和阿尔罗伊·基尔如约在维多利亚车站见面，坐五点十分的火车去黑马厩镇。我们俩在抽烟区车厢内的一角安适地落座。从他那里我得知了德里菲尔德在他夫人私奔之后的状况。后来罗伊和巴顿·特拉福德太太走动得十分密切。我还记得特拉福德太太，也清楚罗伊，我明白这两个人的靠近是阻止不了的。我得知过去罗伊和特拉福德夫妇俩一起游玩过欧洲大陆，一心一意地陪同他们兴致高昂地观赏瓦格纳①的作品、印象派后期的绘画作品和巴洛克式②的建筑，这并不惊奇。他锲而不舍地去切尔西的居所找她一同用午餐。特拉福德太太后来岁数越来越大，身

---

① 瓦格纳（1813—1883）：德国的作曲家，一生都在致力于歌剧的鼎新变革。
② 巴洛克式：指装饰较多的曲线和追求的动势与起伏、以华丽浮夸为特点的建筑风格。

体状态也渐渐不好了，只能每天都在起居室里，罗伊不论工作有多么忙碌，照旧每周都能探望她一次。他的确是为人友善。特拉福德太太逝世之后，他为了追悼她还作了一篇悼文，慷慨激昂地评论她天生就极有悲天悯人之心和洞察人心的非凡智慧。

　　我为罗伊的一番善心能得到回报而感到开心，由于巴顿·特拉福德太太跟他说过关于爱德华·德里菲尔德的许多事情，那些素材对他现阶段筹备的书有很大的用处。爱德华·德里菲尔德在他不忠贞的夫人和人私奔之后，就一直沉溺在罗伊用法文词汇désemparé① 来描述的处境当中，这个时候巴顿·特拉福德太太软磨硬泡，把他领回了自己家中，还劝服他在她家里居住了快一年。那些日子里，她对他无微不至地照顾，自始至终都非常关怀体谅，展现出了她的包容睿智；她发挥了女人的灵敏机智和男人的朝气蓬勃，她心地仁爱良善，还有善于抓住机遇的双眼。德里菲尔德就是在她家中完成了《他们的收获》这本书。即使说这书是特拉福德太太的作品也并不过分，而德里菲尔德十分承了她的情，将那本书献给了她。她带他去意大利（巴顿一同前往，特拉福德太太熟知人心叵测和龌龊，她没有给众人流言蜚语的机会），还带着罗斯金②的书，给爱德华·德里菲尔德呈现那个国家的迷人之处。

---

　　① désemparé：法语手足无措的意思。
　　② 罗斯金（1819—1900）：英国的艺术评论家，尊崇哥特式复兴建筑以及中世纪时期艺术，捍卫拉斐尔前派的主张。

然后她在圣殿①给他寻了一间房子，还在那屋子里给他张罗了些许宴会。她动作娴熟优雅得仿佛是个女主人，他渐渐响亮起来的名声在那里招来了很多慕名而来的客人。

毋庸置疑，他渐渐响亮的名声主要归功于特拉福德太太。当他老了，当他很久都不拿起笔写书的时候，他开始名扬天下，然而是特拉福德太太竭尽全力的坚持为他打下了这种名气的基础。她不仅勉励巴顿（也许她也下过笔写过什么情节，她自己的文笔就很好）为《评论季刊》撰写文章，并且还是第一个站出来建议把德里菲尔德加入到英国小说家巨匠的队伍里。每当德里菲尔德出版新的作品时，她都会搞一个欢迎这本书诞生的宴会。她不只东奔西走地拜访编辑，还拜访了各种有舆论作用的文刊老板们。她宴请各类可能有用的人物出席她举办的宴会。她说服了爱德华·德里菲尔德为那些地位尊崇的人物以慈善活动为宗旨去朗诵他的书。她挖空心思将他的相片刊登在印有图片的书刊上。他被采访时的演讲稿她都亲力亲为去修改。十年的时间，她夜以继日勤劳不懈地为他做宣传，令他活跃在大众眼前。

巴顿·特拉福德太太过了一段非常快活的日子，可是她并没有因此而变得妄自尊大。只要是宴请爱德华·德里菲尔德就必定会邀请她，不邀请她是不可能的；德里菲尔德绝不会答应。巴

---

① 圣殿：伦敦圣殿骑士团的圣殿，如今是法学协会的两个会所，有出租房间供名士租住。

顿·特拉福德夫妇俩和他一起出现在任何地点的受邀宴会之上，三个人还必然会一起离场。她不允许他在她视线范围之外。很多举办宴会的女主人都因为这一点而大为生气，然而除了隐忍就只能舍弃请他。一般而言她们都只能认同接纳三个人一路携手的实情。若是凑巧巴顿·特拉福德太太心情不好，那么从德里菲尔德身上就能体现出来。即使在这时，她照旧端庄妩媚，只有德里菲尔德会显得不同寻常的暴躁。她懂得怎么能让他言无不尽；在满座宾客尽是达官贵人之时，她也懂得如何将他衬托得才高八斗。她将他的一切都部署得极为妥帖。她从不质疑他是现代最卓越的作家，还跟他坦白自己的思想。她对他的所有称呼都是大师，并且在他面前经常用一种调侃又婉转悦耳的口吻呼唤他。直至终了，她跟他的对话一直都是撒娇玩耍的语气。

直到后来发生了一件吓人的事情。德里菲尔德患了十分严重的肺炎。那段日子里他病得危及生命，简直可以预见死亡。巴顿·特拉福德太太竭尽她所能做了她能做的一切事儿；若非是由于她已经六十多岁的年纪了，身子骨也很羸弱，她自己都得被职业护士看护着，那她会毫不犹豫地亲自地伺候他。后来他脱离了垂危状态，不过痊愈后身子还是虚弱无力，医生们的建议是要他去乡下疗养，并且要求必须有护士跟随。特拉福德太太希望他能去伯恩茅斯①，这样她周末就能来得及去那里探望他身体是否安

___

① 伯恩茅斯：英国英格兰南部地区的口岸城市。

康，可是德里菲尔德想去的地方是康沃尔①。医生们也觉得彭赞斯的温度更适宜他的身体。大家都认为那个时候机敏的伊莎贝尔·特拉福德应该会察觉到一种不好的预兆，然而她同意他去了那个地方。离别之前她跟护士千叮咛万嘱咐她将一个巨大的使命交付于她；她交给她的，就算不是英国文学的未来，也是现代英国文学中非凡优秀的大师，她得承担起照顾他的责任。这个职责是不能用报酬来衡量的。

爱德华·德里菲尔德在三个礼拜之后，寄给她一封信，信上说他得到特别许可②，和他的护士成为夫妻了。

我觉得巴顿·特拉福德太太当时应对的办法特别能衬托出她豁达崇高的心灵。她会不会喊叫着他是忘恩负义之人？她会不会异常激动地撒泼，揪着自己的头发，躺在地上打滚？她会不会跟性格温柔、学富五车的巴顿大发雷霆，训斥他是个愚不可及的家伙？她会不会出言不逊咒骂男人的没有信用和女人的轻佻风流？根据精神科的大夫说，往往越是体面端庄的女性越擅长引用这些词汇。然而并没有。她写了一封亲昵感人的祝福信件寄给德里菲尔德，还寄信给他的妻子说她非常开心，如今她又多了一个挚交好友，有两个十分要好的朋友了。她邀请他们夫妇回伦敦后去她家里逗留一段时间。她对每个人都说她特别、特别开心这对夫妇

---

① 康沃尔：英国英格兰西南部地区的一个郡。

② 特别许可：主教允许同意的特殊婚姻许可，可以无须在教堂宣布通告，也是可以不在一贯限定的时间和位置举办婚礼。

的结合，由于爱德华·德里菲尔德越来越老，肯定需要一个人护理照顾，然而谁能比得上一个医院里的专业护士呢？她对德里菲尔德的新太太赞不绝口。她说她虽然不是明艳动人，但是她长得也不错。虽然她不是一个上流家族的大家闺秀，可爱德华若是真的同一个大家闺秀结婚了，反倒是会拘束的。她就是他最适合的夫人。我觉得我很有依据地说，巴顿·特拉福德太太身上有着仁爱这种人类优点的闪光点，可是我还是依稀认为，倘使这类仁爱的人性里充满着醋味言语，那还真是个极适当的事例。

二十三

我和罗伊抵达黑马厩镇时，已经有辆不华丽也不寒酸的小车等着他了，司机递给我一封信件，里面的内容是德里菲尔德太太邀请我第二天去她那里吃午饭。我乘坐一辆出租小汽车，先去了"熊与钥匙"旅店。我在罗伊的叙述中得知海滨大道开了一家新的海洋餐馆，可是我不想因为近代文明的享乐主义而丢弃我年轻时期游玩的地方。到了车站，我就发现了小镇的改变，车站换了位置改在一条新的街道旁边，此外乘坐一辆小车在街道上驰骋，觉得挺稀奇的。但是"熊与钥匙"旅店倒是没有太大改变，依旧如同曾经一样傲慢冷酷地招待我；门口也没有人，司机放下我的行李包之后就驾车走了。我喊了一声，没有人回应；我进了酒吧屋内，瞧见一个短发青年女人在看康普顿·麦肯齐①的一本书。我问有没有空的屋子。她有些不满地望了我一下，说应该是有的。我看她一副漫不经心的模样，态度很谦和地询问她能不能找个人领我去瞧一瞧屋子。她站起身来推开了一扇房门，尖声喊叫说："凯蒂。"

有个人问："有什么事儿？"

"一位先生要开间房。"

过了一会儿，出来一个面容颓废的女人，身上套了一条不干净的花布裙子，头发灰白又蓬乱，她引领我走上两节阶梯，进了一个狭窄又脏乱的屋子。

我问："有没有稍微好一点的屋子？"

她动了动鼻子回答："这是旅游销售员经常居住的屋子。"

"还有没有别的屋子了？"

"没有单人的了。"

"给我一个双人的房间也行。"

"我需要去询问一下布伦特福德太太。"

我随她一起去二楼，她敲了敲一间房门，房里人唤她进去。她打开房门的时候，我瞅见屋子里有一个身材健壮的女人，头发虽然是灰白色，但是却用心烫成了波浪形。她此时在看书。如此看来这间旅店的所有人都很爱好文学。凯蒂跟她说我不想住七号

---

① 康普顿·麦肯齐（1883—1972）：英国小说家。

屋子之时，她冰冷地看了我一眼。

她说："领他去五号房间瞧瞧吧。"

我发觉我真的是一时逞强而拒绝了德里菲尔德太太希望我住宿在她家的邀约，还有不老实听从罗伊建议我去的海洋餐馆，着实太鲁莽草率了。凯蒂再次领我上了楼，将我领进了一个窗户向着街道、相对大一些的屋子，里面的面积基本都被双人床给占据了。窗户至少有一个月没有打开。

我跟她说这个屋子可以，又询问她关于用餐的事儿。

凯蒂说："你想吃什么都行，虽然我们什么也没有，但是我会给你买来。"

我知道英国旅店的食物菜谱，就要了一份油煎板鱼和烤肋排，然后就出门去漫步了。我向沙滩走去，那里开发了一个场地，在我的记忆里这里从前是有冷风刮过的原野，修筑了一行带阳台的别墅和平房。但是它们都残破陈旧，墙上都是水和泥巴。我默默地想，很多年过去了，乔治勋爵曾经希望把黑马厩镇变成一个游客络绎不绝的沿海胜地的愿望仍旧落得一场空。柏油马路上有一个退役军人、两个老年女人在顺着路散步。周遭的景观看上去悲惨冷清。有寒风吹过，海面上飘过来毛毛小雨。

我回到小镇上，"熊与钥匙"和"肯特公爵"这两家旅店中央的空地上，大家没在意恶劣的天气，依旧攒三聚五凑成一帮；同他们的父母们那样，他们眼眸遗传的也是浅蓝的颜色，他们的颧骨又高又红。我纳闷那些穿海员衣服的人现在耳垂上还挂着金色的小耳环，并且不只是年纪大的海员，即使是才十多岁的孩子们也戴。我顺着大道随便散步，曾经的银行换了新的门面，我买过纸和蜡的文具用品商店还是老样子，我买那些东西只是为了跟一个我巧遇的没有名气的作者去摩拓碑刻。新开的几家电影院大门上贴满了五颜六色的画报，令这严肃的街道忽然多了一丝桀骜不驯的气息，仿佛是一位年老的夫人酒喝得醉醺醺的模样。

旅店里那个接待旅游销售员的屋子阴暗寒冷，我一个人在摆着六份餐具的桌子上用餐。不修边幅的凯蒂在一旁候着。我问能不能生火。

她说："六月份不能，四月份一过我们就不生火了。"

我不悦地说："我可以付钱。"

"六月份就是不行。十月份可以生火，可是六月份就是不行。"

用完饭，我去酒吧要了杯红酒。

我跟短头发的那个女招待生说："好清静啊。"

她回答说："是很清静。"

"我本觉得礼拜五晚上你们的客人应该很多的。"

"大伙儿都是这么认为的，对吧?"

一个身材魁梧的短灰白头发的男人从后面走了出来，我觉得他应该是旅店的老板，他的脸红红的。

我问他："你是布伦特福德先生吗?"

"是的，就是我。"

"我同你的父亲相识。要不要同我喝一杯红酒?"

我跟他说了我的名字，在他年少的时候，镇子里只有我声名远播，然而他竟然不知道我是谁，我觉得有些尴尬。但是，他答应了和我一同喝红酒的邀请。

　　他问我："你是因为工作需要来这里吗？我们经常招待做生意的先生们。我们非常高兴为他们竭尽全力地服务。"

　　我跟他说我这次来是探望德里菲尔德太太的，让他推测我是来干什么的。

　　布伦特福德先生说："我曾经常常能瞧见那个老头儿的。他那阵子很喜欢来这里喝苦啤酒。当然，我没有说他喜欢酗酒的意思，只是说他喜欢坐在我们这间酒吧里聊天。嘿，他特别能聊天，也不挑聊天的对象是谁。德里菲尔德太太可是对他上这儿来是很不高兴的。老头儿经常从家里偷偷溜过来到我这里。对于他那个年纪的人来讲，这可是一段比较长的路程了。于是，他们家一旦发觉找不到他，德里菲尔德太太就清楚他在这里，她经常打来电话问他在不在。继而她就会坐着小汽车来我们这里找我妻子。她对我妻子说：'布伦特福德太太，你把他找出来。我不愿意亲自进去酒吧间，有太多闲人在那里。'然后我太太就会走进来跟他说，'德里菲尔德先生，你的夫人坐着汽车来找你了，你把啤酒喝完赶快跟她回家吧。'他经常让我妻子在德里菲尔德太太打来电话找他的时候撒谎说他不在这里，我们可不敢这么做。他那么大年纪了，还有那么个身份，我们是负不起责的。你知道吗？他出生的地方就是这个教区，他的第一个夫人是本地女孩。她去世了很多年了，我不知道她是谁。老头儿是个幽默风趣的人儿。他还不端着架子；听说在伦敦，人们都认为他是个了不得的人物，他去世的时候报纸上全都是悼念他的悼文；但是你跟他聊天的时候，并不会认为他是个不平凡的人物。他仿佛就是一个十分平凡的人，就好像你和我。诚然，我们想方设法希望他能在这里待得舒适。我们请他坐安乐椅，他却就要坐在吧台旁边；他说他爱那种把脚踏在高脚凳横梁上的感觉。我觉得他在这酒吧的时候是最高兴的。他经常说他喜欢酒吧。他说在这里能体会到人生，他说他一直对人生怀抱热忱。他实在是个有性格的人物。他令我回忆起我的父亲，但是我父亲一生是没读过一本书的；他一天能灌下一整瓶的法国白兰地。他是七十八岁去世的，活了一生都没有得过病，临死的时候生了一场病，那是他这一辈子第一次得病。老德里菲尔德忽然就去世了，我那时候还挺怀念他的。头几天我还跟我妻子说特别想读一本他写的作品，据说他写的好几本作品讲的都是我们这里的事情。"

二十四

　　隔天早晨的天气虽然阴暗寒凉，不过还好没有雨，我便顺着街道步行去牧师公馆。街道旁林立着许多商铺，我从铺子的牌匾上认出了这些传承了几百年的肯特郡姓氏的老字号——姓甘斯的、姓肯普的、姓科布斯的、姓伊古尔登的。然而我在街道上走了很久，都没有遇到一个我认识的人。我曾经对这里的每一个人都非常熟悉，即使从未交谈过，但是仍会对人的脸庞有个印象。这时，路上驶过一台陈旧的小车，在经过我身边的时候，它猝然停车又向后退了一下。接着，一个身材伟岸强壮的男人下了车走向我，他看着上了些年纪，望着我的目光有些探究。

　　他问我："威利·阿申登，是你吗？"

　　我也想起了他是谁，这位是我的老同学，我们曾经一起去上学，他的父亲是镇上的医生，后来我听说他子承父业也当了医生。

"你过得还好吗？"他问，"我从牧师公馆刚探望完孙子回来。我是这学期把我孙子送到那里的一个私立小学的。"

他穿着过时残破又有些邋遢的衣服，但是他的长相却很好看，我觉得青年时候的他肯定长得清俊秀丽。然而，我纳闷我好像曾经从未发觉过这件事。

我问他："你已经当爷爷了？"

他微笑着回答我："已经当了三次了。"

我大吃一惊。从他呱呱坠地到可以独自走路，又成长为大人，成婚生子，到他的子女也生了子女。我根据他的外貌分析出他处在贫穷困苦的境遇内，且一直都在努力地工作。他身上独具那种乡间医生的态度，坦诚真挚、充满热情却又处事周到。他这一辈子算是过完了。而我还对将来充满憧憬，我还在构思着很多小说和剧本的书写筹划；我认为我的余生仍旧不失生活的情趣；然而以旁观者的角度去看，我和这个我眼中的医生儿子类的老年人并没有什么不同。我没有办法心平气和地跟他询问儿时的玩伴抑或是好朋友的近况；我随便地聊了几句之后就同他告别了。我接着向地处有些僻远的牧师公馆走去，这是一栋格局杂乱却豁亮宽阔的住宅，在当代牧师的眼中，这栋房子相对收入而言，花销过于庞大。这栋房子被绿色的原野所环绕，它地处大花园里。有一大块正方形的公告牌立在房屋门前，牌子上写着校长的姓名和学衔，还说明这是一个让当地大家族子弟上学的私立小学。透过栏杆可以看到花园里污乱不堪，我以前常常钓鱼的水塘被填平了，牧师教区的庄稼地被规划成了建筑场地。几行砖瓦房的门前尽是些修得很不平整的小径。沿着欢乐巷步行下去，那里建造的都是面朝海洋的只有一层的房屋。曾经的卡子路现在是个干净整齐的茶室。

我没有目的地瞎溜达，前方仿佛有无数条道路，街的两旁是黄砖块砌成的房子，可是有什么人住在里面我却不清楚，四周也不见一个人影。我向港口走去，那里也很寂寥。唯独有条货船不知何时停靠在码头附近。货仓的外面有两三个水手坐在那里，看到我经过那里时都一直瞅着我。煤炭买卖早已衰败，拉运煤炭的货船已经不来黑马厩镇了。

我去弗恩宅邸的时间到了，就步行回到旅店。旅店老板之前说过有一台戴姆勒牌的车能租借，我和他约定好要乘那辆汽车去出席午宴。返回旅店时，汽车已经在门口停泊好了，这是一台布鲁姆式汽车①，但是这辆是我所看过的这种类型车中最古老最陈旧的；路途上它唧唧咔咔，叮咚作响，还忽然仿佛生气了一样蹦了起来，我很怀疑我乘着它到底能不能到达目的地。但是这台汽车与众不同的地方，就在于它闻起来的味道同我叔叔过去每个礼拜天上午花钱请来载他去教堂的那台旧式四个轮子的顶棚可以打开的马车味道毫无二致。那种马厩和马车下面不清新的稻草味道。一晃过了好多年，这台车怎么也能散发出这么难闻的味道，我很费解这件事。但是也没有什么能像味道一样让人记忆起从前的岁

---

① 布鲁姆式汽车：驾驶员的位置露顶的汽车。

月。我此时仿佛没有乘汽车路过田野，我好像还是曾经的那个小男生，在马车前面的座位上，旁边是圣餐盘，面前是我的姊姊，她身上有洁净的衣物和科隆香水发出的味道；她身着黑绸缎的斗篷，头顶一个有根羽毛的帽子；另一旁是我的叔叔，他身着法衣，宽大的腰部缠着一根螺纹的宽绸腰带，脖子上一条坠着金十字架的金项链，长度到肚子的位置。

"嗨，威利，你今天可要老老实实的，乖乖地待在原位上，身体不要经常动弹。在天主的教堂里，你可别一副散漫懒惰的样子。你要牢记，其他的孩子可没有你这个优势，你理所应当为他们做出典范表率。"

等我抵达弗恩宅邸时，德里菲尔德太太和罗伊正在花园里漫步，我下车的时候他们从我对面走过来。

德里菲尔德太太边和我握手边说："我正在给罗伊瞧我种的花儿，"随即她又叹气说，"如今我也只有这些花儿了。"

她瞧上去同我六年以前见她时没有什么差别，一点都没变老，身着端庄淑静的丧服，领口和袖子都是白色绉纱制成的。我发觉罗伊不只身着一套洁净整齐的蓝色衣衫，还佩戴了一条黑色的领带；我觉得这是因为要表达对名扬天下的去世者的尊重。

德里菲尔德太太说："你们来瞧瞧我这种植了草本植物的花坛，看完之后我们进屋吃午餐。"

我们看了一圈儿，罗伊对花草的相关常识懂得非常多，所有花儿的名字他都知道，拉丁文从他嘴里发出音来就仿佛纸烟从卷烟机里滑出来那样流畅。他跟德里菲尔德太太说哪些花的种类需要增添，从什么地方可以得到，还有什么种类的花十分漂亮。

德里菲尔德太太建议："咱们从爱德华的书房进去，可以吗？他的书房被我维持得和他活着的时候一样，没有任何改变。你猜不到来游览这座房子的人已经有多少了。他们最惦记观看的，无疑就是他曾经工作过的书房。"

我们走进一扇敞开着的落地窗户。桌子上摆放着玫瑰花，椅子旁边的圆形小桌上有一本《旁观者》①，这位文学巨匠活着的时候用的烟斗放在烟灰缸里，墨水池里满是墨水。所有摆放都布设得井然有序。但是不知为何，我感到房间里有种暮气沉沉的气氛，它仿佛有一种博物馆里发霉的味道。德里菲尔德太太走到一个书架前，一半调侃一半略带悲伤地淡淡一笑，她的手飞快地在五六本蓝色封皮的书背脊上掠过。

德里菲尔德太太说："你知道吗，爱德华很赏识你的书，你的作品他常常回顾。"

我温文尔雅地回答："我感到十分荣幸。"

我的记忆非常清晰，我上次来时书架上并没看到我的书。我装着漫不经心地抽出一本书，指头抚了抚书面，发现上面并没有落下尘埃。我拿了下一本，是夏洛蒂·勃朗特的书，我一边正色

---

① 《旁观者》：由17世纪的英国剧作家、散文作家艾迪生和斯梯尔创办，如今在伦敦发行的周刊。

说话，一边试了试有没有灰。书面上没有尘埃。如此我只是弄明白了德里菲尔德太太是一个贤惠的家庭主妇，她的女佣人也非常称职。

随后我们去吃午餐，一顿非常丰富的英国式午餐，有烤牛肉和约克郡布丁。我们聊到了罗伊准备写的一本书。

德里菲尔德太太说："我希望亲爱的罗伊的沉重工作能尽量地缩减一些，我把我平素能搜罗到的资料都收了起来。虽然这非常麻烦，但是也很有趣。我搜罗到了许多老旧相片，你们一定要瞧瞧。"

吃完饭我们去了客厅，我再一次发现德里菲尔德太太布设房间的精湛技艺。这间客厅相比知名作家的夫人，好像更适合他的未亡人。印花棉布、百花熏香、德累斯顿陶瓷像，这些都好像弥漫着一股忧伤；它们仿佛都哀戚地追思着往日光彩。我好想在这潮凉的屋子里生火，但是英国人是任劳任怨又保守陈规的；从他们的角度去看，为了坚守自己的底线让旁人难受，这不是做不出来的。我坚信德里菲尔德太太不会在十月一号之前在屋子里生火。她问我近期见没见到曾经带我来他们家一同用午餐的一位夫人；从她微微酸涩苦楚的语气里我认为，这是自打她大名鼎鼎的先生逝世之后，那些华贵摩登的人物便开始渐渐不再搭理她了。我们在客厅里顺心惬意地落座，开始交谈已经去世的人；德里菲尔德太太和罗伊就提出一些高明的问题，想以此来推动我自己说出我记忆里的事，我却努力地维持头脑清醒，戒备自己万一不小心吐露出我决计不能让别人得知的事情，这时候，那个服装整齐的客厅女佣人忽然托着放着两张名片的盘子走进来了。

"太太，门外有两名坐车来的先生，他们询问可不可以进房子参观一下屋内和花园。"

"可真让人厌烦！"德里菲尔德太太喊着，但是她的语气里却是十足的高兴，"这可真奇怪，我正说着那些想来参观这座房子的人。我简直片刻都宁静不下来。"

罗伊说："哎，那你就表达歉意再告诉他们不能招待他们不就好了？"我感觉他的口吻有些刻薄。

"喔，那可行不通的，爱德华肯定不想我那么做。"她看看名片，"我的身旁没有眼镜。"

她将名片交给我，一张上面印着："亨利·比尔德·麦克杜格尔，弗吉尼亚大学"，还用铅笔写着："英国文学助理教授"。另外那张名片上印着："让-保尔·昂德希尔"，名片下方是一个纽约的地址。

德里菲尔德太太说："是美国人。跟他们说要是他们想进屋观看，我将感到十分开心。"

片刻之后，女佣人将两个陌生人带了进来。他们是两个身材挺拔的青年人，宽阔的臂膀，骏黑豪放的脸庞，胡子刮得很洁净，双眼长得漂亮；两个人都戴着眼镜，都拥有一头从额头向后脑梳的漆黑的浓发，都穿着一身在英国买的新衣服；两人有些忐忑的样子，可是讲话絮絮不休，非常彬彬有礼。他们解释说正在英国做研究文学的旅行，正打算去拉伊①敬仰亨利·詹姆斯的故居，由于他们俩都很崇拜爱德华·德里菲尔德，于是半途上唐突地到此打扰，期望能让他们俩瞧瞧被众多协会看作圣地的处所。德里菲尔德太太对他们说出的拉伊不怎么开心。

她说："我感觉这两个地方是相互有关联的。"

她给我和罗伊介绍这两个美国人。我十分佩服罗伊能轻松应对这种场合的本事。他以前在弗吉尼亚大学演讲过，而且还居住在一个很有名气的大学文学系教授家中。那是他将铭记的一段过往经历。到底是和蔼可亲的弗吉尼亚人对他的热情招待，或者是他们对艺术文学的敏锐兴致给他留下那么难忘的印象，我不得而知。他同他们问候某人的近况；他住在那里的时候认识了些许铭记于心的朋友；听他的谈话，仿佛在那里他遇到的每个人都特别友善、美好、聪慧。过了一会儿，年轻的那个教授就跟罗伊说他特别喜欢他的作品，罗伊自谦地同他说自己作品的写作目的是什么，他是怎么发觉到自己还离这些目的很远的。德里菲尔德太太面带微笑一脸怜悯地听着，但是我感觉她的笑容很牵强。可能罗伊也察觉到了，因为他忽然停住了话头。

他高声热诚地说："你们来这里肯定不是为了听我絮叨我那些事儿的。我来这里是承蒙德里菲尔德太太抬举，她交托我写一本

---

① 拉伊：英国苏塞克斯郡的一个靠海城镇；美国小说家亨利·詹姆斯1899年买下了镇子上的名门望族兰姆家族的宅邸，定居在此。

关于爱德华·德里菲尔德生前的书。"

客人对这件事情十分感兴趣。

罗伊用美国人的口吻调侃说:"说句实在的,这真是需要耗费不少头脑,幸运的是我有德里菲尔德太太帮忙。她不但是一个非常贤德的夫人,还是一个出类拔萃的誊写员和秘书;她给我的资料特别重要,所以事实上我做的事儿反而很少,全都凭着她的努力辛劳和她的……她的赤诚热情就够了。"

德里菲尔德太太没有抬头,很自持地瞅着地毯,两个年轻的美国人却把他们黑亮的大眼睛看向了她,他们的眼神里充满着怜惜、趣味、敬重。交谈又继续了一会儿——聊的是文学方面的事儿,但是也聊到了高尔夫球,因为这两位客人想到了拉伊之后打几场球。谈及打高尔夫,罗伊娴熟老练是个内行,他叮嘱他们要当心球场上的各种阻碍规矩,还期望着他们俩回了伦敦以后可以在森宁代尔①打一场球。然后,德里菲尔德太太站起身来,示意要带客人去游览爱德华的书房和寝室,以及花园。罗伊一同站起了身,明显是想陪伴他们一同前去,然而德里菲尔德太太却对他微微一笑,样子既亲切又决绝。

她说:"罗伊,你不用跟来了,我带他们逛一下就行。你陪伴阿申登先生留在这里聊一聊。"

"喔,那好的。应该的。"

---

① 森宁代尔:伦敦出名的高尔夫球俱乐部,有两个极佳的高尔夫球场。

客人跟我们告辞以后，我和罗伊又重新坐回椅子上。

罗伊说："这个房间真的是很棒。"

"的确很棒。"

"埃米花费了好多心思才把房间变成如今这副模样。老头儿是在他们成婚两三年前买下这座房子的。她希望他卖掉，但是他却不同意，某些方面他是很执拗的。你知道吗，这座房子曾经是某位沃尔夫小姐的家产，这位小姐的管家是爱德华的父亲。他打小就有一个想法，期望这座房子某一天能成为他的，现在他终于得偿所愿了，不可能再将它卖掉。旁人本来觉得他最不喜欢做的，就是居住在一个大家都明白他身世和他所有情况的地方。有一回，埃米想要雇用一个女仆，还好在没有敲定的时候就发觉那个姑娘是爱德华的侄孙女。埃米刚搬来这里时，这座房子从顶层到地窖都是根据托延纳姆宫廷路上住宅的样式布置的；你懂那种样式吗？土耳其地毯，桃心木餐具柜子，长绒毛面子的起居室家具和现代的装修工艺。那就是爱德华·德里菲尔德心里认为的上层社会人们的房子应该陈列的样子。埃米说那真的是丑陋至极。但是他不允许她改变所有东西，她不得不小心翼翼。她说她几乎没有办法在这栋房子里居住，她存心决意要将房子换个样子；为丁不引起他的注意，她只能一点点地变换房子里的家具。她跟我说他的一张书桌是最不好弄的。我不知道你有没有注意他书房里现在摆着的那张书桌。那是一件非常棒的古典家具，我也想有一张。但是他曾经用的是丑陋的美国拉盖书桌。他在那张桌子上面写了十几本书，用了那桌子许多年，他就是不想把它换掉；也不是因为他特别喜爱那个家具，而是由于他用了很多年，不舍得扔掉。你必须要让埃米同你说说她是怎么扔掉那张书桌的，那真是妙不可言。她是个了不得的女人，只要是她想要的几乎就都能按照她的想法去实现。"

我说："我早就发现了。"

适才罗伊表现出希望跟着客人一起观看房子的时候，她马上拦住他。罗伊飞快地瞟了我一眼，笑了起来。他才不是傻瓜。

"你不如我明白美国。"他说，"那里的人们经常是愿意要一只活生生的耗子，也不会去捡一头已经死了的狮子。所以我喜欢美国。"

二十五

　　两个参加朝圣的人走了之后，德里菲尔德太太来到起居室，她的臂膀下是一个装文件用的夹子。

　　她说："真是可人的少年啊！我多么期望英国的少年们都能如同他们那样也如此热爱文学。我将爱德华的遗像相片送了他们一张，他们也管我要了一张我的相片，我还给他们签名了。"然后她亲切和悦地说，"罗伊，他们对你印象深刻。他们都说看到了你真的是无比的幸运和荣耀。"

　　罗伊虚心谦让地说："那是由于我曾经多次在美国讲过学的缘故。"

　　"但是他们都看过你的作品。他们都很喜欢你的作品，还都说你的作品拥有刚强的精神和气质。"

　　文件夹子里是很多的陈年老相片，其中一张是一堆小学的孩子，如果不是德里菲尔德太太跟我指了一下，我可真是分辨不出来那一个不修边幅的脏孩子竟然就是德里菲尔德。另一张是十五个人组成的橄榄球队，那时的德里菲尔德俨然成长了一些；还有一张是个青年的海员，那是德里菲尔德背井离乡当海员时候拍的，他身着运动服和短款呢子夹克衫。

德里菲尔德太太说："那是他第一次结婚时候拍的相片。"

那张相片上的他有胡子，身着一条黑白格裤子，系纽扣的孔眼里别了一支硕大的白色玫瑰还搭配着孔雀草，一个高顶帽子放在他身边的桌子上。

"新娘是这个人。"德里菲尔德太太说，她努力地想压制住自己的笑容。

不幸的罗西，在四十几年以前被一个乡下照相师拍成了那么一个鬼样子。她僵直着身子立在那里，身后是富丽堂皇的大厅，手中攥着一大把鲜花；她衣服上细密精致地捏了好多叠褶，腰部紧绷，裙子里有个木架撑子。刘海长到快挡住了眼睛。高耸茂密的头发之上顶着一个香橙花编织而成的花环，脑后缀着很长的一段白纱。然而唯独我知道她事实上有多漂亮。

罗伊说："她看起来很庸俗的样子。"

"她的确很庸俗。"德里菲尔德太太小声嘀咕了一句。

我们继续翻看爱德华的相片，有他出名之后拍的，有他留了八字胡子拍的，有他后期面容整齐洁净时拍的。在这些相片上，你能清晰地见到他的面庞逐渐孱弱消瘦，皱纹越来越多。他年轻时期相片上的那种不屈顽强、平庸寻常的神情慢慢变成了一种沧桑雅致的气质。你能明显地发现阅历、思想和成功实现的理想在这个人身上所发生的转变。再去看他青年海员时期的相片，就会让人以为仿佛曾经那时的他就有了点超脱的神色姿态，那丝神色在他暮年时期的相片中就很鲜明了，并且多年之前，我同他真人接触时候也隐隐察觉到了那一点。他那被你看到的面孔好像一张假面，他的动作也是毫不重要的。我有一种感觉，仿佛德里菲尔德直到去世都是寂寞的，他没有知己，真正的他好像是一个鬼魂，没有人发觉他在小说家的身份和真实生活中的身份之间静静地来回徘徊，看着在众人眼里的爱德华·德里菲尔德那两个傀儡，流露出了讽刺而超脱的笑容。

我觉得我笔下和他相关的情节里，并没有体现出一个真实存在的人物：他个性鲜明，一步一个脚印，做事目标明显且符合事理；我没有尝试去那么做：我很高兴这个使命被我留给更有才华的阿尔罗伊·基尔去做。

在那些相片里我看到了几张演员哈里·雷特福德给罗西拍的相片，还看到了莱昂内尔·希利尔为罗西画像的一张相片，我不由得觉得很难过。我对她印象最深刻的就是画像里她的那副样子。虽然她身着旧款的衣服，可是瞧过去整个人朝气蓬勃的，她的身体里隐藏着的热情让她浑身都仿佛在轻轻地发抖。她宛若随时可以欢迎爱情的来临。

"她看上去就像个魁梧强壮的乡村妇女。"

德里菲尔德太太回答说："差不多是那种挤牛奶的妇女，她一直给我的感觉就是个白色人种的黑人。"

巴顿·特拉福德太太从前也用这个词来形容罗西。罗西肥厚的嘴唇和大大的鼻子仿佛也坐实了这种说法。然而这些人都不会懂得她泛着银色光芒的金色头发和镀了金边的银白色肌肤是何等的明亮动人，这些人更不会懂得她笑起来有多么心动诱人。

我说："她并不像白色人种的黑人，她就像拂晓那般干净。她仿佛是青春女神①，又如同一朵白色的玫瑰花。"

德里菲尔德太太露出笑容来，她和罗伊用耐人寻味的眼神相互对望了一眼。

"我从巴顿·特拉福德太太那里听到了很多跟她相关的事情。我不想对她拥有莫名的敌意，可是她应该不会是什么不错的女人。"

我回答她："那么你在这一点上就真的犯错了。她是个非常棒的女人，我没见过她对谁红过脸。你只要张嘴，就能从她那里要到任何她能给的东西。她为人十分友善，从来不会说谁的坏话。"

"她为人懒惰成性，家里总是杂乱无章一塌糊涂。你没法在哪张全是厚厚尘埃的椅子上落座，你甚至都不能仔细去看她房屋的角落里。她那个人也是那样邋遢。她不懂得如何能穿好衣裙，于

————————

① 青春女神：传说中是宙斯和赫拉的女儿，在奥林匹斯山上给众位神明倒酒的女神。

是你就能看到她长裙下面总会有两英寸的衬裙露出来。"

"她不拘小节。这种小事于她的魅力不减分毫，她这个人长得好看，心地也很善良。"

罗伊哈哈大笑，德里菲尔德太太也用手盖住嘴唇遮挡住她的笑容。

"喔，算了吧，阿申登先生，你的形容实在是太过分了。不要忘记咱们需要正视的事实，她是一个很放荡淫乱的人。"

我说："我觉得这个词儿十分离谱。"

"我就这么说吧，可怜的爱德华被她那样对付，她起码算不上是一个非常棒的女人，的确那件事儿可以算得上是坏事变好事。假使她不和旁人私奔的话，爱德华这一生都需要负担这个累赘，一直有这么个阻碍，他肯定不会获得他最后的那种身份。但是她对他不忠诚，这确实是事实。从我得知的状况来讲，她就是个淫妇。"

我说："你还是不懂，她是个朴实纯洁的女人。她生性真诚直率，她乐于让别人开心，她乐于去爱。"

"你把这叫作爱？"

"也可以称作爱的举动。她天生就是一个富有爱意的女人。当她喜欢谁时，她认为同他同床共枕是十分正常的事情。她从不会对这种事情优柔寡断。这跟品德败坏没有关系，这跟天性放荡也没有关系，这是一个人的生性。她把自己交给爱人，就好像是阳光会发光、花朵散发出香气那样的天然自在。她认为这种事情是快活的，她也乐意把这种快活和人分享。这无愧于她的道德品质，她依旧是坦率、质朴、纯洁的。"

德里菲尔德太太听完我的话表情犹如吃了蓖麻油，又吃了个柠檬要消除掉嘴里的味道一样。

她说："我的确是不懂，但是我必须承认的是，我从头到尾都不明白爱德华喜欢她什么。"

罗伊问："他知道她勾搭形形色色的男人吗？"

她飞快地回答："他自然是不知晓的。"

我说："德里菲尔德太太，我不认为他像你想象的那样愚蠢。"

"那他有什么必要容忍她呢？"

"我觉得我能跟你来解释一下。罗西能勾起人的亲情，她并不会在人的心里种下爱情。同她争风吃醋是很滑稽的。她如同森林里的一汪清池，干净透明但又神秘，进去了会感到很欢畅，哪怕是一个浪迹天涯的人、一个吉普赛人同一个狩猎场把守之人都曾经在你之前进去过，这一汪池水依旧那么凉爽，那么清凉剔透。"

罗伊再次笑了，而这回德里菲尔德太太也不再遮掩她的笑容。

罗伊说："看你用咏诵诗歌一样的口吻热情地讲话真的太有趣了。"

我将感叹憋了回去。很早以前我就发觉当我很正经肃穆时，大家都会觉得好笑。其实，过了一阵子当我回顾自己曾经用真挚的情感去描写一些片段时，我也控制不住地觉得自己很可笑。这应该是由于真挚的情感本来就具有某些怪诞好笑的点吧，可是我也不懂到底为何会这样，难道是由于人本身仅仅是个无关紧要的星球上的短暂住户，所以相对不朽的心灵来说，人终其一辈子的苦楚和努力都只是个玩笑罢了。

德里菲尔德太太好像想问我什么事儿，她看上去有些坐立不定。

"你认为她要是回来了，他还会要她吗？"

"比我更了解他的是你。我觉得他不会。我猜如果他有一天热忱枯尽之时，对曾经惹起他激情的人早就已经没有兴趣了。我认为他是一个有着强烈情感和至极冷酷这两面的很特别的人。"

罗伊叫起来："你不能这么说，我看到的最平易近人的人就是他了。"

德里菲尔德太太的目光在我脸上停留了片刻，随即低下眼帘。

罗伊问："不知道她去美国之后过得如何。"

德里菲尔德太太回答说："她应该和肯普结婚了，据说他们更名改姓了。不过他们不可能在这附近出现。"

"她是什么时候去世的？"

"喔，好像是十年以前。"

我问："你是从何而知的？"

"听肯普的儿子哈罗德·肯普说的。他在梅德斯通有什么生意。我从未跟爱德华说过这件事情。于他而言，她是已经死了很久的人。我不觉得有什么必要再去提醒他发生过的那些陈年旧事。

我认为凡事换位思考，就会有所帮助。我自己是这么想的，如果我是爱德华的话，我不想要旁观者对我说起年轻时候那段可怜的过往遭遇。你认为我想得对不对?"

二十六

　　德里菲尔德太太很热心肠地建议用她的汽车送我回黑马厩小镇，可是我宁可自己步行回去。我同意了明天再来弗恩宅邸用餐，并且还同意了把我曾经看到爱德华·德里菲尔德的日子里我还能记得的事情写出来。我沿着弯曲迂回的道路往回走，一路上除了我什么人都没有，我暗中揣摩斟酌着明天我应该说点什么事情。我们常常听到风格是删减的艺术。若是果然如此，我肯定可以将我想说的事情写成绝妙美好的文字，但是这些事情被罗伊只当资料用，这似乎令人感到些许惋惜。我　想到我只要乐意，就能放出一个让他们震动不已的消息时，我情不自禁地笑出声来。要是有人想得知关于爱德华·德里菲尔德和他第一次婚姻的概况，有个人都可以跟他说明。他们都觉得罗西去世了，他们错了。罗西她还活在这个世上。

有一次我因为一个演出的剧本去了纽约，我的经纪人的新闻代表极其用心负责，把我抵达纽约的新闻宣扬得家喻户晓。直到某一天我收到了一封信件，信上的字迹我很恍惚在哪里见过，但是又记不起来到底是谁的。字体粗大且圆，苍劲有力，你能从中发现写信的人并没有得到什么好的教育。那个字迹我肯定在哪里见过，我对自己的记性不好觉得非常生气。实际上，立刻将信件拆开查看才是正常的做法；可是我看着信件的封皮，绞尽脑汁地努力思考。有的字体我瞧一下就能打个寒战，有的信只看一眼封皮就让我非常憎恶腻烦，能放置一周都不拆开看。但是待我终于拆开这封信件的时候，信上写的东西让我有种古怪稀奇的感受。信的内容写得非常令人意想不到：

　　　　我得知你在纽约，很期望能与你再次相见。我不在纽约居住，但是我的住所扬克斯①和纽约离得很近，你要是乘坐汽车前往的话，不用半个小时就能抵达。我猜测你应该非常忙碌，所以时间你来挑选吧。即使咱们离别了这么多年，可是我希望你还记得我这个老朋友。

　　　　　　　　　　罗西·伊古尔登（原德里菲尔德）

---

　　① 扬克斯：美国纽约东南部地区城市，临哈得孙河东岸，和纽约布伦克斯地区的北面相接。

我看了看住址，是阿尔百马尔，明显这是一个宾馆或者是一座公寓，后面是街道名称和扬克斯的地名。我打了个冷战，好像有人在我头顶的坟墓旁走动①。那么多年过去了，我偶尔也会想起罗西，但是最近我默默地想，她已经去世了，有好一会儿，我对她的名字觉得迷惑不解。为什么是伊古尔登而不是肯普呢？后来我记起他们逃往美国的时候用了假的姓氏，这一定是肯特郡的姓氏。一开始我很不想去见她。关于多年未见的人们，我总是不愿意与他们重逢。但是忽然我很想去看看她的现状如何，听她说说后来都遇到了些什么事情。正巧我去多布渡口度过周末，路过之地就有扬克斯，于是我给她回信说，礼拜六的下午四点左右我会去探望她。

阿尔百马尔是一座巨大宏伟的公寓楼，看上去是座新楼，在这里居住的应该都是家境富裕之人。守门的黑人穿着制服，他打电话汇报了我的名字，另外又别的黑人将我送上电梯，我的精神有点不同以往的紧绷。为我打开房门的也是黑人的女佣人。

她说："请进屋，伊古尔登太太在等着你呢。"

我被领进了一间客厅兼做饭室的屋子，屋内一面摆放了一个刻满雕饰的橡木方形桌子，一个碗柜和四张大急流城②的生产商们见到肯定会以为是英国詹姆士一世时期制作的椅子。然而另一面

①　好像有人在我头顶的坟墓旁走动：这是英美人没来由地打冷战发抖之时讲的话，因为民间迷信觉得没缘由地打冷战发抖是即将死去的预兆。

②　大急流城：美国密歇根州的西南部地区城市，位置在格兰德河畔。

却是一套路易十五时期的家具，全部镀了层金，刻琢得金碧辉煌，上面摆着镀金的塞夫勒①花瓶和一些女子胴体的铜像，裸像上的衣带如同被大风刮过那样飞舞飘扬着自然绝妙地遮掩住了某些比较隐私的部位；每个铜像都雀跃伶俐地抬起一只胳膊，手中举着一盏灯。房间里的唱片机是我从商店透明窗户中看过的最华丽的，上面镀了一层金，模样如同轿子，上面描绘了华托②风格的朝廷大臣和他们的夫人们。

我等了五分钟左右，一扇房门打开了，罗西步履轻盈地走过来。她将双手都伸向我。

她说："哎呦，真令人意想不到，我不愿意细琢磨咱们多少年不曾相见了。请先等我一下。"她在门口向外喊着："杰西，把茶端上来吧。水一定要仔细地烧开啊。"她转回身又说："你不知道我费了多少心思教她泡茶。"

罗西最少应该有七十岁了，她全身 diamanteé③，穿着绿色的轻薄绸质的无袖连衣裙，方形的领口，裙子很短，贴在她身上好像一只绷紧了的手套。根据她的身形来看，我觉得她衣服里面穿了束身的橡胶胸衣。她的指甲是大红色的，眉形是细细修过的。她身材发福了，有了两层下巴；即使她给露在外面的胸前擦了很多

----

① 塞夫勒：法国北边城市，因为盛产高级的瓷器而出名。

② 华托（1684—1721）：法国画家，画作大多和戏剧主题有关系，画风擅长于抒情。

③ diamanteé：法语珠围翠绕的意思，形容装饰华贵富丽。

粉黛，可是肌肤仍旧透出一种红色，她的面容也是红色的。但是她瞧上去身康体健，活力四射。她的发丝还是那么厚密，只是几乎全都变成了白发，发型变成短的了，还电烫过。她年少时期有着一头天生打弯儿的柔软卷发，可如今她脑袋上这些刻板的波浪卷让她仿佛像从发廊里刚走出来一样，这好像是她全身最大的不同以往之处了。一直未曾改变的是她依旧孩童般的淘气可人的淡笑。她的牙齿本来不怎么齐整，但是她现在却弄了一口洁白完整对称的假牙齿。显而易见这是钱财能买到的最好看的牙齿了。

黑人女佣将精致多样的甜点端上来，有肉松饼、夹心面包、曲奇饼干、糖果，还有刀叉和毛巾。一切都布置得妥妥帖帖。

罗西举起一个热烫的黄油烤饼说："我一向无法舍弃吃甜点这个习性。不骗你，甜点的确是我每天里最棒的那餐，但是我也明白我不应该吃这些。我的医生总是同我说：'伊古尔登太太，你如果再这么每日喝茶时都来上六七块甜点，那你的体重是不会降下来的。'"她冲着我淡淡地笑了一下，我忽然发现，即使罗西烫着那电波浪形状的短发，擦了粉黛，体态发福，可是她仍旧和曾经一样。"但是我想说的是：惬意地享用自己爱好的东西，这对自己是有益处的。"

我向来认为和罗西聊天是毫不费劲的。不一会儿，我们俩就谈天说地，好像我们几个礼拜前刚刚见完面一样。

"你收到我的来信很出乎意料吧？我还写了德里菲尔德，怕你认不出来是谁写的。我们到美国来的时候换了伊古尔登这个姓氏。

乔治从黑马厩镇走时闹了一点不开心的事情，也许你已经知道了。于是他认为在新的国家，应该换一个新的姓氏从头再来，我想你能听懂我说的意思。"

我敷衍地点点头。

"乔治十年以前死了，不幸的乔治。"

"我也感到十分悲伤。"

"唉，他也是上了七十岁年纪的人，然而从他外貌去看，你肯定不知道他实际那么大。他的去世让我深受打击。他把我照顾得无微不至，任何一个女人都想要个这样的丈夫。从我们结婚到他离世，我们两个没有吵过一次架。使人值得欣慰的是，他的遗产可以让我富裕地过完后半生。"

"得知这一点我很为你开心。"

"他在这里做得挺不错的。他是搞建筑的，平素最热爱的行业就是这个，他同坦慕尼协会①的人交情不错。他经常说他这辈子最大的过错就是没提前二十年来到这里。他站立在这片大地的那一天就爱上了这个国度。他埋头苦干，恰巧这里要的就是苦干。他就在这样的境况中获得了成功。"

"你们再也没有回英国去吗？"

"没有，我压根儿就不想回去。有一阵子乔治倒是时常提及，

---

① 坦慕尼协会：1789年于纽约民主党实力派组织成立，是曾经的慈善团体发展而来的。

你懂得的，就是回去旅游一回，但是我们并未认真筹备。如今他也死了，我再也没有这种意愿。我觉得在纽约住腻了之后再回伦敦，肯定会觉得又无精打采，又有很多感慨。我们之前一直在纽约居住，我是在他死了之后搬到这里的。"

"你是如何选中扬克斯这个地方呢？"

"喔，我向往这个地方很久了。我经常跟乔治说，等我们离休养老时，就去扬克斯居住。我认为这个地方跟英国有那么一点的像，就如同梅德斯通、吉尔福德还有类似这种的地方。"

我微笑了一下，但是我理解她说的意思。纵使扬克斯有叮当作响的电车和喇叭嘟嘟响的汽车，四周都是影院和霓虹牌匾，可是主要的交通街道曲折，瞧上去宛若一个爵士音乐化了的英国乡镇。

"毋庸置疑，偶尔我也会惦记黑马厩镇所有人的现状，我猜想现在他们大多数都已经逝世。大概他们认为我也死了。"

"我也有三十年没有回去那里了。"

其时，我还不知道罗西离世的消息早就传到了黑马厩镇。应该是有人将乔治·肯普离世的音讯传回去，错误转述成了罗西。

"这里没人知晓你是爱德华·德里菲尔德的第一个夫人吧？"

"肯定没有。嘿，如果有人知晓的话，那些新闻传媒者就会如同嗡嗡的蜜蜂将我的住处给包围了。你懂的，我偶尔去别人家打桥牌，他们提及特德写的书，我都忍住不让自己笑出声。在美国，他的书非常受他们的欢迎和追捧。我却不认为那些书很好。"

"你一直都不喜欢看小说的，对吗？"

"曾经的我爱好读史书，但是如今我仿佛并没有时间读书了；我最爱这里的礼拜天了。我认为这里礼拜天的报刊特别好看。英国哪有这样的报刊。还有，我是常常去打桥牌的。我尤其喜欢打定约桥牌①。"

我犹记得当我还是个男孩初见罗西的时候，她那一手打惠斯特的精湛高明的技术令人难以忘却。我认为我很熟悉像她这样的桥牌手，她出手快，又有胆识，下牌精准无误；她是一个好搭档，但是做敌手就很危险了。

"特德离世之后，若是你能见到这里乱哄哄的场景，你会十分震惊的。我是知道他们以为他是个了不得的人物，但是我从未想象到竟然是那么一个伟大的人物。报纸上铺天盖地都是跟他有关的文章，刊登了他的相片和弗恩宅邸的相片。曾经特德总是嘀咕他一定要搬进那座房子。他为何会娶了那个医院护士？我曾经觉得他应该能和巴顿·特拉福德太太结婚。他们没有孩子的，对吗？"

"没有孩子。"

"特德是渴望有几个孩子的。我产下第一个孩子后就不能生育了，当时对他的冲击很大。"

我惊诧地说："我从不知道你竟然还有过孩子。"

---

① 定约桥牌：不同于惠斯特及竞叫桥牌，规矩是仅能根据叫到的定约获得成局奖分或者部分的分数。

"当然有过，特德因此才同我结婚的。但是我生孩子的时候难产，医生说我不能再生育了。如果她还在这世上，那不幸的小可怜，我觉得我应该不会和乔治私奔的。她夭折的时候六岁，是个很讨喜的小姑娘，长得特别好看。"

"从没有听你说起过她。"

"是的，说起她我就悲伤难过。她患了脑膜炎，我们将她送入医院。他们将她安排在一个单间病房里，让我们守着她。她遭受的疼痛苦楚我现在仍然历历在目。她就不停地叫啊叫啊，大家都束手无策。"

罗西哽咽着止住话语。

"是《人生的悲欢》里德里菲尔德描述的那个亡故的情形场景吗？"

"是的，就是那个场景。我向来认为特德是个很奇怪的人。他同我一样都不忍心再提及那事儿，但是他完全写进了作品里；他把细节记得清清楚楚；甚至一些我那时候都没发现的细节他都一起写进去了，我看完才回忆起来。你会认为特德真是冷血寡情，可实际上他根本不是那样的人，他心里是同我是一样的悲伤难过的。我们俩晚上回家时，他痛哭得像个孩童。他真的是太奇怪了，是不是？"

就是《人生的悲欢》这本书当时引发了一片格外激烈的反对声音，并且正因为那个小孩夭折和随即描写的那个情节为德里菲尔德引来狠毒凶残的漫天辱骂。我对那段情节记得还很清晰，的确是太悲凉了，那段文字就是在冰冷地叙述；它不会让读者落泪，反而将读者的怒气唤起，因为那么弱小的一个孩子竟然遭遇到那样残忍的痛苦。你认为这种事情只有上帝才有资格审判说明。那段文字描写极其富有张力，但是倘或这个场景是来源于现实生活，所以后来发生的事情也都是真的吗？恰是那段叙述令十九世纪九十年代的大众震撼惊骇，与此同时也遭到来自评论家的指责，他们觉得这不但败坏民风教化，并且也言不属实。在《人生的悲欢》里，那对夫妻（我已经忘记了他们的姓名）在孩子夭折后从医院走回家吃甜点；他们贫困潦倒，住在租的房间，收入勉强维生。那时候夜幕已经降临，大概是七点。经历过一个礼拜的不停歇的紧绷焦灼，他们筋疲力尽，而悲伤痛苦更是摧垮了他们的精神支柱。他们两个不想说一句话，哀凄着静默地面对面坐着。几个小时过去以后。妻子忽然站起身来，进了卧房穿衣戴帽。

她说："我想去外面散散步。"

"去吧。"

他们在维多利亚车站的附近居住。她顺着白金汉宫大街的方向走去，经过公园。她来到了皮卡迪利大街上，又向皮卡迪利广场缓缓走过去。有个男人发现她眼睛注视着他，就停住脚步，转过了身子。

他说："晚上好。"

"晚上好。"

她停下脚步，微笑了一下。

他问："我们一起去喝一杯如何？"

"去喝酒的话也行。"

他们去了皮卡迪利大街旁侧一条小巷上的一家酒馆，那里有许多娼妓，男人们在这里与她们结识，他们在一起喝酒。她和这个素昧平生的陌生人有说有笑，将自己的故事扯了个谎给他说了。然后他询问她能不能同她回家；她没有答应，但是他们去了一家旅店。他们乘坐一辆马车去了布卢姆斯伯里，在那里的一家旅店里过了夜。隔天清晨，她坐公共汽车到了特拉法尔加广场，然后经过公园；她回到家的时候，她的丈夫正要准备坐下来吃早餐。用过早餐后，他们去了医院开始布置孩子的葬礼。

我问："罗西，你可以回答我一个问题吗？小说里孩子去世后发生的事情——那些都是真的吗？"

她看着我犹豫了片刻，然后她勾起唇角脸上又露出那依旧妩媚迷人的笑容。

"唉，那些事儿已经过去许多年了，说一下也可以。我并不介意告诉你。他写得不全是真的。那些都是他的推测罢了。但是，他竟然推测出那么多来，我感到非常惊讶，我从未对他说过那晚上发生过的事。"

罗西拿起一根烟，她思索着把烟的一头往桌子上戳了戳，可是她没有点燃这根烟。

"跟他在小说里说的那样，我们从医院回来，我们是步行回去的；那时我感觉我没办法无动于衷地坐在出租马车里，我感觉到身体仿佛死去了。我那时候哭得痛不欲生，眼泪已经流干了，我疲惫极了。特德想抚慰我，但是我说：'天哪，你什么都不要说。'然后他就默不作声了。那时我们在沃霍尔大桥路的一座寓所的三层楼上租了一套房，只有一间起居室和卧室，于是我们只能把那不幸的孩子送去医院里；我们在公寓里没有办法照顾她，并且女房东说她不想把患病的孩子留下来，特德说她在医院才能被更好地照顾。女房东不坏，她从前当过妓女，特德经常跟她闲话，总能聊上几个小时。那天她见我们回来，就来探问。

"'今天晚上小女孩好没好点？'她问道。

"特德说：'她死了。'

"我已经说不出来话了。然后女房东给我们端来茶点。我没有任何胃口，但是特德硬要我吃了几片火腿。然后我就坐在窗户旁边。女房东进来收拾碗碟的时候，我也并未回过头，我不想跟任何人讲话。我瞧见他的眼泪落在小说上。我就看向窗户外面。那时候是六月末，二十八号，白天变得很长了。我们居住的房子在街道拐弯的附近，我望着街道上的人在酒店里来回进出，电车来来往往。我恍惚以为白天仿佛没有终点，然后我忽然发觉天色黑了。所有的路灯都亮起来了，街道上的人特别多。我感到疲惫极了，双腿重得抬不起来。

"我对特德说：'为什么你不开灯？'

"他说：'你需要开灯吗？'

"我说：'在黑漆漆的房间里有什么好处。'

"他点了灯，吸起烟斗来。我明白吸几口烟对他是有益处的，但是我仍旧坐在那里，双眼看着窗户外面的街上，我也不懂我那时候是怎么了，就认为如果在房子里继续待下去，我会抓狂。我想去人多的地方。我想离开特德。不是，也不是非得想离开他，只是希望暂时离开特德。我们只有两间屋子。我进了卧室，孩子的儿童床仍旧摆放在那儿，可是我不想看它一眼。我戴上帽子和面纱，换了一身衣服，又站到特德面前。

"我说：'我要出去一趟。'

"特德仰头望着我。我觉得他肯定发觉我换了一件新衣服，或者是我讲话的口吻令他懂我不需要他跟我在一起。

"他说：'去吧。'

"在小说里他猜想我经过公园，但是我实际上没有。我到了维多利亚车站，就喊了一辆马车去查令十字架①，仅仅用了一个先令。随后我沿着河滨街道走去。离家之前我就考虑好了自己要做什么。你对哈里·雷特福德有印象吗？那时他在阿德尔菲剧院演出，他是戏剧里的二号喜剧角色。我到了剧场的后门口，把我的姓名通报进去。我一向非常喜欢哈里·雷特福德。我觉得他风流豪放，在钱财上会有小动作要点小心思，但是他能让人开怀；虽然他有不好的地方，可他是个难能可贵的好人。你知道吗？他后

---

① 查令十字架：伦敦的不规则广场，位于河滨街的西方，特拉法尔加广场的南面。1291年英国国王爱德华一世曾经在这个地方立过十字架，以此来纪念他的王后棺材停留的地方。

来在布尔战争①中被打死了。"

"不知道。我只知道他后期的确是不见踪影了，在演出宣传海报上再也没看到他的姓名。我还猜想他是不是做生意去了或者改做别的行当了。"

"没有，战争一爆发他就去了。他是在莱迪史密斯②被人打死的。那晚我没等多久他就下来了。我说：'哈里，今天晚上咱们俩去喝个尽兴吧。去罗马诺饭店吃饭如何？''太棒了，'他说，'你再等我一下，戏剧一结束我就卸妆过来。'我看到他时感觉心里轻松了好多；那天他饰演一个销售赛马情报的人，看见他站在台子上身着格子布衣服、圆顶礼帽、露着一个红鼻子的样子，我就忍不住想笑。我就待到戏剧结束，他出来了，我们俩一起步行去罗马诺饭店。

"他问我：'你饿了吗？'

"我说：'非常饿。'我是觉得自己饿极了。

"他说：'咱们今晚上就点最好的饭菜，不用管多少钱。我跟比尔·特里斯说我请我最亲密的女朋友吃饭，从他那里借来了几镑。'

"我说：'那咱们去喝香槟。'

"他说：'为死了丈夫的女人③高喊万岁！'

---

① 布尔战争：1899 年到 1902 年英国人和南非布尔人的战争。
② 莱迪史密斯：南非纳塔尔的一个城镇，布尔战争开始的时候英国军队和南非德兰士瓦省和奥兰治自由邦联军进行激烈交战的地方。
③ 死了丈夫的女人：原文中是 widow，俚语的意思是"香槟酒"。

"我不知道你从前去没去过罗马诺饭店。那里很好玩很有趣，能看到所有戏剧界的人和赛马的人，欢乐剧院的歌舞女郎们也经常去那里。那个地方真的很不错。还有那个罗马老板。哈里跟他们都是相识，我们一走进去，他就来到我们这桌的旁边；他用诙谐的、不流畅的英语跟人们交谈。我猜测他是假装的，因为他懂得别人听完会笑出来。若是他相识的哪个客人钱用光了，他就会借他一张五英镑的钞票。

"哈里问我：'孩子的情况怎么样了？'

"我说：'有点儿好转。'

"我不想跟他实话实说。你知道男人们有多搞笑，很多事儿他们并不懂。我懂得哈里若是得知不幸的孩子已经在医院里夭折了，可我竟然和他出来吃饭，他一定认为我的做法不可理喻。他会说他感到很难过这类的话语，但我不需要这些。我现在只想开心地大笑。"

罗西此时点燃了一直把玩在手里的那根烟。

"你懂得某些时候当一个女人生产时，她丈夫会觉得难以忍受。所以去找旁的女人。待到妻子以后察觉了，可笑的是她都会发现的，她会一直吵闹不停。她会说她遭受苦难的时候，她的丈夫却去跟别的女人做那种事情，唉，这真的太过火了。我经常告诫这些女人不要当傻瓜。这类事情并不意味着她的丈夫不在乎她，也不表示她的男人会不烦恼，这种事儿其实代表不了什么，只是神经紧绷得厉害。若是他没有烦恼，他压根儿就不可能想去做那些事儿。我非常理解这种情绪，因为我那时就是这种情绪。

"哈里说：'我们吃完饭后，嘿，我们怎么办？'

"我说：'什么怎么办？'

"那时并不时兴跳舞，所以吃完饭也没别的娱乐地点可去。

"哈里问我：'要不到我那里瞧瞧我的相片，好不好？'

"我说：'去也不是不行。'

"哈里在查令十字街有一套不大的寓所，两个屋子、一间盥洗室和一个小厨房，我们俩乘坐马车去了他那里，我在他的寓所里住了一宿。

"我到家是隔天清晨了，桌子上摆放着早餐。特德在吃早点。我已经做好准备他若是说什么，我就跟他动怒。我对任何事情已经毫不在意了。我曾经靠自己的双手赚钱养活自己，我打算还这样从头再来。我渴望马上打包行李和他分开。但是我进了房间后，他只是瞥了我一下。

"他说：'你回来得刚好，我本来还琢磨要不要把你的那份香肠也吃掉。'

"我落座，为他斟了杯茶水。他依旧看报纸。用完早餐，我们俩一起去了医院。他没有过问我一晚上去哪里了。我不明白他是怎么思考的。那段日子他对我关怀入微，我感到非常难过。不知道为什么，我就是忘不掉那件事儿。特德已经不遗余力地希望令我舒适一些了。"

我问她："你读过他的小说之后想了什么呢？"

"喔，我发现他那么了解那天晚上我经历过的事情，真的瞬间吓坏了。我最不懂的是他还把那些都写了出来，没人觉得他竟然把最不乐意的事情写进小说里。你们这些作家，真的是太奇怪了。"

此时电话响起，罗西接起电话。

"瓦努齐先生，谢谢你能给我致电！噢，我最近还不错，谢谢你。嗯，如果你喜欢这样说也可以，既美又好。你以后跟我一样的岁数时，就喜欢听各种各样讨好的话了。"

然后她和那边谈起天来，我认为她声音里有不庄重的挑逗意味。我没去仔细听他们的讲话，这个电话好像能打好久，于是我开始琢磨起一个作家的生活，那的确是尝遍苦难。初步阶段，他得能容忍贫穷困难和人们的漠然；有了一丁点儿的成绩之后，他又得微笑面对各种突发状况。他的成功和失败都取决于难以捉摸的众人。他还需要听从以下这些人的支配：记者的访谈，摄影师得给他拍照，编辑催他交稿，税务官员催他交税，有地位的人请他用餐，协会秘书邀请他去演讲；有的女人希望跟他结婚，有的女人想要同他离异；青年人跟他索要亲笔签名，演员要求在他的剧本里演个人物，毫不相识的人跟他借债，情感热烈过头的女性咨询他关于婚姻的建议，孜孜好学的青年人要求他指导他们怎么写文章，还有经纪人、出版商、经理、他讨厌的人、喜欢他的人、评论家和他自己的本心。但是他有一种获得抵偿的方法。不管什么时候，但凡他心中藏着什么事儿，不论是让他忐忑不安的想法，挚友去世的哀思，没有回应的单恋，被践踏的自尊，或者是被一个他真心待过的好友背叛抛弃的气愤，总而言之，但凡心里有什么情绪或者是疑惑没有答案的想法，他只要把它们写出来变成文字，把它当成一个故事的主题，或者是一个文章的装饰，最后就能将它抛在脑后。他是独立不受束缚的人。

罗西挂了电话，回过身来跟我说：

"是我的一个男性朋友。我今儿晚上去打桥牌，他想来开车接我。他是个意大利人，但是他为人很好。他在纽约的市中心曾经有过一家非常大的食物杂货店，但是他现在退休了。"

"罗西，你想不想再结次婚呢？"

她微笑了一下："不想，我也不是缺少求婚的人。但是我现下过得非常快活。我是这样以为的：我不乐意嫁给一个老头儿，但是我现在这个岁数和一个年轻人结婚，那实在是很荒谬。我这一生有过美好开心的日子，准备就这样吧。"

"你为什么要和乔治·肯普私奔？"

"喔，因为我喜欢他很久了。你知道的，我还没有认识特德的时候就已经遇到他了，那时候我从未想象过有一天我会跟他结婚。第一是由于他是已婚人士，第二他得顾虑他的身份。但是后来的一天，他跟我说他什么都没有了，他破产了，几天后就有逮捕他的拘票发出来了，他来问我肯不肯跟他走，他要去美国。我那时候该如何呢？他那个人一贯体面又有魄力，他住自己的房子，乘自己的马车，可他那时候什么都没有了，我怎么能放他独自一人孤独地去美国呢？我又不怕吃苦。"

我说："偶尔我觉得你爱过的人只有他。"

"你讲得有点道理。"

"我不明白你喜欢他哪里？"

罗西看向墙面上挂着的一张相片，不知为何，我之前没有注意到。这是一张乔治勋爵放大后的相片，裱在一个镀金的雕刻相框里。瞧上去大概是他来到美国不长时间拍摄的，也可能是他俩结婚的时候。

这是一张很大的半身像。他双眸流露出粗犷莽撞的神色，做出一种骄傲自负、趾高气扬的架势，嘴上留着八字胡子，胡尖儿上抹蜡了，头上随意洒脱地歪戴着高顶的绸缎质地礼帽。他身着及膝的正装礼服，衣扣严丝合缝地系着，衣扣眼儿里别了一大朵玫瑰花，左边胳膊下夹着一根手杖，右手拿着支正在升着烟雾的大雪茄。他领带上夹着一枚马蹄形状的钻石别针。他整个人瞧上去就如同一个酒店老板，穿上自己最好看的衣裳，即将要去参加德比赛马大会①。

罗西说："我告诉你吧。那是因为他自始至终都是一个完美无缺的绅士。"

---

① 德比赛马大会：创始于 1870 年的英国传统赛马会之一，每年的 6 月份于萨里郡的埃普索姆唐斯举办。